AQUARIUS

AQUARIUS

AQUARIUS

AQUARIUS

每個人心中都有一座島嶼，

藉文字呼息而靜謐，

Island，我們心靈的岸。

# 壞小孩

紫金陳——著

# 目次

# 楔子

結婚第四年，徐靜有了外遇，並向張東升提出離婚。

作為上門女婿入贅的張東升，婚前有過財產公證，一旦離婚，幾乎是淨身出戶。

左思右想之後，他決定做幾件事改變這個結局。

籌畫了近一年後，他假意帶岳父母旅遊，在市郊的三名山上，突然將兩人推下山崖摔死。這本是他精心設計的完美的犯罪開場白，誰知，這一幕卻被三個在遠處玩耍的小孩無意中用相機的攝像功能拍了下來。

更讓他沒想到的是，這三個小孩，一點都不善良。

Part 1-2

# 「意外」的謀殺

# 1

從這裡望上去，六、七米寬的石階一直通向山頂。沿路的一側，是一排厚重的城牆，據說是南明小朝廷造的，原本很高，歷經數百年風雨洗禮，大都損毀，前些年開發公司重新修葺後，更加寬厚結實，高度只到人的腰部，成了遊客登山的扶手。

這一片都叫三名山，是寧市最出名的山，古時是軍事要塞，現今則是三名山風景區。

今天是七月的第一個星期三，既非節假日，又是旅遊淡季，風景區裡的遊客屈指可數。張東升專門挑了今天帶岳父母上山遊玩。

「爸，媽，我們到山腰平台那兒休息一下吧。」張東升背著一個登山包，脖子上掛著相機，耐心地照顧著身後的岳父母，在任何人眼裡，他都是一個標準的好女婿。

很快，他們到了山腰處一塊有五、六個籃球場面積大的平台上，三人站在平台外側的一塊樹蔭下，眺望遠處的風景。

岳母大口呼吸著新鮮空氣，顯得對今天的出遊很滿意：「我早就想來三名山了，上次我聽別人說，這裡節假日人很多，五一、國慶擠都擠不過來，幸好東升當老師，有暑假，來玩不用湊節假日，瞧今天這裡都沒人！」

張東升向四周張望一圈，今天是工作日，沒幾個遊客，整個平台上只站著他們三個人，平台後面有幾間賣紀念品的店鋪，零星的幾個遊客在那兒吃東西、乘涼，隔他們三十多米開外的地方有個小涼亭，此刻裡面有三個初中生模樣的小孩在自顧玩耍。

沒人注意到他們。

「爸，媽，喝點水。」張東升把包放在地上，拿出兩個水壺，遞給兩人，隨後道：「爸，這裡風景不錯，你和媽站一起合個影吧。」

老夫妻聽了女婿的建議，順從地站到了一起，擺出經典的剪刀手。張東升拿相機比照一下，放下相機，指著前面說：「你們後面有排城牆，擋了空間，要不你們坐在城牆上，我換個角度，把天空的背景拍進去，這樣照片效果更好。」

老頭略嫌麻煩道：「隨便拍下就行了，我是不喜歡拍照的。」嘴上雖這麼說，他也不好違拗女婿的一片熱情，看著老伴興沖沖的模樣，他還是依言走到了身後幾米處的城牆那兒。

城牆高不及腰，非常寬厚，遊人多喜歡坐上去拍照，老頭雙手一撐就坐了上去，老伴也跟著坐上去，搭著他的胳膊。張東升朝兩人笑了笑，拿出相機比畫了幾下，又放下，朝他們走過去，笑道：「爸媽，你們再靠緊點，更親密些。」

老頭忸怩地敷衍：「隨便拍下就好了。」老伴則笑嘻嘻地按照女婿的話，將老頭的手臂挽得更緊了些。

張東升最後再次掃視了周圍一圈，平台上沒有其他人，遠處零星的幾個遊客也沒在看他們，三十多米外涼亭裡的三個小孩也是自顧玩耍的模樣。

籌畫了近一年，就是現在了！

他一邊笑著說話，伸手幫他們調整姿勢，突然間，他雙手猛然圈起兩人的雙腳，用足力氣猝然向上一抬、一撥、一推，瞬間，老頭和老伴就像兩具木偶，翻出了牆外，伴隨而來的是兩人長長的「啊」的驚叫，隨後叫聲成了遠處的回音。

跟著，張東升愣了幾秒，忙趴到城牆外向下張望，嘴裡遲鈍地大吼著：「爸！媽！爸！媽！」

沒有任何聲音回答他。

必死無疑的高度。

他連忙轉頭朝平台遠處的風景區商店跑去，此時，遠處的人們聽到動靜也跑了過來，急著問出了什麼事。

他一副驚慌失措的樣子，慘聲呼救：「快救人！快救人啊！我爸媽掉下去了！」

此刻誰也想不到，這不是意外，而是謀殺。

張東升心頭浮現一抹冷笑，為了今天這一秒鐘的動作，他籌畫了近一年。這才是完美犯罪，任何稀奇古怪的殺人手法在這樣的「意外事件」面前都遜色多了。每年成千上萬的意外事件中，也許有些也不是意外，而是謀殺，只不過人們永遠都無法知道其中的真相了。

## 2

浙江大學已經放了暑假，上個星期還是熙熙攘攘的校園，此時頗顯幾分冷清。

今天，數學系博導（註：博士生導師。）嚴良參加完一個學術會議，回到辦公室已是中午，他叫出幫他批改考卷的一男一女兩個博士生，帶他們去吃飯。

出了校門後，他從公事包裡拿出手機，剛才學術會上關機了，此刻看看是否有訊息。剛打開手機，就連響了數下，他舉起手機，背對著正午的陽光，瞇眼看去，有三個未接電話的訊息，都是徐靜打的，末了還有條徐靜的簡訊：「嚴叔叔，如果您看到訊息，請盡快回我電話。」

嚴良皺了皺眉，他不清楚發生了什麼事，不過從簡訊看似乎很著急的樣子。徐靜的爸爸是嚴良的表哥，曾是寧市菸草局的一個主任，如今已退休。徐靜是他的表姪女。這份關係原本不算親，不過徐靜當初考進了浙大，嚴良作為叔叔，平日多有照顧，兩家走得很近。此外，徐靜的老公張東升是嚴良的學生，而且是得意門生，當初正是徐靜找他時，認識了張東升，兩人很快墜入愛河，並在畢業不久後就結了婚。可以說，嚴良不光是徐靜的表叔，更是他們婚姻的媒人。

每次想起張東升，嚴良總會忍不住嘆息。嚴良教過很多本科生，張東升是少數幾個讓他記住的。張東升在數理邏輯方面很有天賦，嚴良很看好他。

畢業前，張東升有直接攻博的機會，嚴良也很願意帶他，可他出人意料地放棄攻讀博士，去找工作。嚴良多次找他談，建議他進修深造。可張東升卻透露，他出身農村，家庭條件差，這幾年都是貸款讀書，他想早點賺錢，減輕家裡的負擔，並且他和徐靜準備結婚了，不方便繼續讀書。後來沒多久，徐靜回到寧市，託家裡關係去了菸草公司上班，而張東升在寧市找了份高中數學老師的工作。

思緒回到手機上的簡訊，嚴良正準備給徐靜回撥過去，旁邊男博士生突然叫了起來：「哎呀，那邊一個老人摔倒了！」

嚴良停下回撥電話，趕緊跟著跑過去。

路口轉彎處的人行道上，躺著一個老太婆，手上和膝蓋上都有血，雙手勾著腳脖子，嘴裡「哎喲哎喲」叫喚著。

嚴良不假思索，正要去扶，身旁男學生連忙拉住他：「嚴老師，等一下！」

「等什麼？」

男學生警惕地在他耳邊嘀咕：「現在老人假摔訛人的很多，新聞裡都報了很多起了，您要是上去一扶，老人起來就說是您把她撞傷的，要您賠錢，到時就說不清了。」

女學生也道：「對啊，扶老人這種事還是不要摻和了。」

老太婆聽到他們的話，睜了一隻眼朝他們看去，隨後顫巍巍地伸出一隻手：「幫忙……幫忙扶我起來，我是自己摔的。」

男學生不為所動，依舊拉住嚴良。嚴良蹙著眉，猶豫不決。畢竟，老人摔倒訛人的新聞他也聽了很多。這時，一個騎電動車的中年粗漢從旁經過，一見此情景，立馬放下車，跑過來正要扶起老人，卻又停住，回頭瞪著三人道：「你們把人撞成這樣了，怎麼還站著啊！快扶起來送醫院哪！」

頓時，男女學生本能地退後一步，離地上的老太婆遠點，異口同聲爭辯：「不是我們碰的，我們剛走過就這樣了！」

中年粗漢皺了皺眉，語氣緩和了一些：「不是你們撞的，那你們也該扶起來送醫院啦！」

男學生立馬反問一句：「大叔，你怎麼不扶？」

「我？」中年粗漢愣了一下，又揚眉，理直氣壯地說：「我還要去工地幹活，我要有空的話，早去幫了！」他瞧著嚴良胸口掛的工作牌，咂咂嘴，「你們是浙大的老師嗎？」

「我是老師，他們是我的學生。」

粗漢連聲嘆氣：「連浙大的老師和學生都不敢做好事了，現在人都怎麼了，做個好事有這麼難嗎？還自稱高級知識分子呢。」

嚴良心裡大叫，我什麼時候自稱「高級知識分子」了？可聽粗漢這麼說，他也臉有愧色。

粗漢瞧著他們為難的樣子，便道：「我還有活要幹，抽不出時間。這樣吧，老師，你做好事不放心的話，我給你當證人，我幫你手機錄影，證明老太太摔倒跟你們沒關係。」他從嚴良手裡接過手機，湊到面前，點著螢幕，道：「老師，這樣錄影可以吧，你瞧，這樣拍進去明明白白證明是她自己摔倒的，不關你們的事。」

嚴良思索了一下，覺得他說的有道理，有人證，有錄影物證，那就妥當了，這才和兩個學生一起扶老太婆起身。

「謝謝，實在謝謝你們啊！你們都是好人啊！」老太婆緊緊抓著嚴良的手，顫顫巍巍走了幾步。

嚴良溫和地笑了一下：「您沒事吧，要不我們叫輛車送您去醫院？」

可老太婆一聽去醫院，連忙拒絕：「不用了，我能走了，不用麻煩了，謝謝，謝謝你們啊。」說著，快速掙脫了他們的攙扶，一個人往前走，走了幾步，愈走愈快，竟直接跑了起來。

男學生瞪著老太婆快速遠去的背影，臉上表情逐漸從驚訝轉為憤怒：「我就說，這老傢伙肯定是騙子，瞧，簡直健步如飛。要不是看我們人多，今天她肯定得向嚴老師訛上幾百元，現在訛人失敗，聽到送醫院，趕緊逃了！這老騙子啊！」

女學生連連點頭附和。

嚴良皺眉站在原地，撓了撓頭，心中有個奇怪的感覺，不解道：「可我總感覺發生了什麼。」他頂住額頭，下一秒，他頓時大叫：「不對！我手機呢？我手機呢！」

回頭張望，那位幫忙用手機錄影的中年粗漢鬼影都不見了，而那個老太婆，遠遠瞧見騎上一輛電動車，溜得飛快。

於是，徐靜的電話也沒法回了。

# Part 3-4
# 陷阱

# 3

初二四班的教室裡，第一排最右側的課桌上，刻著「吃得苦中苦，方為人上人」。

夜自修第一節下課，朱朝陽正伏在桌子上，專心致志地做著數學參考書上的習題，為明天的期末考試做準備。

其實他的數學已經足夠好了，幾乎都考滿分，不過他從心底特別喜歡數學，解難題不是單純為了考試，而是一種愉悅感，所以他把考前的最後時間依然給了數學。至於其他幾門課，理、化、生，他有九成把握拿滿分，語文、英語、政治三門，拉不開分差，對於明後兩天的考試，他早已成竹在胸。

突然，一雙手「啪」一下拍在他的桌子上，把朱朝陽從習題中驚起，嚇了一大跳。抬眼看去，一個單眼皮的短髮女生正冷冷地瞪著他。

朱朝陽沒好氣地瞥她一眼：「葉馳敏，你吃了什麼藥！」

「陸老師找你。」對方眼睛裡帶著挑釁的神色，冷冰冰地拋出這句話。

朱朝陽站起身，以同樣的眼神盯著她，不過很快放棄了，因為他是全班最矮的男生，葉馳敏這女生也比他高，他回瞪對方需要微微向上仰視，那樣很掉面子。

朱朝陽不屑地哼了聲，還趁著腸道有蠕動朝她偷偷放了個屁，過了幾秒鐘，他誇張地捂住鼻子叫起來：「葉馳敏，你放臭屁都不提前說一聲的？」

葉馳敏眉毛擰了一下，憋出兩個字：「白痴！」

朱朝陽哈哈一笑，又做鬼臉嘲諷葉馳敏幾下，隨後挺直身板，大搖大擺地朝辦公室走去。可一進辦公室他就蔫了。

班主任陸老師是個四十多歲的女人，高而精瘦，不苟言笑，幾乎所有學生都怕她。朱朝陽也不例外，儘管他成績好，不過他英語是相對較差的一門，陸老師教的正是英語。更重要的是，陸老師此刻臉上寫滿了更年期症候群的憤懣狀。

朱朝陽一看她的表情，就感覺氣氛不對，剛剛面對葉馳敏的氣勢蕩然無存，本能地縮起脖子，像隻烏龜，忐忑地問：「陸老師，你找我？」

陸老師耷拉著嘴角，仍舊改著手裡的作業，一副不想搭理的樣子。朱朝陽雙手搓揉著褲子，開始緊張不安，尋思了一遍，自己最近沒惹任何事，老陸這是怎麼了？聾了？吃撐了？離婚了？足足等了五、六分鐘，陸老師把手裡的一疊本子總算改完了，這才抬起頭，瞥了他一眼，語氣毫無波瀾：「你為什麼要把葉馳敏的數位相機鏡頭敲破？」

葉馳敏是學校廣播站的小記者，所以經常會帶相機到學校。

朱朝陽皺著眉，滿臉困惑：「什麼……什麼相機鏡頭？」

「她的相機鏡頭是不是你故意敲破的？」

朱朝陽一頭霧水，道：「我什麼時候碰過她的相機了？我從沒碰過呀！」

「你還不承認嗎？」

「我……我沒有啊。」朱朝陽特別誇大地扭曲面孔，表現自己的無辜。

「還說沒有！」陸老師臉色一變，「葉馳敏看著你從她桌上拿了相機，往牆上敲，她搶回相機，鏡頭已經裂了。」

「不可能，怎麼會啊，我幹麼去碰她的相機啊，我從沒碰過啊。」朱朝陽只感覺這場對話來得完全莫名其妙，為何突然憑空冒出個相機鏡頭？

陸老師很討厭地看著他：「你不要賴了，葉馳敏說了，她也不要你賠，她都這麼大度，你卻還要撒謊！」

「我……我……」朱朝陽平白無故被冤枉，急得眼淚都快掉下來了，這完全是無中生有的事，他整天都在做習題，從來都不曾碰過葉馳敏的什麼鳥相機，這算怎麼回事？

陸老師看了他幾眼，臉色又逐漸轉和緩：「你先回去自修，明後天考試，這件事先到此為止，以後你不要去碰其他同學的東西了。」

朱朝陽還想為自己爭辯，心中一想又放棄了，莫名其妙出了這種事，他完全摸不著頭腦，跟老陸爭辯有屁用？只能先回去問候葉馳敏這臭婆娘了。

# 4

夜自修上課鈴已經響過，朱朝陽回到教室，狠狠瞪了葉馳敏一眼，只見她嘴角浮現一抹輕蔑的笑容，又低下頭看書。

朱朝陽無奈地坐回第一排的位子上，同桌女生見他回來，偷偷用筆戳了下他手肘，他剛轉過頭去，女生忙壓低聲音道：「不要轉過來讓她們看到，我告訴你一件事。」

朱朝陽低頭對著參考書，小聲問：「什麼事？」

女生身體保持不動，對著自己的書本，偷偷說話：「你是不是被老陸叫去，問你葉馳敏相機的事？」

「是啊。」

「嗯，你被她們冤枉了。」

「啊？」

「晚上我吃完飯後回到教室，看到葉馳敏和班長在擺弄相機，說是摔到地上，鏡頭磕裂了。後來我聽她們說準備向老陸告狀，說是你弄壞的。」

「這都行？」朱朝陽吃驚地瞪大眼，「我就知道，這是她們故意設計陷害的！我整天都在做習題，哪碰過她的鬼相機！這禽獸！我下課就找老陸澄清去！」

女生急忙道：「求你，別，我是偷偷告訴你的，你千萬不要告訴任何人是我跟你說的，要不然，我就成女生公敵了。」

朱朝陽皺著眉，一臉糾結的樣子，考慮了很久，最後，還是無奈地應了句：「嗯。」

「你知道就行了，絕對不能說出去！」

「我不會說的。」

「嗯，她們這次這樣冤枉你，有點過分了。」

「她們為什麼要冤枉我？」

女生道：「不知道，我猜可能是葉馳敏摔壞了相機，怕被她爸罵。她爸是派出所的隊長，以前當過兵，把她管得很嚴，她稍微犯點錯就會打她。她說同學敲破的，她爸就不會怪她了，而且她爸一個員警，總不好意思來學校要同學賠個鏡頭吧。」

「可惡！」朱朝陽握著拳，道：「居然為這個理由嫁禍給我！哼，她都這麼大了，她爸還會打她？」

「她爸當過兵的嘛，說把她管教得比男孩子還兇，有次我見她耳根紅紅的，她說是被她爸打的。」

朱朝陽幸災樂禍地哼笑：「難怪，她爸把她當男孩養了，難怪把她的頭髮剃這麼短，跟個男人變態尼姑婆一樣，每天瞪著雙死魚眼，估計是被她爸打成這樣的吧！」

同桌女生聽他這麼說，忍不住「咯咯」笑了出來，正在這時，兩人陡然感覺周圍氣溫瞬間降到了冰點，不知什麼時候陸老師已經從後門如鬼魅般走了進來，立在他們身旁，冷聲質問：「聊得很開心啊！」

女生吐了下舌頭，忙低下頭，大氣都不敢出。朱朝陽尷尬地坐著，過了幾秒，鼓足勇氣道：「是我說笑話害方麗娜笑的。」

「明天就考試了，還有這麼多心思！」

朱朝陽覺得老陸的肺部一定裝了個冰箱，因為他隱約可見她鼻子噴出一股冷氣。

熬到了下課，朱朝陽去上廁所，到了廁所外的洗手台邊，看到葉馳敏正在洗茶杯，他拍了一下台盆，怒道：「你幹麼要冤枉我？」

葉馳敏打量了他一會兒，冷笑了一下，沒搭理，繼續低下頭洗茶杯。

「死賤人！」朱朝陽罵了一句，正想往廁所裡走。

突然，葉馳敏「哇」一聲哭了出來，朱朝陽吃驚地望著她，心中不解，我就罵了她一句，她就哭了？林黛玉啊！

更讓他意想不到的是，緊接著，葉馳敏拿起茶杯，把裡面裝著的整整一杯水，倒在了她自己頭上，隨後轉身哭著跑走了。朱朝陽皺了皺眉，不知什麼情況，忐忑地上完廁所，走向教室。剛經過辦公室門口，就瞥見葉馳敏正在辦公室裡對著陸老師哭，旁邊還有兩個老師在勸慰著。

就在這時，陸老師也看到了他，立刻站起身，厲聲叫道：「朱朝陽，你給我進來！」

朱朝陽渾身一激靈，看著老陸怒氣沖沖的眼神，只好驚懼不安地走進辦公室。

「你把整杯水潑到葉馳敏頭上，你怎麼會做出這種事！」

「什麼！」朱朝陽瞪大了眼睛，「我……我沒有啊，明明她自己潑的啊！」

這一刻，朱朝陽終於明白發生了什麼事，可現在任他怎麼辯駁，都顯得徒勞了。葉馳敏哭得那麼傷心，頭上全濕了，而且剛剛告過他的狀。所有老師理所當然相信，朱朝陽記恨她告狀，於是拿水潑了她。

「明天把你媽媽叫來！」

朱朝陽臉上抽搐了一下，「我……真不是我潑的，她自己弄濕的，我……我明天還要考試。」

「還要賴！你這樣不用考試了。」陸老師的態度非常決絕。

「我……我真沒有潑她水，真的是她自己弄的。」他嘴角都在顫抖了。

「你還要賴是不是！我從來沒見過你這樣的學生！成績好不代表品德好，明天一定要把你媽媽叫來，否則就不用來學校了。」

朱朝陽指甲深深釘進了肉裡，腮幫在顫抖著，從沒有一天如這般糟糕。

上課鈴響後，陸老師讓葉馳敏回去自修，又柔聲細語地安慰她幾句，讓她保持好心態，不要影響明天的考試。

等葉馳敏走後，陸老師重新對向了朱朝陽，看了他一眼，隨後緩和了一下語氣，「嗯……你媽跟我說過你家裡的情況，你爸媽離婚後，你爸不太管你，你媽在風景區上班，平時也都不在家。你媽說你大部分時候都一個人在家，讓我們做老師的好好管教。但你怎麼會做出這種事？」

「沒有，我真的沒有。」朱朝陽帶著哭腔了。

「你竟然還要賴！」陸老師眉頭一皺，冷冷地望著他，「你前幾天還打了葉馳敏——」

「沒有，那次也是她冤枉我的。」

陸老師深吸一口氣，似乎對面前這個學生徹底放棄了希望，「你這個樣子下去肯定不行，你明天把你媽叫到學校來，我要跟她談一下。」

「我……我媽明天上班。」

「請假也要來。今天晚上你夜自修不用接著上了，早點回去跟你媽打電話，讓她明天來學校，不來的話，你明天也不用來考試了。」

朱朝陽抿著嘴，佇立不動。

「去，現在就回去！」陸老師拉著他的手臂，要把他拖出辦公室。

快拖到門口時，朱朝陽再也忍不住，哭了出來：「對不起，我錯了，我再也不會這麼做了，陸老師，讓我明天考完試吧，我真的錯了，我不該欺負葉馳敏的，我真的錯了。」

辦公室裡的其他兩位老師，平時都挺喜歡朱朝陽，此時也一起來勸：「陸老師，算了吧，他認錯了，讓他寫保證書，考試還是要讓他考的。」

陸老師深深吸了口氣，最後，在兩位任課老師的共同勸說下，又看在朱朝陽痛哭認錯的態度上，讓他在辦公室寫好了保證書，才放他回教室。

回去後，他一直低著頭，同桌女生偷偷問發生了什麼事，他搖搖頭，什麼都沒說。夜自修結束，他疲倦地收拾書包回家，剛走出教室，恰好又遇到葉馳敏，葉馳敏冷笑地說了句：「誰讓你總考那麼好，害我總被我爸罵，我就是讓你難受，讓你明天表現差！瞧你這次還能不能考第一！」

朱朝陽一驚，這才明白葉馳敏今晚連番在老師面前演戲冤枉他的動機，竟然是妒忌他考試的分數，所以才這般設計陷害他！

他抬起憤怒的眼睛看了她一眼，隨即視線又低垂下去，什麼話也沒說，默默背著書包，走了。

他真盼望著這個學期快點過去。

Part 5-10

# 被拋棄的孩子

## 5

暑假到了，朱朝陽覺得終於可以和晦氣說聲再見了。

這是一套才六十平方米的九〇年代老商品房，兩室一廳。地上依舊鋪著當年很流行的塑膠地毯，牆上刷著石灰，很多地方顯得烏黑油亮，沾滿了歲月的味道。

右手邊的房間裡，頭頂上的鐵製大吊扇正呼啦呼啦不緊不慢地轉動著，朱朝陽上身赤裸，穿了條小短褲躺在地上的席子上，手裡捧著一本書，書大約才五、六十頁，印刷粗糙，封面有四個大字「長高祕笈」。

這是他從某個雜誌上看到的廣告，給對方匯去了二十元，果然寄來了這本「祕笈」。祕笈寫了各種長高的方法，他用筆一一圈出重點。此外，有一點引起他的特別重視，想要長高就不能喝碳酸飲料，碳酸飲料會影響鈣的吸收，看來以後可樂絕對不能喝了，他在這一條上額外加註了一個五角星。

正當他看得入迷，外面突然傳來了急促的敲門聲。他把祕笈闔上塞進書架，起身打開鐵門，外面還隔了扇老式鐵柵欄的防盜門，門外站著一男一女兩個小孩，年紀與自己相仿，男孩的個子大約有一六五，比他高一個頭，女生比他還矮一些，兩人的表情似乎顯得很驚慌。

他遲疑一下，「你們找誰？」

「朱朝陽，你果然還住在這裡！」男孩眼中放出光芒，激動地指著他自己，「還認得出我嗎？」

「你？」朱朝陽打量著他，沒過幾秒鐘就脫口而出，「丁浩！你……你怎麼會在這裡？」

「來投靠你的，別說了，快開門！」

門開後，丁浩領著後面的女孩快步走進屋，忙把門闔上，急促地問：「有水嗎？渴死了。」

朱朝陽給兩人倒了水，丁浩咕嚕就喝，女孩微微側過頭，喝得很細緻。

那個女孩臉上從頭到尾都沒流露過表情，像是冰塊做成的。

「她是？」朱朝陽指指女孩。

「普普，你叫她普普好了，她是我結拜妹妹。普普，這是我總跟你說起的朱朝陽，我們小學時是最要好的哥兒們，嗯……四年級到現在，都五年沒見面了。」

「你好。」普普面無表情地朝他點下頭，算是打過招呼了。

由於有女生在場，朱朝陽只穿條小短褲不合適，回去套了件短袖，領他們到自己房間坐，道：「耗子，幾年沒見，你怎麼長這麼高了？」

「哈哈，高嗎？我也不知道啊。」丁浩有些難為情地撓撓頭。

「唔……剛才看你們很急的樣子，發生了什麼事？」

「哎，一言難盡，」丁浩甩甩手，做出個很老成的動作，「有人要抓我們走，我們是從車上逃下來的。」

朱朝陽驚慌道：「人口販子嗎？要不要報警？」

「不不，不是人口販子，人口販子哪有抓我們這麼大的小孩的？而是……」丁浩欲言又止，呵呵笑了下，隨後又吐了口氣，「真是一言難盡啊。」

朱朝陽更加不解：「到底發生了什麼事？你怎麼回來了？你這幾年都在哪讀書？四年級一開學，老師就說你們家搬去外地了，我以為再也見不到你了呢，當時你走得真匆忙，都沒跟我打聲招呼。現在搬回來了？」

丁浩表情變了下，看了眼普普，普普像根木頭，根本不在乎他們的談話，臉上毫無波瀾。

「怎麼了？」朱朝陽越發感覺奇怪。

丁浩吐了口氣，低聲問：「你真不知道我為什麼去外地了？」

「你又沒跟我說過，我怎麼會知道？」

「嗯……那是因為……我爸媽當時被抓了。」

「什麼意思？」

丁浩抿了抿嘴：「我爸媽殺了人，被抓了，槍斃了。」

「什麼！」朱朝陽睜大了眼睛，隨即用警惕的眼神掃了兩人一眼，尤其是身高塊頭都大他一圈的丁浩，咳嗽一聲，道：「我……我們怎麼從不知道？」

「嗯……大概老師想保密，不想讓你們知道，你們有個同學是殺人犯的兒子吧。」丁浩嘴角揚著一絲自嘲般的笑容。

「咳咳……你千萬不要這麼說啊，你爸媽殺人了，跟你又沒關係。唔……你爸媽為什麼殺人？」他其實並不想知道，只想隨便扯點什麼，好盡快想辦法打發這兩人走。他一聽到丁浩爸媽殺了人，立刻起了警覺心，殺人犯的小孩，他可從來沒接觸過，一別五年，昔日友情也淡了，突然跑到他家來，他一個人在家，可不好應付。

丁浩微微漲紅臉，低頭道：「我也不清楚，我聽他們說，我媽曾出過軌，我爸很記恨，就要我媽替他找女人，然後……然後我媽扮成孕婦，路上裝暈倒，騙了一個好心的女大學生送她回家，嗯……然後被我爸強姦了，後來……他們倆一起把人殺了，很快被抓到，最後槍斃了。」

「這個樣子……」朱朝陽聽他簡單的幾句描述，又被嚇了一跳，心中忐忑不安，更想早點把他們打發走，過了好久，才問：「那這幾年你去哪了？」

「北京的一家孤兒院，像我這樣的殺人犯小孩，家裡親戚都不要養，只能送去孤兒院。普普也和我一樣，我們都是第一監護人沒了，第二監護人不願養，就被送到那家孤兒院了。」

普普抬頭看了朱朝陽一眼，又把頭轉開。

氣氛一下子陷入了尷尬。

兩個都是殺人犯的小孩！朱朝陽再一次被震住。他真後悔剛剛開門，如果早知道是這樣，他該躲在房間裡，裝作屋裡沒人。現在他們來找自己幹麼？

隔了好久，朱朝陽咳嗽一聲，打破沉默，道：「對了，你們在北京，怎麼會回這裡了？」

丁浩表情有些古怪，撇撇嘴：「逃出來的唄，反正我們都不想待了，花了好幾個月，才從北京一路找回了寧市。普普是江蘇的，她不想回老家，我其他地方也不認識，只能回這裡了。我不敢找親人，他們知道我們逃出來，肯定要找員警把我們送回去的。本來我們想在寧市待幾天，再去想以後去哪落腳，可今天真不走運，我們在路邊——」說到這裡，他突然閉了嘴，不說了。

「在路邊幹什麼？」

丁浩猶豫了片刻，哈哈一笑：「我們身上錢不多了，只能在路邊討飯咯。」

「什麼！」朱朝陽根本無法想像，昔日最要好的小學同學，現在竟會淪落到路邊乞討的境地。

「我知道我說了你會看不起我的，不過我也沒辦法。」他低下頭。

「不不，我沒有半點看不起你的意思。」

「嘎嘎，是嗎？」丁浩又笑了笑，抬起頭，「後來嘛，有輛車停下來，車上寫著……普普，寫著什麼？」

「城管執法。」普普冷冰冰地吐出幾個字。

「對對，城管執法，說這裡不能乞討，讓我們換別處。我們就先走了，那時肚子餓了，我們就去旁邊一家小麵店吃東西，還沒開始吃呢，又來一輛麵包車，下來的人說他們是民政局的，說有人打電話，有兩個小孩乞討，他們要把我們帶去收容站，聯繫家長。沒辦法，幾個成年人要帶我們走，我也不敢怎麼樣。但如果真回去了，他們要是知道我們是從孤兒院逃出來的，不是又要把我們送回去嗎？

所以半路我和普普藉口要小便，讓他們停下車等我們，我們就趕緊逃了。剛好跑到你家附近，我記得你家住址，就碰碰運氣來敲門，沒想到你果然還住在這裡啊！」

聽了他的描述，朱朝陽心中愈加忐忑不安，儘管丁浩是他小學時最好的玩伴，可是幾年不見，感情早已淡漠，現在這兩個「問題少年」進了家門，該如何是好呢？

直接趕出去，會不會發生一些危險的事？如果留他們待在家裡，接下來會怎麼樣呢？他微微皺起眉頭，吞吞吐吐地道：「那你們……你們有什麼打算？」

丁浩雙手一攤：「還沒想好呢，也許我去找份工作，不過普普太小了，你看她個子也小啊，她比我們小兩歲，虛歲才十二呢。最好她能有個地方讀書。」

「你呢？你不讀書了？」

「我在孤兒院最不願意的就是上課，哈哈，我早就想出來打工了。」

「可是你這個年紀，是童工，沒人敢用你的啊。」

丁浩不屑一笑：「我不說，誰知道呢，你看我，個子這麼高，哪點像童工了？」

朱朝陽想了想，有些尷尬地問：「那……那你們最近有什麼打算？我是說……你們打算住哪裡？哦……我家就這麼點大，嗯……你們也看到了。」

丁浩彷彿看穿他的心事，笑道：「你放心吧，我們不會賴你家的，不過如果可以的話，能否讓我們暫時住個一兩天，休息一下就走。」

「這個……」朱朝陽露出為難的表情，留兩個問題少年在家住，這是很危險的事。

普普抬起頭，道：「耗子，算了，我們走吧。」

丁浩湊近普普，小聲道：「今天包落在那個車上了，身上錢不多，我怕……怕沒地方住。」

「沒關係，總有辦法的。」普普波瀾不驚地說。

丁浩看了普普一眼，又看了眼朱朝陽，站起身，哈哈笑了笑：「好吧，那我們就先走吧。朝陽，再見，等我以後找到工作再來看你。」

朱朝陽皺著眉，把兩人送到了門口。

「下次等我工作賺了錢，再來請你吃肯德基，嘿嘿。朝陽，再見啦！」丁浩朝他揮揮手，轉身帶普普走，走出幾步，又返身道：「差點忘了，朝陽，我包裡有袋冰糖葫蘆，是北京買的，一顆顆包裝起來的，你肯定沒吃過，我本來就說，如果還能見到你，就給你嘗嘗──」

普普白了丁浩一眼：「包不是落車上了嗎？」

丁浩「啊」了一聲，隨後尷尬地摸摸頭、聳聳肩：「那只能以後有機會再給你帶了。好吧，你多保重，拜拜！」

「這個──嗯──等等──」朱朝陽聽他這麼說，心中頗有幾分愧疚，畢竟，丁浩曾是他小學時最要好的朋友，兩人一起上學放學形影不離好幾年。朱朝陽有回被一個高年級的學生欺負時，丁浩還出頭幫他打架，結果丁浩被人揍了一頓，他卻自己逃走了，事後丁浩半句怪他的話都沒說，反而說如果你不逃，兩人都要被打，一人被打總比兩人都被打要好。想到昔日的交情，朱朝陽不禁感動，一瞬間忘了他們是殺人犯的小孩，鼓起勇氣道：「你們今天沒地方住的話，先住我家吧，我媽在景區上班，隔幾天回一次家，明後兩天都不在，你們暫時住我家好了。」

「真的？」丁浩顯得有些喜出望外。

「嗯，我媽房間不方便住，要不普普睡床上，我跟你睡地上，行嗎？」

丁浩看著朱朝陽，又轉向普普：「你覺得呢？」

普普面無表情地沉默幾秒，搖搖頭：「打擾別人不好。」

朱朝陽連忙道：「真的沒關係。」

普普又沉默了一陣，最後點點頭：「那就麻煩朝陽哥哥了，如果你改變主意的話，告訴我們，我們不會怪你的，我們不會賴在你家。」

朱朝陽一陣臉紅。

# 6

「普普麵條做得真不錯，比我做的好多了。」朱朝陽手裡捧著一碗麵條。

「是的，以前在孤兒院，她經常幫阿姨做飯。」丁浩道。

普普面無表情地坐在一旁，很小口地吃著麵條，咬得很細緻，從頭到尾沒說過幾句話，似乎一點都不在乎別人的看法。

看著她一副冷冰冰的樣子，朱朝陽試圖去討好她：「普普，你吃這麼點麵條就夠了嗎？」

「嗯，夠了。」普普很平靜地應一句。

丁浩瞧了她一眼，替她解釋：「她一直吃很少的。現在又是中午，天氣太熱，我都沒什麼胃口了。」他嘴裡雖說沒胃口，可朱朝陽明明看著他已經捧起第三碗了。

「那麼……普普，你家裡也是同樣的原因，你才到了孤兒院的？」

丁浩替她回答：「當然了，我們這個孤兒院裡都是沒有第一監護人，其他監護人不要的，哈哈，我們這樣的小孩全國有一百多個。」

「哦，」看著丁浩開朗的神情，朱朝陽很難想像如果自己也是這樣的經歷，是否能這麼笑著說出來，彷彿在說別人無關緊要的事，他現在和兩人接觸了一陣，已經對他們是殺人犯小孩的身分不太介意了，「嗯……那普普的爸媽是因為什麼原因呢？」

「咯噔」，話音一落，普普的筷子突然掉在了桌子上，她面無表情地凝視著面前的碗。

朱朝陽連忙慌張道：「對不起，對不起，我不該問的。」

普普沒有說話，重新拾起筷子，吸了一口麵條。

丁浩故意哈哈一笑，揮著手說：「沒關係的，你是自己人，告訴你也沒關係。對吧，普普？」

普普表情木然，沒有回答。丁浩就當她默認了，聲音低了下來，嘆口氣：「她爸爸殺了她媽媽和她弟弟，然後她爸爸被抓了，判了死刑。」

「不，我爸沒有殺人！」普普頓時抬起眼，認真地看著丁浩，「我告訴過你，真的，我爸沒有殺人。」

「可是……教導員都這麼說。」

「不，他們都不知道。我爸被槍斃前一小時，我見到他，他親口告訴我，他要我相信他，他真的沒有殺媽媽，雖然他和媽媽不合，會吵架，可是他很愛我，為了我，他不可能殺媽媽的。」

朱朝陽不解地問：「那為什麼員警抓了你爸爸？員警不會抓錯人的。」

「會的，他們就是抓錯人了，他們就是冤枉我爸的！我爸告訴我，員警不讓他睡覺，逼著問了他很多天，他沒辦法才承認殺人的。可他真沒有殺人！那時我七歲，但我記得很清楚，那天我爸跟我說，現在說什麼都來不及了，他只希望我知道，他真的沒有殺媽媽，他永遠愛我，即便他死了，也會一直愛我。」普普的表情很認真，可她卻沒流半點淚，甚至眼眶發紅都沒有。

朱朝陽默然無語。這時，普普又道：「朝陽哥哥，你有相機嗎？」

「相機？做什麼用？」

「我爸說讓我以後有空把我的照片燒給他，讓他看到我在長大，我每年在我爸忌日時，都會拍照片，還寫一封信給他。下個月是我爸爸忌日，可是我今年沒有照片了。」

「這樣啊，」朱朝陽抿抿嘴，「相機我沒有，看來只能去照相館拍一張了。」

「拍照片要多少錢？」丁浩連忙問，他的包丟在民政局的車上了，他現在必須為身上僅存的一點錢做精打細算的準備。

「大概……十幾元吧。」朱朝陽也不能確定。

「十幾元啊……」丁浩皺眉摸進口袋，過了會兒又笑起來，「嗯，照片是一定要拍的，十幾元，也不貴，呵呵，普普，我有錢的。」

「嗯。」普普朝他點點頭。

吃完麵條，三人又開始聊天。畢竟都是小孩子，彼此熟絡得很快，不似成年人總會有所保留。三人聊著這幾年的經歷，知道朱朝陽成績年級第一，兩人羨慕不已。隨後又聊到丁浩和普普從北京花幾個月時間回到寧市的經歷，看得出，他們倆都不想談這幾個月的事，總之，有很多朱朝陽想像不到的困難和遭遇，他們騙過好心人的錢，也偶爾偷過超市裡的零食。

說到曾偷過東西，朱朝陽原本已經放鬆的心又開始糾結，再度後悔留兩人住下了。他視線不由自主地看向他媽的房間，那裡櫃子裡有幾千元現金，待會兒就去把門關了，千萬不要被發現。他打量著丁浩和普普，兩人似乎都沒發覺他的這個想法，遂稍微放下了心。

正聊得開心，家裡電話響了，他跑到媽媽房間接了電話，掛斷後，思索了幾秒，連忙把抽屜裡的現金拿出來，塞到了床頭櫃後面，又找到一根毛線，走出房間時，關上門，同時把毛線壓在門縫上，這樣如果門開過，那麼毛線就會掉到地上，他長了個心眼。

出來後，朱朝陽說：「我爸剛打電話來，讓我現在去他那兒一趟，那麼下午……你們待哪兒好呢？」

丁浩愣了一下，隨即明白過來，笑著說：「沒關係，我和普普到樓下逛逛，等你回來。」

聽到這個回答，朱朝陽如釋重負，看來他們倆並沒有其他壞主意，反而是自己以小人之心度君子之腹了吧。

# 7

沿區政府往東五公里有片工業園區，坐落著諸多規模不一的漁業冷凍廠。園區西面有家規模中等的廠子，叫「永平水產」，此刻，辦公室裡煙霧繚繞，桌上放著的都是軟中華（註：香菸品牌。），朱永平正在跟五、六個旁邊工廠的老闆打牌。

這一把開牌後，朱永平看了一圈，大叫一聲：「通吃！」笑著將檯面上的三、四千元現金全部攏進手裡。

「永平今天手氣好得不得了，連莊不知多少把了？」一個叫楊根長的老闆說。

「前天輸得多啊，今天總要贏回來的！」朱永平笑呵呵地切起牌來。

「錢贏這麼多，給你兒子點啊。」另一位叫方建平的老闆道。

「我給的啊。」

「給個空氣啊！」方建平搖頭冷笑，「昨天我帶我家麗娜去新華書店，碰到你兒子坐地上看書，我問他怎麼在這裡看書，他說天氣太熱，新華書店有空調。你瞧瞧，爹做大老闆，兒子弄得跟個討飯的一樣，要跑到新華書店蹭空調。」

朱永平臉微微發紅，辯解道：「錢我也給的啊，朝陽跟他媽都比較省，不捨得花。」

方建平拿起發好的牌，一邊擺弄一邊繼續說：「肯定是你給的少。麗娜跟你兒子是同桌，她說你兒子衣服很少換，穿來穿去就那麼幾套，你這做爹的，自己穿幾千上萬元的名牌，把你老婆、女兒打扮得漂漂亮亮，親兒子卻像個小討飯。我說句實在話，兒子總歸是兒子，就算離了婚，那也是你親兒子，總歸要照顧的。」

楊根長也說：「就是，我聽建平女兒說，你兒子全校第一，多爭氣的小孩，我們這些人的小孩裡，就你兒子成績好。」

「他全校第一啊？」朱永平隨口問了句。

「你這做爹的連他考全校第一都不知道？」方建平冷笑起來，「你那個書讀不進去的寶貝女兒，才小學二年級就考不及格了，這麼沒用，你還每天弄得像塊寶，把這麼聰明的兒子扔一邊不管。我們這些人裡，隨便哪個小孩有你兒子一半聰明，做夢都在笑了。」

其他朋友也紛紛數落起朱永平來。

朱永平臉上掛不住，尷尬道：「我過幾天把他叫來，給他些錢。」

方建平道：「不用過幾天了，今天你老婆不是帶你那寶貝女兒去動物園了嗎？反正她們不在，你把你兒子叫過來玩玩好了，我也拜託他多教教我家麗娜，讓她成績提高點，過完暑假都初三了呢。」

楊根長道：「就是的，你老婆不讓你跟你兒子聯繫我們也知道，平時你老婆和你女兒在，也曉得你不方便見兒子，今天她們出去玩了，不是剛剛好？讓你兒子教好建平他女兒，說不定教著教著，教出感情，建平將來就是你兒子的老丈人了，建平那輛賓利就是你兒子開了，建平這麼大的一片廠，到時候就改姓朱了，你賺死了。」

大家哈哈大笑。朱永平經不住朋友的揶揄，臉有愧色地拿起手機，撥給了兒子。

# 8

「爸爸，方叔叔，楊叔叔，叔叔，伯伯，好。」朱朝陽走進他爸的辦公室，依次有禮貌地跟每個人打招呼。

楊根長笑道：「瞧你兒子多懂事，這叫知書達禮，不像我那狗屁兒子。」

朱永平略略得意地摸摸兒子的頭，道：「兒子，幫叔叔伯伯倒點水來。」

朱朝陽依言照做。

方建平一邊配著手裡的牌，一邊瞅向他：「朝陽，我家麗娜這次只考了班上的二十幾名，這個成績連二中都不一定能進，你跟她同桌，平時要多教教她啊。」

朱朝陽點點頭：「嗯，我會的。」

「那方叔叔先謝謝你啦。」

「方叔叔您太客氣了。」

幾位老闆都連連點頭，覺得一個初中生如此彬彬有禮，實屬難得。

方建平繼續道：「你爸平時有沒有給你錢？」

「嗯……有的。」

「這次給了你多少？」

「這次？」朱朝陽不解地看著他爸。

朱永平連忙解釋：「暑假不是剛開始嗎？我還沒給過，等下給你。」

方建平道：「上次你爸什麼時候給你錢的？」

朱朝陽低頭道：「過年的時候。」

「給了多少。」

朱朝陽老實地回答：「兩千元。」

眾朋友嘴裡冒出一陣笑意。

朱永平臉色發紅，看著手裡的牌，解釋著：「過年時我手裡也不寬裕，給少了。」

方建平道：「今天你爸贏了一萬多元了，等下你爸贏的錢都會給你的，對吧，永平？反正你老婆不在，賭桌上的錢她又不知道，我們也不會跟她說你贏了多少，你就說你輸了好了。」

其他老闆們也紛紛點頭，說就該這樣。

朱永平只好道：「那必須的，兒子，到老爸這裡來，看老爸今天能贏多少。」

這局打完，輪到了楊根長坐莊，他正在洗牌，有兩個人走進了辦公室。前面一個女人三十出頭，裝扮豔麗，看上去很年輕，手上戴著翡翠鐲子，脖子上是鑲寶石的白金鍊，挎著一個皮包，手指上勾著一把寶馬的鑰匙，她身後跟著個九歲的小女孩，一臉不開心的樣子。

「哎喲，累死了。」女人把鑰匙扔桌上，揉著手臂。

「你們這麼早就回來啦？」朱永平一見她們倆，慌忙站起身，擋在朱朝陽前面，臉上寫滿了尷尬。

「相機太老了，電池充電不行，沒拍幾張就關機了，只能早早回來。這相機可以扔掉了，都四、五年了，明天去重新買一個。」她把一個數位相機扔到了桌子一角，一副很嫌棄的表情。

「哦，那要不你們先回家，我們還要玩很久呢。」

女人對丈夫打牌本來不感興趣，但感覺丈夫今天有點異樣，仔細看了眼，馬上注意到了他身後還坐著個小男孩，她一眼就認出了是他兒子朱朝陽，臉上瞬間浮過一抹冷笑，瞪了朱永平一眼。

朱朝陽當然知道這女人就是勾引走他爸的人，那小女孩是這女人跟他爸生的，他抿抿嘴，側過頭，不知所措地坐在位子上，裝作沒看到她們母女。

楊根長停下發牌，幾個朋友都臉帶笑意地看著這一幕。

小女孩也看見了朱朝陽，好奇地跑過來，指著他問：「爸爸，這位哥哥是誰呀？」

「是……」朱永平臉色尷尬，猶豫了片刻，道：「這是方叔叔的侄子，今天過來玩的。」

「哈哈！」其他幾個打牌的朋友哄堂大笑。

楊根長忍不住嚷道：「太有才了，實在太有才了，阿拉寧市的朱有才啊！」

「喂喂，你們別笑，」方建平一本正經地說，「有才哥說的沒錯啊，朝陽叫我叔叔，當然是我侄子了。」

女人微微一愣，隨即臉上也掠過一抹冷笑。

楊根長笑嘻嘻地看著小女孩，道：「朱晶晶，聽說你這次期末考試不及格啊？」

小女孩害羞地躲到朱永平身後，拉著她爸的手臂撒嬌：「不是的，不是的，我粗心沒考好的……」

楊根長指著朱朝陽，道：「你要跟哥哥學習啊，他是他們學校第一呢。」

女人臉上浮過一抹不悅，但稍縱即逝，拉過女兒，也附和著說：「對呀，你要好好學習，要考得比這位哥哥還要好，知道嗎？」她把「還要好」這三個字特意加重了語氣。

「知道了，知道了啦！」小女孩一臉不高興。

方建平又道：「瞧我侄子，衣服都洗得雪白了，有才哥，幫我帶侄子去買幾套衣服沒問題吧。待會兒花了多少錢，回來跟我算帳好了。」

他朝朱朝陽眨了下眼睛，朱朝陽茫然無措地坐著。

「這個……」朱永平很是尷尬。

「去吧，你位子阿傑替上，」楊根長說，「建平侄子衣服這麼舊了，多買幾件是應該的。你說呢，阿嫂？」他瞧向朱永平老婆。

女人不好在丈夫朋友面前駁了面子，只好道：「嗯，正好我們也準備去買衣服，永平，你就帶上朝陽一起去吧。晶晶，我們先去車上，等下爸爸帶我們去買衣服。」

小女孩開心道：「好呀，我要去金光百貨！」

女人又掃了朱朝陽一眼，笑了笑，拉著女兒先出去了。

等她們出去後，朱永平在一幫人慫恿下，只好道：「兒子，爸爸帶你買衣服去。」

「哦，」朱朝陽站起來，想了想，又搖頭，「爸，我不去了，我想早點回家。」

其他幾位老闆連聲給他鼓勵：「都說去了，怎麼能不去？不差這麼點時間，你爸等下會開車送你回家的，去吧！」

朱朝陽只好緩緩點點頭。

朱永平帶著兒子走出幾步，又停下腳步，低頭悄悄囑託：「你妹妹一直不知道她還有個哥哥，現在她太小，告訴她你爸離過婚，對她心理影響不好，嗯……所以我說你是方叔叔的侄子，等她大了我再告訴她。等下你……你……你暫時叫我叔叔，好嗎？」

「嗯。」朱朝陽低著頭，小聲應了句。

朱永平收了賭桌上的錢，點了下，摸出其中五千元，交給兒子，道：「錢藏口袋裡，不要拿出來，等下不要告訴你阿姨我給你錢了。」

「知道了。」

朱永平歉意地拍拍兒子肩膀，抿抿嘴，轉頭對朋友們打了下招呼。為了顯得神態自若，他又拿起桌上的相機，擺弄一下，道：「這相機歲數是有點大了，難怪拍不了，該扔掉了。」

朱朝陽突然記起普普要拍照片，連忙道：「爸，你這個相機真不要了？」

「嗯，是啊，這個沒用了。」

「哦，那能不能給我？」

「你要相機？我下次買個新的給你。」

朱朝陽一點都不奢望爸爸真會買相機給他：「嗯，如果不要的話，給我吧，我有時候拍下玩玩。」

朱永平點頭爽快答應：「好吧，反正你還在讀書，用不到專業相機，你想要就拿去玩吧。我拿個盒子給你裝一下。」

從坐上這輛寶馬越野車開始，朱朝陽一直忐忑不安。

他坐在副駕駛座上，幾乎都低垂著頭，一言不發，偶爾幾次抬頭，看到車內反光鏡上，女人也正朝他看，臉上帶著些許笑意，他又連忙把頭低下。身旁三個人的歡聲笑語彷彿是另一個時空的，他完全是多餘的。

很快到了市裡最好的商場金光百貨，不知是有意還是無意，朱永平和朱朝陽走在一起，女人帶著女兒卻跟在後面，沒跟上來，母女倆似乎在竊竊私語。

朱朝陽走到一家運動品牌店前，停下腳步。

朱永平看著兒子，道：「你想買運動服？」

「我……我想看看運動鞋。」

現在中學生很早就有了攀比意識，穿名牌運動鞋很流行。不過朱朝陽從沒穿過，他一直穿普通的膠鞋。

他看中了一款學校裡很多同學討論的鞋子，忍不住興奮道：「爸──」

他突然醒悟，同時也發現朱永平咳嗽一聲，朝他眨了下眼睛，連忙改口：「叔叔，我想看看這個鞋子。」

服務員馬上熱情地問了腳碼，拿出鞋子讓他試。朱永平在旁邊等著，他剛試到一半，小女孩在店外喊起來：「爸爸，快過來，我要買那個衣服！」

「等下，等朝陽哥哥試好鞋子。」

「不，我不要，我要你馬上過來！我要你馬上來！」小女孩帶著哭腔撒起嬌來。

「哎，真麻煩，好好好，我馬上來。」

朱朝陽抬起頭，看到女人站在女兒身邊，正在跟女兒悄悄說著話，臉上有一抹勝利者的微笑，他連忙把頭低下。

「爸，你快過來，快過來！」小女孩拖長音調撒嬌著。

「好好，來了。試好了嗎？」朱永平看著兒子試鞋，著急地問，「大小合適嗎？」

「嗯，剛剛好。」

「嗯，那就不用試了，我看這雙挺好的，就買它了。小姐，多少錢？」他急著掏了錢。

朱朝陽站起身，看著爸爸因小女孩撒個嬌就變得急迫的神色，抿了抿嘴，隨後道：「我鞋子買了，衣服褲子下次買吧，我先回家去了。」

「嗯……等下我送你吧。」

「不用了，我自己坐公車回去就好。」

「這樣子……那好吧。」朱永平也希望早些結束今天的尷尬。

朱朝陽站起身，拎著打包起來的舊鞋子，拿著裝在盒子裡的舊相機，默默地朝商場門口走去。朱永平則到了妻子女兒前，解釋說朱朝陽有事先走了，我們繼續逛之類的話。

朱朝陽快走到門口時，回頭看了眼，女人正臉帶笑意地瞅著他，小女孩則很生氣的樣子瞪著他，接著又做出一個鬼臉，朝他呸呸呸。

朱朝陽緊緊握住拳頭，死命咬住牙關，走出商場。

# 9

剛到家樓下，朱朝陽就瞧見了倚在牆邊聊天的丁浩和普普，丁浩皺著眉，一副苦悶的樣子，普普依舊是一副冷冰冰的模樣。兩人看見他後，丁浩馬上換上了笑臉，帶著普普朝他奔來。

「你怎麼這麼快就回來了？」丁浩問。

「嗯……沒什麼事，就早點回來了。」

普普打量著他，過了一會兒，說了句：「你好像不高興。」

「嗯……有嗎？我很好啊。」朱朝陽故意笑出聲，掩飾自己的心情。

「他不高興嗎？我怎麼看不出？」丁浩好奇地瞧著他。

普普沒有搭理丁浩，只是盯著朱朝陽的眼睛，問：「你是不是哭過？」

「怎麼可能啊！我幹麼哭啊！」

丁浩看著他的眼睛，也發現了：「咦，朝陽，你真的哭過吧？」

普普用很平靜的語氣說著：「如果是因為我們的突然到來，讓你不開心的話，你可以直接告訴我們，我們不會怪你的。」

丁浩一愣，低下了頭：「哎，對不起，是我太自私了啦，沒有通知，突然就來你家找你了。我們這樣的小孩隨便找誰，都是帶來麻煩的，哎，朝陽，我們先走了，不打擾你了，以後再見。」

兩人徑直要走了，朱朝陽頓時感覺一陣空蕩蕩的失落，突然間，他很想找人說話，在他們走出幾步後，連忙叫住：「錯了，你們誤會了，不關你們的事。」

普普微微皺了下眉，將信將疑地望著他：「不是因為我們？如果是其他人，如果是誰欺負你的話，你告訴耗子，他打架很厲害，整個孤兒院沒人是他對手，你不要怕。」

「對，我打架很厲害，朝陽，你放心，如果誰欺負你，我替你出頭！」丁浩得意洋洋地說著，立刻用著半帶痞腔的調子，吹噓起他以往跟人打架的豪華經歷，總之意思是，不管誰欺負朱朝陽，就是欺負他丁浩，他丁浩可不是好惹的，分分鐘就能削死一個人。

朱朝陽平時在學校，一心用功讀書，性格內向，幾乎沒有朋友，更沒有能說心裡話的人，見他們倆如此關心自己，瞬間感到了一股暖流，便把剛剛發生的一切原原本本向他們傾訴，唯獨略去了他口袋裡裝著五千元的事，因為他對他們倆還是不放心，不敢讓他們面對五千元的誘惑。

聽完，丁浩道：「你畢竟是你爸的兒子，他怎麼對你不關心，反而關心女兒呢？」他瞧了眼普普，忙補充一句，「男女平等我知道。我意思是說，一般大人都更寵兒子，怎麼你爸是反過來的？」

普普不屑地反駁道：「那也不一定，偏心眼的多了去了，同樣兩個孩子，有些人對其中一個不聞不問，對另一個好得要死。」

朱朝陽洩氣地搖搖頭：「我媽說我爸怕那個婊子，一見到婊子就丟了魂，整個人都被勾走了，婊子說什麼就是什麼。他也一直特別寵小婊子，那個小婊子很會撒嬌。前幾年我爸還會經常偷偷聯繫我，給我錢，後來聽我奶奶說，為這事，婊子跟他吵了很多次，還要查他的電話，這幾年他都很少聯繫我了。」

丁浩義憤填膺地握起拳頭：「這個大婊子和她的小婊子這樣對你，實在太可惡了，要是沒她們，你爸肯定還是和你媽好好過下去的。嗯……可是現在是她們倆欺負你，我……我也不知道該怎麼幫你。」

朱朝陽拍拍他肩膀，苦笑下：「沒關係，誰都幫不了的。哦，對了，普普，這是相機，我爸說電池充不太進去，充了電只能用一小段時間，但我想拍幾張照片應該夠了，到時我們自己拍好，再拿到影印店列印出來，你看好嗎？」

普普微紅著臉低下頭，道：「謝謝朝陽哥哥。」

丁浩道：「朝陽真是大好人，對吧，普普？」

「嗯。」

朱朝陽被他們說得很不好意思。

普普道：「朝陽哥哥，那個大婊子是大人，我們沒辦法，小婊子你知道是哪個學校的嗎？」

「不知道，只知道讀小學二年級。」

「如果知道是哪個學校就好辦了，下次我們去學校打她一頓，替你出氣！」

丁浩連忙道：「好辦法，我想好了，到時你不要露面，只要告訴我哪個是她，我一把抱著她扔到垃圾桶裡，再蓋上蓋子，哈哈，到時有得她哭了吧。」

朱朝陽聽了他的「計謀」，彷彿眼前就出現了小婊子被人扔進垃圾桶哇哇大哭的模樣，瞬間被逗得哈哈大笑。

普普冷笑一聲：「這就夠了？最好是把她衣服脫光，把衣服扔進廁所大便堆裡。」她臉上露出怨毒的表情。

朱朝陽微微吃驚地看著她，沒想到一個比他還小兩歲的小女孩，主意更毒辣，不過如果真能那樣，一定很酷。

普普一本正經地說：「以前我有個弟弟，我媽生了我弟弟後，對他很好，對我從不關心，我真恨死他們了，只有我爸對我好。朝陽哥哥，你剛好跟我相反，你爸爸對你冷淡，對小婊子好，你媽媽對你好。」

「那現在你和你弟弟還有聯繫嗎？」

「哼，」普普嘴角一撇，「已經死了，跟我媽一起死的，聽說我弟弟是我媽偷偷跟其他男人生的野種，不是我爸親生的。所以別人冤枉我爸殺了他們倆，結果害我爸爸被槍斃，我真恨死他們了！我真恨不得他們倆再死一遍！」

朱朝陽感同身受地點點頭，現在他明白為什麼普普從之前的冷冰冰中，話一下子變得多了起來，原來普普的經歷跟他很像。也難怪普普這麼想幫他報復那個小婊子。

可真能那麼報復嗎？恐怕也只能這樣背後說點玩笑話，出出氣吧。

## 10

吃過晚飯，丁浩和普普都迫不及待地去廁所洗澡，在他們幾個月的流浪中，並不是每天都有條件洗澡。

稍後，三人坐在一起閒聊，朱朝陽和丁浩都席地而坐，普普獨自坐在靠近小陽台的位置，似乎刻意與兩人保持了很遠的距離。朱朝陽稍微感覺有點奇怪，不過也沒多問。

「耗子，你們為什麼要從孤兒院跑出來？」

「這個嘛，」丁浩看了眼普普，道：「那裡的人太壞了，實在待不下去了。」

「怎麼壞了？」

「其實也不是一直壞啦，以前院長是個老阿姨，她對我們大家可好了，把我們當成她自己的孫子孫女一樣。前年老阿姨退休了，換來了現在的院長，是個男人，一個死胖子。」

普普冷哼一聲，補充道：「還是個噁心的大色狼。」

「色狼？」

丁浩嚴肅地點頭：「對，他摸普普了。」

「摸什麼？」儘管現在大部分初中生對性知識懂很多，不過朱朝陽平時不太和同學交流，對男女知識並不十分了解，僅限於電視上常見的牽手和接吻，雖然也聽到過一些男同學口中的做愛，但也一知半解。

普普也才剛剛開始發育，對男女之事並沒多少害羞感，很直接地說：「他把我帶到單獨的房間，脫了我衣服褲子，要摸我。」

「這……怎麼這樣子！」

「有好多次，他還脫了他的褲子，把他的小雞雞塞我嘴裡，臭死了，他小雞雞上還有很多毛，幾次塞到我嘴裡，太噁心了，每次都想吐。」普普忍不住乾嘔了一下。

「他為什麼把小雞雞放你嘴裡？」

「不知道。」

朱朝陽看向丁浩：「你知道嗎？」

「我？嗯……」丁浩臉上露出怪怪的表情，看著他們倆渾然不知的模樣，嘿嘿笑了下，搖搖頭，「反正不是好事。後來有一次，死胖子又來找普普。普普之前跟我說過，要我去救她，死胖子還沒脫褲子，我就闖進去了，他很生氣，把我關在一個小屋子裡，關了一天一夜，東西都沒給我吃。這死胖子，等我以後長大了，我一定回去揍死他！」他揉搓著雙手，做出一副磨刀霍霍的樣子。

普普補充道：「不光是我，他還強拉其他女生去，很多女生都被他摸過。」

丁浩反駁：「李紅是自願去的！她說死胖子給她買零食，對她特別好，她想做死胖子的老婆。」

「哼，隨便她！反正我受不了，我再也待不下去了！」

「我也是，上回我偷偷出去玩，回來被他發現，還被他揍了一頓，硬說我偷錢。」

朱朝陽不解：「他為什麼說你偷錢？」

「我出去打遊戲了，他冤枉我偷了教導員的錢，說要不然我怎麼會有錢。」

「嗯……那你怎麼會有錢？」

「以前社會上有好心人來看我們的時候給的，我沒交出去。其他人都交上去了，死胖子說錢拿來給我們買零食，可每次交上去有幾百上千元，也沒見他買什麼東西給我們吃。所以我就不交，偷偷藏著，逃出來打了下遊戲，這死胖子就冤枉我偷錢。」

朱朝陽道：「那你們這次逃出來，孤兒院會找你們嗎？」

兩人同時點頭，丁浩道：「肯定找的，我以前聽老阿姨說過，孤兒院裡的每個小孩都是登記過的，上級要來查人數。後來我們逃出來，住在北京一間小旅館時，看電視，有個新聞還在找我們兩個呢，我倆的照片都有，死胖子還在電視裡裝模作樣哭著叫我們回去。我們就怕被他們抓回去。如果回去了，死胖子指不定會怎麼對付我們呢！而且，哈哈，我們逃跑前，我偷偷到死胖子辦公室，偷了他的錢包，裡面有整整四千多塊錢，要是沒這筆錢，我們逃出來沒幾天就過不下去了呢，正是靠這筆錢，我們才敢出逃，過了這麼久日子呢。所以啊，無論如何，都不能回去，我們私自逃跑加上偷他錢包，死胖子一定會把我活活打死。」

「你們如果不逃出來，難道一輩子都要留在孤兒院裡嗎？」

丁浩道：「那也不是，只有到了十八歲才能走，到那時，不走也會趕你走的。不過到十八歲還要好些年呢，我和普普都等不及了。住在裡面就跟坐牢一樣，平時都不能出去玩，好像說我們這個孤兒院管得特別嚴格，絕不許小孩私自逃出去的。」

普普冷聲道：「那是因為我們爸媽都是殺人犯，他們也是這麼看待我們的，覺得我們出去就是禍害！」

這時，朱朝陽聽到「噗噗」幾聲屁響，隨即聞到一股臭味，他皺眉道：「耗子，你放屁也不提前通知的啊？」

丁浩看了眼普普，普普微微把頭側過，表情顯得黯淡。丁浩歪了下嘴，笑道：「好啦，下回我放屁一定提前三分鐘通知你。」

三個人旋即又笑成一團。

笑過以後，丁浩神情又轉回沮喪，嘆了口氣：「真羨慕你，你爸媽雖然離婚了，可你至少有個家，有個學校讀書，有這麼多同學。不像我們，誰都不要，以後去哪裡都不知道。」

談話的氣氛一下子變得不是滋味，朱朝陽看著丁浩和普普的神色，勉強笑了笑，道：「也別羨慕我了，我也不好，在學校總是被人欺負。」

「誰欺負你？我削死他！」丁浩又擺出了打架的架勢。

「是女的，你敢打女的嗎？」

「女的？」丁浩尷尬地笑了笑，「好男不跟女鬥，女的我不好打，讓普普打，哈哈。不過普普比我們小兩歲，恐怕打不過你的女同學。」

普普撇撇嘴。

朱朝陽吐口氣，道：「打她也沒用啦，她爸是派出所的，誰敢打她呀。而且這事也不是靠打能解決的。」

朱朝陽鬱悶地把葉馳敏幾次在老師面前誣陷他的事說了一遍。

丁浩皺眉道：「明明是她冤枉你，老師就是不肯相信你嗎？」

朱朝陽冷哼一聲，「成年人就會聽一面之詞，尤其是女生的一面之詞，笨得跟豬一樣。」他憤恨地握拳，「在成年人眼裡，小孩子永遠是簡單的，即便小孩會撒謊，那謊言也是能馬上戳穿的。他們根本想像不到小孩子的詭計多端，哪怕他們自己也曾當過小孩。」

丁浩和普普都認同地點頭。

朱朝陽道：「成年人眼裡，剛出生的嬰兒到十幾歲的學生，他們都一概視作小孩。幾歲大的小孩當然很簡單，撒的謊也很容易識破，可是到了十幾歲，小孩已經不再單純了，可是他們還是把小孩想像得很簡單。」

普普道：「成年人更壞，你被你同學故意栽贓，我和耗子哥都被成年人多次冤枉過。」

「是嗎？」

丁浩鼻子重重哼了聲，點點頭。

普普道：「我爸被槍斃後，那時我叔叔家願意收養我。可是才過了幾個星期，有回一個女同學放學路上跟我吵架，她罵我是殺人犯的小孩，我跟她打起來了，把她打哭，她逃走了。當天晚上，她家裡人在水庫裡找到她，她淹死了，然後就說是我把她推下去的，到叔叔家找我，要打我，員警都來了，把我帶到派出所，關了整整兩天。我說我沒推過她，不知道她怎麼掉進水庫裡的，大家都不信。最後，員警也說沒證據，把我放了，可她家裡人又來找麻煩，嬸嬸不同意繼續收養我，最後把我送到孤兒院。」

「那麼……」朱朝陽小心地問，「那個女同學，真的是你推下去的嗎？」

普普失望地看他一眼，撇撇嘴：「當然不是，我打了她幾下後就回家了。我也不知道她怎麼掉下去的。」

丁浩道：「我爸媽剛被抓進去那會兒也一樣。我回了老家，親戚沒人要我，我一個人在外面玩時，店老闆說我偷東西，明明不是我，我身上也搜不出來，硬要冤枉是我偷的。店老闆兒子還打了我一頓，當天晚上我拿石頭砸了他家玻璃，結果被抓了，後來也被送到孤兒院來了。」

三個小孩各自臉上都寫滿了憤恨和無奈，彷彿整個社會太多的不公加諸在他們身上。

過了一會兒，朱朝陽故意笑出聲，打破氣惱的氛圍：「不提這些事情了，我們看下相機，晚上充滿電，明天給普普拍照片吧。」

「這相機你會用了嗎？」普普很期待地看著他。

朱朝陽搖搖頭：「不會，得研究一下。我看別人是把數位相機連到電腦上的，我床底下有台舊電腦，我媽以前失業培訓時，政府送的，幫助練打字，不知道還能不能用。」

他們搬出電腦，折騰了好久，依舊弄不來，最後找了隔壁鄰居的一個年輕哥哥來幫忙，總算弄好了電腦，又連上了相機。年輕哥哥簡單教了一下各種操作，朱朝陽本就聰明，很快學會了。

他透過電腦打開相機裡的檔案，出現了很多照片，全是他爸爸和那女人、女兒的合影。他們一家非常親熱，爸爸總是抱起女兒親她。

朱朝陽正想一股腦兒全刪掉，普普連忙道：「別刪完，留幾張。我們記下小婊子的長相，下次如果有機會，可以替你出氣。」

朱朝陽看著照片中親密的一家，又想起下午那根本忘不了的記憶，用力地咬緊了牙，把刪照片的動作停住了。

過了好一會兒，他才調整好情緒，問普普：「明天你想去哪裡拍照片？」

「嗯……最好找個漂亮的地方。」

「什麼地方算漂亮？」

「我也不知道，朝陽哥哥你覺得呢？」

朱朝陽想了一下，道：「要不去三名山吧，我媽在三名山檢票，我們進去不用錢，那裡風景可好了，明天一起去玩一下？」

「好啊，我一直沒爬過山啊。」丁浩興奮地叫起來。

普普望向窗外：「我爸爸看到我在山上玩的照片，一定會很高興的。」

## Part 11-15
## 煩惱

## 11

鎮上沒有通往三名山的直達車，三個孩子起個大早，先坐車到了市區，再坐了兩小時車才到三名山風景區。

遠遠的，朱朝陽指著檢票口一個矮墩墩的胖婦女，介紹道：「這是我媽媽，你們先等一下，我先過去跟我媽說幾句。」

他跑到媽媽周春紅邊上。

「咦，你怎麼來了？」

「我帶兩個同學過來玩。」他指著遠處的丁浩和普普，「一個是我小學同學，後來轉去杭州讀書了，這幾天來玩，還有個是他妹妹。對了，媽——」他連忙從口袋裡掏出五千塊錢，偷偷塞給她，「昨天爸爸叫我過去，給了我五千元，你收好。」

「朱永平這次怎麼良心發現，給你這麼多？」周春紅把錢塞進口袋。

朱朝陽微微低下頭：「昨天過去時，另外幾個一起打牌的叔叔讓他多給我點的。不過，昨天被他老婆和女兒撞到了。」

周春紅關切地問：「她們怎麼說？」

「沒怎麼說，他女兒不認識我，還問我是誰，爸爸……他說我是方建平叔叔的侄子。」他聲音很小。

周春紅看著兒子的模樣，眼眶不禁發紅，強自忍住，冷聲哼道：「朱永平這種話都說得出口！做爹做到這種分上，還不如去死呢！」

朱朝陽抿了抿嘴，沒說什麼。周春紅岔開話題，拉了拉兒子衣服：「衣裳很髒了，自己沒洗吧，本來我明天休息的，昨天李阿姨她爸生病住院了，我跟王阿姨要留下來頂班，這幾天回不去了，你今天自己回家把衣服洗掉，知道嗎？」

「知道了，我會洗的，嗯，那我帶同學上山去玩了。」

「去玩吧，你們回去後，你請同學到外面吃，別人過來玩，你要招待好一些，不要讓人覺得你小氣，你有錢嗎？」

「我還有幾百元，夠用了。媽，你這幾天不回家的話，我留我同學在家住幾天，一起玩玩，好嗎？」

「嗯，你們隨便玩吧。」周春紅對兒子平日裡沒多少約束，她一向對兒子很放心，而且兒子特別爭氣，從小學開始功課就不需要她管，成績一直數一數二，這是她的驕傲。

朱朝陽朝兩個小夥伴招招手，兩人過來很禮貌地叫了阿姨好，跟周春紅一起上班的王阿姨偷偷說普普這小女孩長得真漂亮，像瓷娃娃一樣，給朝陽當媳婦挺好，周春紅笑著拍了她一下。同時，這話也被普普聽到了，她歪嘴笑了一下，做了個鬼臉，沒說什麼。

三個小孩一起爬山玩耍，很快忘記了各自的煩惱。今天是七月的第一個星期三，不是節假日，又在旅遊淡季，山上沒幾個遊客。三人打鬧著一路走上去，很快就到了半山腰平台邊緣的一個涼亭裡休息。

「要是每天能這樣一起玩就好了呀！」丁浩感慨一句，伸直了身體，朝向涼亭外側的空曠天空。

普普望著山下一大片的風景，也不由開心地笑起來：「朝陽哥哥，你看這裡風景怎麼樣？」

「很好啊。」

「我想在這裡拍幾張照片。」

「沒問題，你先站著，我試幾張看看。」

普普馬上認真地站直身，兩個剪刀手伸到腦袋上，笑得很燦爛。

「真像個兔子，哈哈。」朱朝陽擺弄著相機，丁浩在他後面看他的操作。

拍了幾張後，朱朝陽點開照片看效果，背景很漂亮，普普也很可愛，三人都說好。隨後又換角度拍。

這次相機對著的方向是平台前方，此刻平台上只有一個年輕男人和一對五、六十歲的老夫妻，朱朝陽連拍了幾張，打開看時，效果很好。

「怎麼樣？」

普普連連點頭：「拍得很漂亮！我好喜歡。」

「耗子，你也拍幾張吧？」

「我就不用了吧，我對拍照沒興趣。」

「嗯……那我給你們拍影片吧。」

「相機還能拍影片？」普普很好奇。

「是啊，還能錄音，快，我已經開始了，你們兩個對鏡頭說幾句話唄。」

「說什麼呢？」普普道。

「哈哈，看我的，」丁浩開始裝模作樣，「各位觀眾大家好，現在大家收看到的節目是新聞聯播，由著名主持人丁浩先生為大家主持，首先我們看一條今天的熱點新聞，三名天才少年在三名山遊玩，然後……」

「然後發生了什麼？」朱朝陽笑著問。

普普道：「丁主持，後面呢？沒啦？」

「然後……然後……」丁浩害羞地撓著頭，編不出後續的話。

可就在這時，突然，兩聲撕心裂肺的「啊」同時傳了過來，把三人都嚇了一跳。三人同時朝平台方向看去，此刻平台上只剩下剛剛那個年輕男人，那對老夫妻已經不見了。

幾秒鐘後，山下傳來了幾聲砰砰悶響，那個男人趴在城牆邊，向下大叫幾聲：「爸！媽！爸！媽！」轉身衝到平台後面的幾間小賣鋪前，大吼著：「快救人，我爸媽掉下去了，快來人幫忙啊！」

朱朝陽連忙收好相機，三個人一齊跑了過去。

## 12

頃刻間，附近的人們都跑了過來，景區管理人員一邊打著電話，一邊趕緊下山救人。三個孩子也像其他人一樣，趴在城牆上向下張望著。

「這麼高！人影都沒看到，還能活嗎？」丁浩倒抽了一口涼氣。

「肯定死了。」朱朝陽把身體略略縮回來，這高度往下俯視，人本能會產生一種恐懼感。

普普摸著城牆，道：「奇怪，這麼寬的城牆，怎麼會掉下去？」

這裡的城牆有半米多寬，人坐在上面是很穩當的，所以經常會有遊客坐在城牆上拍照。當然，旁邊有塊景區設置的提示牌「注意安全」，不過之前從來沒人坐城牆上掉下山。

丁浩道：「可能是朝外側坐著的吧，想爬回來時，一不小心滑下去了。」

普普搖頭道：「怎麼可能？誰敢朝外坐著呀，而且還是老年人。」

朱朝陽想著可能的解釋：「大概其中一個老年人突發什麼病，向後昏倒了，順勢把另一個也帶下去了，嗯……反正命不好唄。」

這時，他們遠遠看到山下已經有幾個景區的工作人員走進下方樹叢裡找人了，丁浩連忙招呼兩人：「走，我們也下去看看。」

普普撇撇嘴：「這有什麼好看的？」

「我還沒見過人從這麼高摔下去是什麼樣的。」

朱朝陽鄙夷地望了他一眼：「肯定摔得一團糟，很噁心的。」

「就是，一定到處都是血。」普普同樣不感興趣。

丁浩好奇心特別重：「下去瞧一下吧，到時你們站遠點，我過去看看好了。」

兩人被他說得厭煩，朱朝陽只好道：「好吧，我去看下我媽是不是要幫忙什麼的，出了這麼大事，她們景區肯定要忙死了。」

三個人走下山，剛到檢票口，周春紅正和幾個景區同事圍著議論死人的事。

「媽，掉下去的人找到了嗎？」

「你們下來了啊，你們早點回去，我們等下還要打掃，做很多事呢。」

「人找到了嗎？」

周春紅咂咂嘴：「剛找到的，保安正在抬出來呢。」

「阿姨，人怎麼樣了？」丁浩問道。

旁邊一個男同事怪笑著嚇唬三個孩子：「兩個人都摔得七零八碎，哎呀，剛剛進去的兩個保安都跑出來吐了。」

正說話間，幾個保安和已經趕來的景區員警從山下林子裡走出來，手裡提著兩筒用塑膠布包起來的東西，塑膠布上沾著血，這些人臉色都很難看，顯然是強忍著胃裡的翻滾，趕緊把屍體先弄出來。

跟在後面的，是朱朝陽三人剛剛在山上見過的男人，他臉上都是眼淚，哭得很傷心，一路快步跟在保安和員警身後，嘴裡啜泣著朝著塑膠布喊：「爸！媽！爸！媽！」所有看到的人都被他的情緒感染，感同身受，紛紛嘆息著死者命不好。

三個小孩駐足原地看著，少年人沒經歷過多少生離死別，並沒有過多思考生命短促之類的感想，只是抱著看熱鬧的好奇。再待了些時間，三人跟周春紅告別，準備回家。走過景區管理站外面時，又遇到了那個男人和一些員警、保安、管理人員站一塊，他們正商量著處理辦法，是直接把死者送去火化還是帶回家辦喪事，男人打了幾個電話後，哭著說先送殯儀館吧。談妥後，眾人把兩卷塑膠布放上了景區的皮卡車，警車跟在後面，男人則走向了他停在一旁的車子。

「是寶馬車，這人好有錢。」朱朝陽咂咂嘴。

其實張東升開的是國產寶馬，並不貴，不過朱朝陽分不清國產的、進口的，反正看到寶馬的標誌，就覺得是有錢人。普普停在原地，朝寶馬車打量了一會兒，直到寶馬車駛離，消失在他們視線外。

三個孩子本以為這不過是他們遊玩中的一次插曲，此刻他們並不知道，今天的事，將徹底改變三個人接下來的命運。

## 13

徐靜兩眼通紅地走進調解室，一個錯步，差點跌倒。跟在她身後的張東升連忙抓住扶穩，徐靜卻在下一秒，手腕一扭，把手從張東升手裡掙脫出來，似乎一點都不想碰到他。

張東升微微一愣，眉角皺起，看了她一眼，隨即連忙低聲哽咽起來：「對不起……是我，是我沒看好爸媽，真的對不起。」他通紅的雙眼中，滾出了兩行熱淚。

徐靜冷哼一聲，毫不領情地把臉扭過去，咬住嘴唇抬頭朝上，淚水翻滾著。

看到這情景，辦公室裡的員警趕緊招呼兩人坐好，給他們倒了水，拿來濕毛巾擦臉。

「謝謝你們。」張東升接過毛巾，感激地朝員警點點頭，擦拭眼睛。

一名負責這次接警的中年員警嘆息一聲，道：「發生這樣的事，我們也很難過。二老已經送殯儀館了吧？我們按照工作要求，要對景區內的這次事故做個登記，等今天的工作弄完後，明後天或者你們哪天有空的時候，我們再把景區的人叫過來，一起協商處理善後工作，你們覺得怎麼樣？」

張東升看向女人，輕聲詢問意見：「徐靜，你覺得呢？」

徐靜依舊沉浸在傷心中，沒有任何回應。

員警只能轉向張東升：「張先生，今天事故是怎麼發生的？」

張東升抽泣著說：「本來是好好的，我是老師，剛放了暑假，爸媽早就說想出去玩了，前幾天我在網上找了下，覺得三名山環境好，離家又近，早上去玩，下午就能回家了，就跟爸媽說了。爸媽也都說想去三名山玩，徐靜昨天還讓我照顧好爸媽，爸有三高，爬山怕吃不消，爸自己卻說沒事，鍛鍊一下也好，誰知道……誰知道……都怪我啊！」

他痛苦地把頭埋進了兩手中間。

「三高？」員警注意到了這條資訊，眉頭一皺，忙問：「老人家的高血壓厲害嗎？」

張東升重新抬起頭，回答道：「只有爸有高血壓，媽身體一直還不錯的，而且爸的血壓在他們這個年紀也不算高，平時很少吃藥。」

「嗯，」另一名員警在記錄本上快速記下，接著問：「然後他們在山上是怎麼掉下去的？」

「我們到了中間平台後，準備休息，媽讓我給他們倆拍幾張照片，本來想拍外面風景的，結果被城牆擋住了，爸就拉著媽坐到了牆上，說這樣拍比較好。那時我剛低著頭弄開相機，就那麼幾秒鐘的工夫，我就聽到爸媽『哎呀』叫了聲，抬頭就見兩個人朝外仰天栽下去了。我……都怪我……我……」他難受得說不出話。

妻子徐靜哭著道：「你怎麼會讓爸媽爬到城牆上去！他們……他們這個年紀，怎麼會爬牆上去？是你，一定是你——」

張東升立馬打斷她：「是，是！怪我……都怪我，我根本沒想到會這樣掉下去。那個城牆看起來很寬，根本不可能掉下去的啊。我怎麼都想不通爸媽是怎麼掉下去的。」他把目光投向了員警。

員警替他解圍道：「是這樣的，徐女士，三名山上有古城牆，城牆還是挺寬的，也很矮，平時挺多人坐在上面拍照，從來沒出過事。那城牆看起來挺安全的，沒人想到坐上面會掉下去，這點也不能怪你老公啊，畢竟他也不想的。」

徐靜抽動著道：「那我爸媽怎麼會掉下去的？」

張東升哭著道：「我也不知道，就那麼幾秒鐘的事，我根本想不到會發生這樣的事。」

員警給出了可能的解釋：「我們已經到山上看過了，城牆很寬，照理說，坐上面不會掉下去的。我想可能是你爸爬山後，高血壓犯了，坐在城牆上後，一時暈眩，向後倒，本能地抓了把你媽，兩個人就這樣一齊掉下去了。剛剛我們在你爸口袋裡也找到了高血壓的藥。你爸最近有吃降壓藥嗎？」

「我……我不知道，這要問張東升。」

張東升解釋道：「徐靜工作忙，平時主要是我照顧比較多些。」

員警旋即對張東升加了不少印象分，女婿比女兒照顧得還周到，這年頭這樣的年輕人可不多了。

張東升繼續道：「我經常提醒爸，讓他吃降壓藥，爸卻總說沒感覺難受，藥能不吃就不吃，吃藥總是不好的。哎，要是最近一直吃著降壓藥，我想……我想無論如何都不會發生這種事啊！」

員警連連點頭，心中對張東升的印象愈加好了。

很快，這場意外的經過登記完成了。員警的事故調查報告上記錄老人家爬山後突然坐下休息，這種劇烈運動後直接休息，極其容易誘發高血壓，隨即向後暈倒，此時本能地抓了一把老伴，兩人一起跌下山去。

隨後民警紛紛安慰兩人，勸他們別太傷心，回家處理善後工作，畢竟事情已經發生了，再也挽回不了，注意自己的身體之類的。在這件事上，景區幾乎沒什麼責任，畢竟景區在出事地旁還立著安全告示牌，不過出於人道角度考慮，景區可以給個五千元慰問金，具體情況，派出所還要跟景區管理方溝通。

所有人都沒有想到，這樣一個比女兒照顧還周到的女婿，卻是殺人兇手。

不過這一切都在張東升的計畫內，對於這次謀殺，他籌畫了將近一年。他深知，以這種方式結束岳父岳母的生命，不會有任何風險，再厲害的員警來了也沒用，因為，沒有辦法能證明這是一起謀殺，是他把岳父岳母推下去的。何況，他今天的演技很到位，博得了所有人的同情。也許除了徐靜，不過，這已經不重要了。

因為，徐靜也快了。

## 14

「你們說人的腦漿是什麼顏色？我看到有的書上寫著是黃色，有的說是白色。」回到朱朝陽家後，丁浩依舊眉飛色舞地講著今天的事。

朱朝陽和普普都對此感到厭煩，說他實在太八卦了。今天的意外是三個人一起看到的，丁浩掌握的資訊與他們倆並無差別，可他還當成一個特大新聞，不斷向他們渲染。如果這事是丁浩一個人碰見的，恐怕他非得把新聞反覆播報幾十遍，一直到大半夜才肯甘休了。

他們給丁浩新取了兩個外號，一個是大嘴巴，一個是包打聽，說以後但凡有祕密絕對不能讓他知道，否則，他知道了，整條街都會知道了。

儘管今天遊玩遇到重大事故，不過這絲毫不影響三個少年的心情。他們拍到了照片，剛回到家，就迫不及待地拿出電腦，連著數位相機看起來。

照片拍得很令他們滿意，看著各自或是故作成熟，或是故意搞怪的情景，都相互取樂，咯咯直笑，連一向冷冰冰的普普今天也笑得格外開心。看完照片，他們又打開了最後拍的那段影片，影片開始時，丁浩正在學新聞主持人播報，朱朝陽大笑著說：「你在北京待了幾年，普通話講得很標準啊。」

「那當然了，我長大想當記者。」

朱朝陽挖苦道：「嗯，你這個大嘴巴，果然很適合幹新聞。」

普普道：「記者要讀書好的，你肯定不行，朝陽哥哥行。」

丁浩一愣，笑容從臉上消失：「是啊，我成績差，而且……以後也沒有書讀了。」

瞬間，快樂的氛圍彷彿被一把無形的刷子刷得一乾二淨。

朱朝陽馬上轉移話題，道：「我媽媽說，今天讓我請你們吃肯德基。」

「是嗎？太好了！」丁浩馬上又大笑了起來，笑得特別大聲，緩和了大家的情緒，「我和普普都沒吃過，不過我們在肯德基住過好幾個晚上了，他們二十四小時營業，不會趕人。」

「好啊，那我們現在就去吧。」

朱朝陽說著，正準備把影片關掉，卻沒注意到普普表情的異樣。

「等等——」普普眉角微微蹙起，身體一動不動，極其專注地盯著電腦螢幕。

「怎麼了？」朱朝陽不解地問。

普普依舊盯著電腦：「能把這段影片往前拉一下嗎？」

「當然可以，」他操作了一下，「拉到哪裡？這裡？」

「對，就是這裡開始。」普普異常嚴肅，目不轉睛地盯著畫面。

兩人都不解地看著她：「怎麼了？」

普普嚥了下口水，完全面無表情，直到影片放完停住，隔了半晌，她才冷冰冰地吐出幾個字：「他殺人了。」

「嗯？」兩人還是不明白。

普普從朱朝陽手裡接過滑鼠，再度拉到了剛剛的位置，然後點下暫停，冷聲道：「涼亭前面兩個人不是掉下去的，是被開寶馬車的男人推下去的。」

「什麼！」聽明白她的話，兩人都張大了嘴。

普普按下播放鍵，畫面再次動了起來。朱朝陽和丁浩這回看得很清楚，他們身後不遠處，那個男人抓住了坐在城牆上兩個老人的腳，瞬間做出一個幅度很大的向上掀翻的動作，坐著的兩人本能地伸手向空中抓去，但男人避開了他們的手，而是用一個更猛烈的向外推的動作，一把將兩人掀翻了出去。

整個過程只持續了一兩秒。

可是直到影片再一次放完了，朱朝陽和丁浩依然站在原地，目瞪口呆地對著靜止不動的畫面。

「他殺人了。」普普冰冷的臉上再次冒出這句話。

朱朝陽彷彿剛從噩夢中驚醒，心臟劇烈跳動著：「怎麼……怎麼會是這樣！」

一直喜歡說八卦的丁浩，此刻也變得木訥了，乾張著嘴，發不出聲音。朱朝陽感到很緊張，也是一股前所未有的害怕，他從來沒經歷過這麼大的事，更從來沒見過別人殺人。新聞裡聽到殺人和親眼見到眼皮底下的殺人，是完全不同的，尤其是剛剛影片裡看到那個男人在大約一兩秒的時間裡，一把將兩個人掀翻推下山的鏡頭，徹底把他嚇呆了。

他握著拳頭，結巴道：「怎麼……現在該怎麼辦？剛才看樣子，景區其他人都不知道這是殺人，都以為是不小心掉下去的，只有我們知道，怎麼辦？怎麼辦？我們報警吧。」

丁浩忙慌亂地點頭：「好好，我們趕緊報警，這是大事，天大的事！」

朱朝陽連忙打開他媽媽的房間，跑到電話機前，顫抖著拿起話筒，道：「我們……我們直接打一一〇嗎？該……該怎麼說？」他一時不知道該怎麼向員警組織語言，描述清楚整件事。他又想到三個小孩報警說有人殺人了，員警會相信嗎？會認真對待嗎？還是當成小孩的惡作劇，把他們斥責一頓？

另兩人沒給他提供任何建議。

朱朝陽想了想，把話筒朝丁浩遞去：「耗子，你能說會道，你來講。」

丁浩向後退了一步，道：「我說不好，要不，普普，你來說。」

普普無動於衷地搖搖頭。

朱朝陽道：「那我……那我直接照實說，員警會不會不相信我們小孩子的報警？」

丁浩道：「不相信的話，我們就直接到派出所裡報案吧。」

「嗯，也好，那我打了啊，那我真打了啊。」

朱朝陽鼓足勇氣，按下了一一〇，話筒響了幾下，馬上傳來一個女聲：「喂。」

「嗯……我是──」朱朝陽剛吞吐地說了半句，突然，一隻手伸到面前，直接把電話按斷了。

普普看著他，搖了搖頭，道：「先不要報警，再想想。」

「想什麼？」朱朝陽不解地看著她，著急道，「這……這是人命大事啊！」

普普面無表情地道：「報警的話，你準備把相機交給員警嗎？」

「當然了。」

「那麼我和耗子呢？」

「你們？你們怎麼了？」

「員警一定會去詢問影片裡出現過的人，我和耗子都會被員警叫去，他們一查我們的身分，就會知道我們是從孤兒院逃出來的，然後我們就會被送回去，回到孤兒院，我們就生不如死了。」

丁浩愣了一下，倒吸一口冷氣，慌張道：「對，朝陽，等一下，再想想，再想想。我們說過，無論如何都不回去了，不能……不能直接報警啊。」

「那……那該怎麼辦？」

這時，電話鈴聲響了，朱朝陽想去接，但望著丁浩和普普，又不敢伸手接，猶豫不決。鈴聲繼續響著，聲音在房間裡迴盪，每一秒都過得很慢。朱朝陽摩挲著手指，不知所措。

這時，普普一把抓過話筒，對裡面的接線員柔聲說了句：「阿姨，對不起，我剛剛不小心撥錯了。」電話裡傳來了一陣訓誡，說小孩子暑假不要亂玩電話，一一〇報警電話不是鬧著玩的之類的。普普連聲道歉。

掛了電話，普普朝兩人看了眼，道：「我們再思考一下吧，我肚子餓了，能不能先去吃飯？」

# 15

三人坐在餐廳的角落，圍著一個全家桶，朱朝陽從裡面掏出一根玉米棒，咬了兩口，索然無味，愁眉苦臉地看著兩人：「不報警的話，就沒人知道他是殺人犯了，他就逍遙法外了。」

普普道：「可是我跟耗子都被拍進去了，員警一旦知道我們倆的身分，一定會通知孤兒院，把我們送回北京。」

「可我們不能眼睜睜看著殺人犯什麼事也沒有吧？」

普普眉毛挑了挑：「也許他殺的是壞人呢。」

「那兩個老頭老太，不像壞人啊。」

「壞人你又看不出。」

談話一比一戰平，朱朝陽只能轉向丁浩：「你說呢？」

丁浩很為難地塞下一塊肉，咕噥著：「你說得對，殺人犯不能逍遙法外，普普說得也對，報警會把我們送回去。嗯……要不然這樣，等過個幾年再報警吧？那時我們滿十八歲了，不用擔心被送回孤兒院，殺人犯也能被抓住。」

「這是個辦法。」朱朝陽皺著眉頭，旋即又搖頭，「可是，這樣一個影片放著幾年，我……我有點怕。」

普普不以為然道：「怕什麼？除了我們三個，沒人知道這件事。到時員警問你為什麼當年不報警，你就說當年看影片沒注意到後面，剛重新看時，意外發現的。」

「嗯……可是這樣一段影片放好幾年，夜長夢多啊。」朱朝陽忐忑地說著。

三人沉默了一陣，各自吃著東西。

普普吃完一個小麵包後，突然很鄭重地看著他們倆，道：「我有個新的處理辦法。」
朱朝陽急忙問：「什麼？」
普普猶豫了一下，緩緩道：「我們可以把這段影片利用一下。」
「怎麼利用？」朱朝陽不解。
普普眼角微微瞇起來，沉聲說：「我們把影片還給那個男人，不過，在此之前，我們要向他拿一筆錢。」
「啊！你是說把影片賣給他？」朱朝陽張大了嘴。
普普點點頭，表情很成人化的模樣：「那個人開寶馬車，一定很有錢。現在我和耗子生活沒有著落，急需一筆錢。所以，最好的辦法，就是把影片賣給那個人，跟他要一筆夠我們用幾年的生活費，我們總得需要一些錢過下去，耗子，你說是吧？」
「是……可是這樣……」
「朝陽哥哥，要到的錢我們三個人平分，這是我們三個人的祕密，只要我們自己不說，沒有人會知道。當然了，拿到錢後，你要小心存到銀行去，不要被阿姨發現你有這麼大一筆錢，那樣就說不清楚了。」
聽到她的主意，朱朝陽嚇得目瞪口呆，過了半晌才恢復說話能力：「我們這麼做是敲詐勒索啊，而且是敲詐勒索一個殺人犯，我們這是犯罪呀！」
「耗子，你覺得呢？」
丁浩抓了抓頭髮，糾結地道：「如果真能順利跟他要到錢倒是挺好的一個主意，我就擔心跟殺人犯做交易會不會有危險？」
普普抿抿嘴：「這個影片能要了那人的命，那人肯定是願意付錢買下影片的，不過……我這樣想，太自私了，」她看向了朱朝陽，「我們倆確實很需要錢，可是朝陽哥哥並不急需錢，甚至……甚至拿到錢，他還要想辦法存起來，一直要存到他長大，不讓人知道才行。」

朱朝陽沉默無言，他半點都不想跟殺人犯做一場可怕的交易，如果殺人犯把他們三個也殺了呢？即便殺人犯沒這麼做，可是他們這種行為，一方面是知情不報，另一方面是敲詐勒索，甚至某種層面上，也成為殺人犯的幫兇了。

他從小學到初中，一直都是好學生，在學校只有挨揍的分，從沒主動打過架，可以說是清清白白的好學生，突然之間要和犯罪分子的標籤掛鉤，而且是和殺人犯掛鉤了，這即便放到校內外的小流氓身上，他們也不至於啊，他實在沒法接受。

他非常後悔昨天留下丁浩和普普，這是個大錯誤。他們是殺人犯的小孩，從孤兒院逃出來的，跟他完全不是同路人。他們沒有家，也不用在乎其他人對他們的看法。他們倆在別人眼裡比社會上的小混混還糟糕，他們幾個月流浪中，坑蒙拐騙的事都做過了，再多一件犯罪自然無所謂了。

可是他從來都是個好學生啊！昨天到現在，因兩人的到來，他花了一百塊錢，這對一個零花錢很有限、每月各種開銷只花幾百元的初中生來說，算是個不小的數字了，他覺得再和他們一起混下去，後果難以設想。

最好的辦法，是找個什麼機會，偷偷告訴員警，說他們是從孤兒院逃出來的，把他們送回去。可是這樣一來，耗子和普普一定會記恨自己了，那時再也不會把自己當朋友，會揍他，甚至採取更激烈的報復手段。即便他們當場被送走了，難保以後不會再逃出來。就算沒逃出來，到了十八歲後，他們離開孤兒院了，說不定會記仇來報復自己。要知道，丁浩就說過等他長大，要去找孤兒院的死胖子麻煩。而且他總說打架的事，看得出他這人很記仇。

對此，他也害怕。

一時間，他陷入了進退兩難的境地。

這兩個人的到來，給他帶來了無窮煩惱。

# Part 16-19

## 麻煩

## 16

這頓晚飯在斷斷續續的談話中，磨了好久才結束。

三人各懷心事走出肯德基，此時天色尚早，街上很熱鬧，朱朝陽對在外面玩耍毫無興致，只想早點回家。可他們剛走了幾步，普普突然緊張地停下腳步，綳住臉道：「你們先回去，我過一會兒再回去。」

丁浩連忙道：「你口袋有錢嗎？」

「有十多元，我待會兒坐公車回去。」

丁浩道：「你記得路嗎？」

普普轉向朱朝陽：「嗯……朝陽哥哥，公車怎麼坐回去？」

朱朝陽疑惑地看著她：「你要幹麼去？」

丁浩打岔說：「不用管她，讓她一個人轉一會兒吧，朝陽，要不我們也在外面再待會兒，喏，我們去對面的新華書店，看會兒書，等普普弄好了來找我們？」

「可是……普普一個人幹麼去？」他憂心忡忡，擔憂普普該不會一個人去做什麼可怕的事吧。

「她沒事的啦，我們走吧，」丁浩強拉過他，又對普普說：「你好了就來找我們，我們待在書店裡等你。」

普普點下頭，很快離開了。

等她走後，朱朝陽頓時情緒躁動了起來：「普普到底幹麼去了啊？」

「嗯，這個嘛……」丁浩有些支吾。

朱朝陽著急叫出聲：「快說啊！」

「好吧好吧，我告訴你，但你不要跟她說是我說的。」

「廢話，我保證不告訴她。」

丁浩放心地點點頭：「你知道她為什麼叫普普嗎？」

「普普不是她名字嗎？」

丁浩歪嘴大笑：「有誰名字會叫普普啊？」

「那是為什麼？」

「嗯……」丁浩顯得不好意思地開口，「因為她小時候生過一場病，後來一直腸胃不好，她吃完東西過半小時左右，就會開始放屁，『噗噗』地放屁，所以後來其他人就給她起了這個外號，普普。你瞧她昨天吃麵條，吃很少對吧，因為吃多了，更要放屁。」

「原來是這樣！」朱朝陽恍然大悟，「難怪昨天晚上聊天，她離我們那麼遠，靠著陽台一個人坐著，後來好幾次我聞到屁臭，我一直以為是你。」

丁浩哈哈笑著：「沒辦法，她是我結拜妹妹，我這個做大哥的只能替她頂著，承認是我放的。對了，你可千萬別告訴她，她是女生，臉皮不像我這麼厚。」

「你也知道你臉皮厚啊。」知道普普獨自離開並不關影片的事，朱朝陽也放心了。

丁浩親密地把手圈住矮他一大截的朱朝陽：「一開始我知道她吃完飯就放屁，我笑死了，後來看她很不開心，又覺得她挺可憐的。」

朱朝陽點點頭：「是啊，這樣肯定被其他同學說死，她真的滿可憐的。可你這個做大哥的，怎麼還跟其他人一樣叫她普普，這是侮辱性的綽號。」朱朝陽在學校被一些男生叫成「矮卵泡」，他一直對綽號很反感。

「這個無所謂，她也習慣了，她告訴我的。」

「哦，那好吧，我們去書店等她。」

# 17

這家新華書店是區裡最大的一家，是個書城，上下三層，規模很大。裡面開著空調，在這個季節顯得特別愜意。

進了書城後，丁浩很快跑到少兒讀物區看了起來，朱朝陽對這些文學故事毫無興趣，他最感興趣的就是參考書。他一到連著五座書架的初中輔導書前，就徹底心曠神怡，就像女人來到超市的感覺。書架前的大桌子上，平攤著各種模擬試卷，他真想把這些都買下來做一遍。把這些書的目錄全部看上一圈，就過去了半小時，他絲毫沒感覺時間流淌，選了很久，最後拿到一本奧數競賽的例題集，在旁邊書架下挑個空處坐地上看起來。

又過了半小時，普普手裡拿著一本作文書，在他身旁坐下，嘴裡咕噥著：「我回來了。耗子看一個鬼故事入迷了，現在還不肯走呢。」

朱朝陽也不想走，在這裡看書比回家看電視有意思多了，更重要的是，他實在不想聽他們說勒索殺人犯的事，能拖一陣子是一陣子，便道：「我們再多看一會吧，書店九點鐘關門，到時公車還有，我以前暑假一個人沒事做，常來這裡，一待就是一天。」

「嗯，這樣的生活挺好的。」普普投來羨慕的眼光。

就這樣，三人都在書城看起書來。沒多久，前面有個熟悉的聲音傳進朱朝陽的耳朵。

「晶晶，你們班主任說的那個書放在哪？要不去問店員吧。」

「爸爸，四大名著嘛，《西遊記》，水……水什麼傳，還有……」

「《水滸傳》、《紅樓夢》、《三國演義》。哎呀，你們班主任讓你們小學二年級就買什麼四大名著，我都沒看過啊。」

「不是的，老師說現在我們看不懂，但以後肯定要看的，我要看看四大名著到底長什麼樣。」

「哈哈，好，爸爸給你買，別說四大名著，四十大名著都給你買，你這麼愛學習，將來成績一定好得不得了。」

聽到熟悉的聲音，朱朝陽瞬間抬起頭，本能地對著前面的人脫口而出：「爸爸——」不過他旋即閉了嘴。

身旁的普普好奇地抬起頭，看著他。

朱永平看到兒子，忙朝他擠了個眼，隨即伸出一根手指放在嘴前，做了個不要說話的動作。

一剎那，朱朝陽嚥了口唾沫，什麼話也沒說。

朱永平拉住了繼續往前走的女兒，把她扳過身，道：「四大名著在樓上，晶晶，爸爸帶你去樓上拿。」

「好啊，對了，我還要買描摹字的字帖，明天書法課老師說要的，上回我忘記買了。」

「好，等下一起買。」

兩人轉身就走，朱永平牽著女兒，徑直朝樓梯走去，沒有回頭，直到走上樓梯轉彎處，他才側著頭瞥了兒子一眼，發現兒子隔了老遠依舊在眷戀地凝視著他，他咳嗽一聲，悄然把頭別過，拉著女兒繼續上樓。

朱朝陽彷彿陷身在了另一個世界，無法動彈，無法逃脫。

「那個是你爸爸？」

直到普普這句波瀾不驚的問話，才把他拉回了現實世界。他沒有回答，只是點點頭，又把頭深深地低了下去。他不知道此刻普普看他會是哪種表情，是同情？是可憐？還是一如既往漠不關心的神態？

「你的書皺了。」普普說完這句，又把頭轉過去，看起了她的作文書。

朱朝陽一愣，這才發覺，整張書頁已經被他的右手握成了一團。

# 18

當天晚上回家，朱朝陽很少說話，普普也沒有再提和殺人犯做交易的計畫，唯獨渾然不知的丁浩，總是問著影片的事該怎麼辦，兩人對他皆敷衍了事。

第二天起來，丁浩又開始想著去哪裡玩，說趁這幾天再好好玩玩，過幾天離開了朱朝陽家，也許就沒多少機會了。這樣的話題總是讓人傷感，朱朝陽怕普普和耗子再提勒索殺人犯的事，想著出去玩倒是能打發時間，說不定幾天後他媽回家，兩人離開後，自然不會提了，至於以後影片該怎麼處理，到時再去想吧。

他提議去少年宮，區少年宮和遊樂場是建在一起的，裡面很大，而且遊樂場裡的設施很便宜，像過山車，只要三塊錢，不過以前他每次去，都需要排很久的隊。

丁浩聽說少年宮有遊樂場，自然一百個高興。普普很少有娛樂生活，也想去玩，不過又要花朱朝陽的錢，她感覺很過意不去。朱朝陽倒是覺得玩一天下來，也就幾十塊錢，畢竟朋友一場，真能跟他說得上話的朋友，學校裡半個都沒有，似乎也就他們兩個了，而且他們過幾天就要走了，以後未必有這樣的機會。再加上如果花幾十塊錢能封住他們的嘴，打消他們的念頭，讓他們不好意思再跟他提勒索殺人犯的事，自然最好。

區少年宮是一座六層樓高的大房子，建在八〇年代末，過了二十多年，雖經過幾次外觀修繕，依然顯得有些陳舊。

少年宮外面是兒童遊樂場，當初裡面種了很多樹，經過這麼多年，都已長成參天大樹，儘管現在是七月，但遊樂場在樹蔭下一點都不熱。裡面有電火車、旋轉木馬、碰碰舟、小型過山車這些設施。這裡是針對兒童開放的，多年未漲價，價格實惠，唯一不好的地方在於，由於價格便宜，暑假期間幾乎每天都有大批的家長帶著孩子來玩，任何遊樂設施前都排著等候的長隊。

少年宮的大房子裡，一樓是免費的科普展覽館，二樓是乒乓館、圖書館，三樓以上都租給社會機構，辦各種培訓班。

三人下了公車，走進遊樂場，看到滿目都是人，瞬間心血來潮，恨不得馬上衝進去。丁浩正興沖沖地往裡走，普普卻突然站住，拉了下朱朝陽，示意他看路口的方向。朱朝陽順著她的指示望去，漸漸地，他咬起了嘴唇，因為視線中出現了朱晶晶和她媽媽。晶晶媽正拉著女兒，把書包遞給她，口中囑咐著什麼，女兒似乎不耐煩，揮手讓她走吧，隨後，她離開女兒，鑽進了路邊停靠的一輛紅色越野車裡。

這時，朱晶晶一個人背著書包，走向了少年宮的大房子。直到朱晶晶身影消失在了人群中，朱朝陽才抿抿嘴，招呼普普：「走吧，我帶你坐過山車。」

普普奇怪地看著他：「你不想報仇了嗎？」

朱朝陽低下頭，嘆息一聲：「報什麼仇，我能怎麼樣？」

這時，丁浩見兩人沒跟上來，又折回來，叫道：「怎麼了？快走呀，裡面還好多人排隊呢。」

普普道：「朝陽哥哥看到小婊子了。」

「哦，看到就看到唄，別不開心了，走，咱們去玩，不用想著了。」

朱朝陽點點頭。

普普板著臉道：「你不是說要替朝陽哥哥出氣嗎？怎麼一說到玩你就全然忘記了？」

「啊……我是說過，」丁浩撓撓頭，有些尷尬，「可是……要怎麼做？」

普普冰冷地吐出三個字：「揍死她。」

丁浩張了張嘴：「在這裡？不會吧！這裡這麼多人，打一個小孩，不好吧？」

「剛剛她媽媽走了，現在就剩小婊子一個人進了那棟房子，咱們跟過去，然後找機會把她拉到角落揍一頓，替朝陽哥哥出氣。」

朱朝陽頓時感到一陣血脈賁張，可是考慮幾秒鐘後，他還是搖了搖頭，放棄了：「揍她，她肯定要告訴我爸的，那樣……那樣就不得了了。」

普普自信地浮出一抹笑容：「你不用出面，你只需要在遠處看著，耗子去揍她一頓，她不認識耗子，當然不可能向你爸爸告狀。」

「為什麼是我？」耗子指著自己，張圓了嘴，「我這麼一個大男人，去揍一個幾歲的小女孩，這樣不好吧？」

「不是小女孩，」普普糾正他，「是小婊子。」

「好好，就算是小婊子，我一個大個子揍她，很不光彩呀。」

「你不是說會替朝陽出氣嗎？」

「是，可是——」

普普打斷他：「我明白了，反正是你們男生的那種面子，你揍她，除了我們兩個，又沒其他人知道。你要不去，我去也可以，但你要在旁邊幫我，如果她還手，你幫我打她。」普普瘦小的手握成一個拳。

「這樣子……朝陽，你覺得呢？」丁浩投來詢問的目光。

「我覺得……」朱朝陽糾結地思考起來。

他兩歲父母就離了婚，如果不是因為那個女人勾引走他爸爸，他原本有一個幸福富裕的家庭，現在呢？他在學校一直自卑，因為小孩子吵架時，總愛拿對方父母的事情說事，每當此時，他只能忍氣吞聲。

如果他有個健康的家庭，陸老師就不會認為他沒家教，所以學壞吧？他媽媽這十多年來忍受了多少委屈，前些年企業倒閉失業，後來政府照顧本地失業居民，好不容易找到了景區管門票的工作，卻大部分時候都不能在家，只能他一個人照顧自己。他跟媽媽上街買菜，媽媽為了幾毛錢都要討價還價，那女人一定不會為了幾毛錢磨嘴皮子的。原本媽媽應該開越野車，他應該坐在車裡。可是現在，他媽媽只有自行車，他也沒有機會坐進汽車裡。

一切，都是那個女人害的，她顛覆了本該屬於他的一切。現在，他該享受的生活，又都被她女兒代替了。當他腦海中冒出昨晚他爸牽著朱晶晶上樓那一幕時，他緊緊握住拳頭，下定了決心：「我們跟過去找找，等下你們先進去，不要讓小婊子看到我跟你們是一夥的。」

朱朝陽又偷偷拉了下普普，認真地對她說：「謝謝。」

普普臉上沒多少表情，只是輕描淡寫地回了句：「我和你是一樣的。」

隨後，普普和丁浩在前，先進了少年宮。朱朝陽獨自若無其事地悄悄跟在後面。

# 19

朱朝陽來過少年宮很多次，對這裡很熟，他說朱晶晶看樣子大概是學才藝班的，不會在一樓二樓。他跟在兩人身後十來米外，一直偷偷地做手勢指引他們往哪兒走。三人徑直到了三樓，朱朝陽獨自躲在男廁所等消息，普普昨晚親眼見過，認得朱晶晶，所以由她帶丁浩去找人。

他們倆裝成來上課的學生，在每間教室後面張望幾眼，三樓沒找到。隨即三人到了四樓，如法炮製，四樓也沒有。五樓也沒有。最後，他們到了最頂層的六樓。

相比下面幾層的熱鬧，六樓就顯得格外冷清了，整個走廊裡一個人也沒有。正當朱朝陽以為六樓沒有才藝班開課，準備下去時，普普說：「前面那個教室好像有聲音，你等著，我過去再找找。」

普普過去偷偷打探了片刻，馬上折返回來，指著最遠處的那間教室：「小婊子果然在裡面。」

朱朝陽擔憂地問：「人多嗎？」

「不多，我全部看過了，六樓就設了這一個班，好像在教毛筆字，只有一個女老師和十幾個差不多年紀的小學生，他們在練字。」

朱朝陽點點頭：「學書法是沒幾個人參加的。不過有老師在，你們直接衝進教室打她總不行吧，怎麼把她叫出來呢？」

普普道：「我們等上一陣，待會兒她上廁所一定會出來的，希望到時她是一個人出來的，否則不太好辦。」

「好吧，那我們就在樓梯轉角那兒等，看今天運氣如何。」

丁浩有些緊張道：「等下該怎麼揍她？揍成什麼樣？出手多重呢？」

朱朝陽想了一下，道：「打傷她是不行的，把她弄哭就行了。」

普普哼了聲：「弄哭就行？太便宜她了吧。」

朱朝陽道：「那還能怎樣？」

普普冷聲道：「我有個好辦法，既不會把她打傷，又能讓她今天哭個半死，讓她一輩子都忘不了。」

朱朝陽興奮地問：「什麼辦法？」

「把她的頭弄到廁所的大便裡。」

丁浩臉上做出個誇張的表情：「這都被你想出來，天才啊。」

朱朝陽眼睛放光，想了想，激動得差點拍起手來：「這個辦法實在太好了！」

普普冷笑道：「現在唯一還有一個麻煩。」

朱朝陽著急地問：「什麼？」

普普緩緩道：「不知道廁所裡有沒有大便。」

朱朝陽噗哧笑出聲：「這還不簡單，我馬上去廁所裡拉一坨。」他歡快地奔向廁所。

他剛跑進廁所沒一會兒，丁浩和普普遠遠看見教室裡走出一個小女孩。普普眼睛一亮，指著她告訴丁浩：「小婊子出來了。」

「她朝我們走過來了，看樣子是上廁所吧？」

「對，而且是一個人，我們截住她，等下把她拖進男廁所。」

由於教室在走廊的最裡頭，而廁所靠近樓梯轉角的位置，隔得最遠，朱晶晶走到廁所門口時，剛好碰到守在樓梯口的丁浩和普普。

還沒等朱晶晶走進女廁所，普普一把拉住她的辮子，叫道：「你站住。」

朱晶晶哎喲叫了聲，回頭看到兩個比她高得多的人，生氣又害怕地問：「你們做什麼？」

普普冷笑著：「看你不順眼。」說著，她又抓過她的辮子，用力拉了一下。

「哎喲，你們幹什麼呀！」朱晶晶叫道。

「打你，怎麼了？」普普又拉了下她的辮子。

「你們！你們是誰啊？幹什麼呀！救命啊救命啊！」

眼見她要叫起來，丁浩怕被人發現，連忙伸手去捂她的嘴，朱晶晶本能地用力一口咬上去，痛得丁浩一聲大叫，竟直接咬出血來，慌忙鬆開手。朱晶晶忙轉身想逃回教室，普普眼疾手快，一伸手又把她的頭髮拉住了。

朱晶晶頓時痛得眼淚流出來，轉頭「呸呸」朝他們倆吐起了口水。丁浩的手被她咬出血，指甲蓋大的一塊皮破了，露出白紅相間的肉，頓時氣急敗壞地朝她頭上臉上狠拍了幾下，她哽咽著斷斷續續哭起來，只是教室隔得遠了，加上少年宮本就嘈雜，到處有小孩子的哭笑打鬧聲，所以沒有驚動老師。

正在這時，朱朝陽剛好從廁所裡走出來。

「耗子、普普，怎麼了？她——」

本來他聽到外面有響動，因少年宮嘈雜，他沒聽清，以為兩人和其他人起了糾紛，壓根沒想到這麼快就把朱晶晶攔住了。他出來後視線恰恰被丁浩和普普擋住，沒看到朱晶晶。下一秒才突然發現普普和丁浩已經截住了她。他剛想退回廁所躲起來，不讓她看到他，朱晶晶已經和他四目相對了。

「呀！你，是你，你們是一夥的！是你叫他們來打我的，對不對？」朱晶晶雖然只有九歲，但九歲的孩子智力已經趨近成熟了，看到這三人的關係，馬上明白過來。

「沒……我沒有。」朱朝陽支吾著，迅速把頭轉過去。

朱晶晶停下了哭，怒氣沖沖地指著他：「媽媽說你是爸爸跟一個胖女人的私生子，媽媽讓爸爸以後不要見你，所以你才叫人打我的，對不對！」

一剎那，感覺周圍一片安靜。下一秒，朱朝陽整個人的血液直衝大腦，臉漲得通紅，兩步跨過去，指著她額頭喝道：「你才是婊子生的私生女！我是爸爸的兒子！」

朱晶晶是個倔小孩，從小嬌生慣養，哪裡被人打過，剛剛被他們這樣暴揍一頓，非常生氣，此刻面對朱朝陽的狀態，年紀小還不懂得什麼叫害怕，繼續憤怒地頂撞著：「我媽媽說你是私生子，說你媽媽長得矮墩墩的，所以你也很矮，以後肯定沒我高，爸爸向媽媽保證過，以後不見你這個私生子了，也不會給你一分錢，看你還能怎麼樣！」

普普突然伸手一個巴掌狠狠打到朱晶晶臉上。朱晶晶「哇」一聲，徹底大哭出來。朱朝陽一把抓過她的辮子，直接拖進男廁所，普普和丁浩也跟著進去。

到廁所後，朱朝陽並未把朱晶晶拖到便池，而是直接揪到了窗口，抱起她往窗戶上拱。儘管朱晶晶奮力掙扎，但年紀差太多，個頭也差太多，還是被他拱上了窗口。

朱晶晶兩腳緊緊勾在窗框內，雙手牢牢死抓著窗框，嘴裡卻依舊倔強地叫罵道：「你神經病啊，放開我，放開我啊。」

丁浩眼見情勢不對，連忙上來拉住朱朝陽，道：「快放下來，你想幹麼啊，這要出事的。」

朱朝陽只是一時怒極，想嚇唬她，並沒打算真把她推下去，在丁浩的拉扯中，恢復了理智，收了力道，抓牢朱晶晶，不讓她真掉下去，冷聲道：「你再敢說一句我是私生子，我馬上把你推下去。」

可朱晶晶還是不管不顧地叫著：「你就是私生子，你就是私生子！救命啊，救命啊！」見她在窗口喊著救命，朱朝陽連忙把她扳過身朝內，不讓樓下的人發現，手指擰她的嘴唇，喝道：「你還要嘴硬是不是？」

朱晶晶奮力搖頭，然後張嘴對著朱朝陽手指用力咬去，朱朝陽迅速縮回手指，差點就被她咬到。普普冷聲道：「她就是條狗，只會咬人，把耗子手都咬出血了。」

丁浩伸出手展示他血淋淋的傷口，咒罵著：「這條小狗，我這麼大一塊皮被她咬掉了！」

朱朝陽狠聲道：「小婊子，你再敢咬人試試。」

「神經病，神經病，神經病！」朱晶晶搖著頭，依舊哭罵著。

朱朝陽一巴掌打到她頭上，再次把她打得哇哇哭，可她嘴裡始終不肯屈服。朱朝陽喘著粗氣，心頭火冒三丈，卻又不敢真把她推下去，頓時不知道該如何收場。

普普冷哼一聲：「這小狗還嘴硬，我有辦法收拾她！耗子，你過來。」

丁浩走到邊上，普普在他耳邊悄聲說了幾句，丁浩面露難色：「這不好吧？」

普普一臉堅決地說：「就是要這樣！」

朱朝陽正好奇普普想出了什麼主意，就見丁浩手伸進了褲襠裡，抓了幾把，夾出了幾根陰毛。丁浩一把抓住朱晶晶的嘴：「張嘴！叫你咬我，還把我咬出血了！」他在面頰兩側用力一捏，就迫使朱晶晶嘴巴張開了，隨後把那幾根陰毛塞到她喉嚨裡。

朱朝陽心頭一陣驚愕，他剛發育，下體毛還是軟的，而丁浩拔出來的毛又黑又硬。他詫異地望著普普，他做夢都想不到普普會想出這麼狠毒的主意。

這一招果然有效，朱晶晶立馬咳嗽乾嘔，嘴巴被丁浩抓著，吐不出來，她瞬間放棄了所有倔強的抵抗，流著口水，渾身顫抖著哭求：「我錯了，大哥哥，姐姐，求求你們了，放我下來，我再也不罵你了，哇，我錯了，我再也不罵你了。」

丁浩看著手上的血齒印，道：「你還敢咬我嗎，小狗？」

「不敢了，我不敢了。」

普普一副勝利者的表情冷笑著：「現在知道錯了？你要說對不起。」

朱晶晶乾哭道：「對不起，對不起啊，放過我吧，求求你們了……」

普普哼了聲，隨後道：「朝陽哥哥，看她樣子，以後不敢惹你了，放她下來吧。」

丁浩也勸道：「收拾服帖了，差不多了，哎，可憐了我的手哦。」

朱朝陽剛剛雖然怒極，但還是知道分寸的，見她囂張的氣焰蕩然無存了，心中怒火也解了大半，瞪著她道：「真知道錯了嗎？知錯的話我放你回去。」

朱晶晶順從地點點頭：「哥哥，我知道錯了，你放了我吧。」

聽到她叫了聲「哥哥」，朱朝陽不由心軟了，不管怎麼說，朱晶晶和自己之間還是有間接血緣關係的，不過他還是恐嚇一句：「你記住，你是私生女，我不是！以後你再亂說半句，我還要打你！」說著，他又示威性地打了一下她。

其實這一下打得並不重，可朱晶晶已被嚇壞了，見他巴掌又要拍到自己臉上，馬上縮起脖子重新大哭起來：「救命啊，我都道歉了，你還要打我，哇……我要告訴爸爸媽媽去。」

「你——」朱朝陽愣了一下，瞬間被她一句話驚醒，彷彿當頭一盆水潑下來，渾身一個激靈，世界都在這一刻停止，下一秒，他一聲大吼：「去死吧！」

他憤然用盡全力，一把將朱晶晶推翻出去，丁浩伸手去拉時，已經來不及了，緊接著，樓下傳來一聲劇烈的「砰」！就像西瓜從高處落到了地上。

Part 20-22

# 大案

# 20

朱朝陽渾身都在顫抖，立在原地。

丁浩和普普衝到窗戶邊，手按在窗玻璃上，朝下探視。

朱晶晶仰面躺在地上，手腳蜷縮成一團抽動著，腦後濺出一大灘血。

同一時間，地面傳來了驚呼聲，人們從四面八方狂奔著朝朱晶晶圍攏過來，幾秒鐘後，許多人抬起頭向上打量著。

普普一把將丁浩從窗口拉了回來。

丁浩牙齒打顫地望著朱朝陽，「現在……怎……怎麼辦？」

朱朝陽默不作聲，一動不動。

普普看了他一眼，拉住他手臂，果斷道：「我們先逃走再說！」

來到廁所門口時，普普向外探視一眼，走廊裡暫時沒人，立即拉著兩人奔到樓梯口，快步往下跑去。一口氣跑到二樓，二樓原本就有許多人，此時人們紛紛擠在樓梯上，要下去看熱鬧。茫然無神的朱朝陽突然停下了腳步，把兩人拉到角落，抿了抿嘴，道：「我闖下大禍了，你們先走，我不想拖累你們。」

丁浩急問：「你怎麼辦？」

朱朝陽強笑了一下：「這件事跟你們沒關係，是我惹出來的，你們倆先走吧。」

丁浩去拉了拉普普，普普卻站著沒動，很嚴肅地問：「你害怕嗎？」

「害怕？」朱朝陽冷笑了一下，表情中彷彿瞬間長大了好多歲，「既然今天揍小婊子被她看到我了，她一定會告訴我爸的，原本我就是個死，現在出了口惡氣，也沒什麼好怕的。反正……就這樣了。」

普普道：「你接下來準備怎麼做？」

「我去自首。」

丁浩搖著頭嘆口氣，低聲說了句：「那樣你媽媽就剩下一個人了。」

聞言，朱朝陽一愣，腮幫子抽動一下，瞬間眼睛就紅了，低下頭，默不作聲。

普普皺著眉，思索道：「也不知道小婊子死了沒有。如果沒死……」她眼中流露出絕望，「那……那就真沒辦法了……」說完，她的眼睛又微微瞇成一條縫，「如果她就此摔死了……那麼也沒有人看到我們……」

丁浩立刻道：「趕緊下去瞧瞧情況。」

普普搖搖頭：「不行，如果她沒死，我們過去看，她看到我們，我們當場就被抓起來了。」

朱朝陽腮幫鼓了下：「還是我去看吧，不管怎麼說，事情是我幹的，第一個抓的就是我。你們不一樣，你們和她沒任何關係，她不知道你們是誰，也沒人知道你們是誰。如果我被抓了，你們還有逃跑的時間。嗯，就這麼定了，我現在下去看情況，你們到那邊窗口看著，如果我被抓了，你們不要驚慌，偷偷跟著人群出去，誰都不認識你們，趕緊跑到其他城市去吧。」

三人權衡了一下，朱朝陽說得沒錯，如果朱晶晶沒死，朱朝陽無論如何都跑不了，而丁浩和普普，即便員警到時要抓他們，也不是立刻馬上的事，有時間逃到其他地方去。從最壞結果考慮，只能這麼辦了。普普和丁浩連忙跑到窗口，費力擠過很多趴在窗戶上往下看熱鬧的小孩，等待朱朝陽出現。

樓下許多人口中喊著「死了，救不活了」之類的話，而朱晶晶的身體，雖然還在抽動，幅度已經變得很小了，少年宮的幾個管理員圍在朱晶晶身邊，不讓其他人靠近。那些陪孩子來玩的家長們，紛紛把孩子拉走，避開這血腥場景，只有外面路過的人和膽大的男孩子，繼續蜂擁著往裡衝。

朱朝陽個子小，被人群遠遠擠在外面，根本擠不進去，也不知道朱晶晶是死是活，急得不知所措。

等了好久，他聽到人群傳來一聲刺耳的尖叫：「晶晶，你怎麼了，晶晶！你醒一醒啊，媽媽在這裡啊！晶晶！晶晶！啊……」

朱朝陽眉頭微微一皺，毫無疑問是晶晶媽來了，他可不想跟她碰面，便走到一處空地，抬頭看向少年宮二樓，找到普普和丁浩的位置。他們倆也正望著他，普普嘴角露著笑容，朝他伸手做了個ＯＫ的手勢。朱朝陽指指少年宮後門的方向，獨自先行走去，兩人心領神會，也向後門走去。三人在少年宮的後門出口重新碰頭，普普冷聲道：「小婊子已經死了。」

「真的？」朱朝陽瞪大眼睛，也不知是喜是悲。

普普道：「肯定死了，我和耗子在上面看得很清楚，他們把小婊子扶起來時，後腦勺整塊陷進去了，怎麼弄她都不會動，救護車剛來，我看著醫生抬起來時，她還是一動不動，醫生看了下就走了。後來我們下樓時，看到員警來了，他們正往樓上跑，我聽到他們嘴裡說人死了，要調查怎麼死的之類的話。」

丁浩苦惱道：「是啊，員警這麼快就到了。」

朱朝陽絕望地嘆口氣：「死了，死了，這下我也死了，員警很快會抓到我了。」

普普不屑道：「沒必要害怕，誰見你推她下去的？就我們倆，我不會說的，耗子，你呢？」

「我？」丁浩瞬間挺直身體，道：「做人怎麼可能出賣兄弟！打死我都不會說的，我寧可說是我幹的，也不會出賣兄弟的。」

普普斜眼微笑著：「可你是大嘴巴。」

「你……我是有分寸的，放心吧，朝陽，好兄弟，講義氣！」這年紀的孩子最有英雄情結，他大笑兩聲以示自己的豪情萬丈，伸出手來在朱朝陽的小肩膀上拍一拍，心想如果此刻自己已經長出一把大鬍鬚，摸上一摸，就更應景了。

朱朝陽見到兩個朋友都如此，稍稍放寬心，勉強露出一個笑容，道：「反正已經這樣了，聽天由命吧。走，我們回家。」

剛說完這句，就聽天上轟轟兩聲炸雷，緊接著豆大的雨點撲面而來。少年宮裡沒帶傘的人紛紛四散奔逃。他們三人也趕緊跑到公車站，坐車回家。

朱朝陽站在公車上，望著窗外瓢潑大雨出神，感覺今天的一切就像一場夢。他抬眼看向兩個小夥伴，丁浩正兀自低著頭，一副心事重重的模樣，別看他個子最高，性格最豁達，可他膽子其實很小，他現在一定很害怕，很矛盾吧？

普普則一臉無所謂的模樣，她總是這個樣子。她看到朱朝陽看她，也對他笑了一下，彷彿毫不在意。朱朝陽臉上艱難地露出一個苦笑，隨後把頭轉過去，視線又投入了窗外的茫茫大雨中。

# 21

雨下得很大，沖淡了地上的血汙，卻蕩成很大一片。

救護車剛趕到現場，醫護人員就判定死亡，腦殼破了個大洞，神仙都救不活，將人轉交給隨後到來的警方。

民警根據現場情況猜測，應該是四樓以上掉下來的，否則不會摔得這麼厲害。落地點上方，剛好是每個樓層的廁所位置，他們立刻對四樓以上的廁所進行調查。民警第一反應是從女廁所裡掉下來的，可是四、五、六樓的女廁所找了個遍，也沒發現對應的痕跡。

結果，員警赫然在六樓男廁所的窗台上發現了可疑腳印和衣料纖維。

小女孩，男廁所！

民警頓感不妙，連忙叫來了派出所刑偵中隊支援。隊長葉軍帶人上了六樓男廁所後，連忙拓好窗台上的腳印跟警車裡的朱晶晶鞋子比對，結果完全吻合。所有員警都在這一瞬間感覺到了脊背發涼，小女孩在男廁所墜樓，顯然，這就不太可能是意外事件了。

很快，派出所的陳法醫穿著雨衣跑上六樓，顧不得脫下雨衣，一把將葉軍拉到一旁，急聲道：「老葉，小女孩嘴巴裡找出四根陰毛。」

「什麼！」葉軍頓時瞪大了眼睛，隨後，眉角漸漸收縮成一條線，拳頭因憤怒握出了聲響，「在少年宮姦殺女童？」

「對，就是這麼惡劣！我剛通知了分局，分局的技術人員正趕過來對屍體做進一步檢查，這次案件不得了，鎮裡可從沒出現過這麼惡劣的案子！」

他們鎮治安一向過得去，一年下來立為刑事案的，不過百來起，其中大部分是盜竊搶劫故意傷人之類的，命案通常都在個位數，從來不曾發生過強姦女童案。可這次不光強姦，更是殺人，最關鍵的是，兇手還在少年宮這樣的地方，大白天強姦殺害女童，令人髮指！

葉軍滿臉怒氣，他想起他女兒正讀初中，也經常會來少年宮玩，這本是孩子們的樂園，卻出了這樣惡劣的事，顯然，案子要是破不了，一定會在社會上引起極大的負面反響，以後家長們都不敢讓小孩來少年宮了，他咬牙道：「不管用什麼辦法，我們也一定要把這頭禽獸抓出來，老子非扒了他皮不可！」

這時，刑警拿來了法醫工具箱，陳法醫脫下雨披，葉軍及另幾名刑警和他一起，熟練地戴好頭套、手套、腳套，走進男廁所進行勘察。

這是公共廁所，每天進出的人流量很大，地上腳印很混亂，而且少年宮是老房子，廁所是水泥地，對保存腳印很不利。他們查了一圈，尋到一些模糊的腳印，有些是先前進入過的民警和工作人員的，尋不出有效的足跡線索。

隨後，幾間便池隔間的門被一一打開，幾人仔細搜尋了一番，未發現任何線索，也沒找到任何朱晶晶的腳印和其他疑物，證明朱晶晶從未進入過便池間。其中一個隔間的大便槽裡還有坨沒沖的大便，不過沒人會覺得這坨普普通通的大便和命案有關。

再三檢查一圈，都沒找到線索，最後，他們的希望只能全部放在了窗台。外面正下著傾盆大雨，之前的民警為了保護窗台的線索不被雨水沖刷，在窗外架起一把雨傘，朱晶晶在窗台上的腳印基本保留完好。

很快，陳法醫在窗框內外注意到了幾處位置很不同尋常的指紋，連忙拓了下來，又在窗玻璃上找到了多個不同人的指紋，也一一拓了下來。窗台下方是水泥牆，不是瓷磚，所以幾乎難以保留指紋。他們又在廁所裡細緻勘查了好幾遍，可是能找到的只有這點線索，法醫的現場勘查工作暫時告一段落。

到了晚上，各項基礎調查工作差不多完成，刑偵隊在所裡開了個小會。

先是陳法醫做了案情描述。朱晶晶從六樓男廁所墜亡，口中發現陰毛，頭髮雜亂，眼睛紅腫哭過，並有被人毆打的痕跡，顯然，這不可能是意外事件。而是一起性質極其惡劣的姦殺女童案。廁所的窗玻璃、窗框上，都找到了多處朱晶晶的指紋。窗戶折角處找到幾處朱晶晶衣服摩擦後留下的纖維。對於她墜樓的過程，有兩種可能。一是她是被人抱到窗台後，被推下去的。第二種是她被猥褻時，因害怕自己爬到窗台上，跳下去的。窗玻璃上找到了很多其他人的指紋，細數下來，較新的指紋至少屬於十多個人，兇手是否在這其中，無法判斷。不過從常理上來說，兇手在她墜樓後，應該會趴到窗口看一下，所以窗玻璃上的指紋，很可能有兇手留下的。而朱晶晶頭部有多處被毆打的痕跡，口中含了陰毛，下體倒沒有被侵犯。這表明，兇手並沒有直接強姦她，而是選擇了強迫朱晶晶為其口交。

所有員警聽到這，都義憤填膺，強迫一個九歲女童口交，這根本就是畜生行為。

葉軍忍著怒氣，問：「朱晶晶嘴裡找到兇手精液了嗎？」

陳法醫搖頭道：「沒有，分局的技術人員採集了朱晶晶口腔物質，但沒找出精液。」

「是……兇手還沒來得及射精？」

「就算沒射精，陰莖勃起後也會分泌出少量精液。刑技處的人說，可能是朱晶晶吐掉了，或者吞下去了，他們準備進一步採集口腔內液體，進行鑑定。現在最讓我納悶的一點是，兇手怎麼會膽子這麼大，直接在少年宮廁所裡姦殺女童？」

一名員警道：「肯定是個心理變態！」

陳法醫分析道：「不管是不是心理變態，公共廁所裡猥褻女童，他也應該要把人拉進便池隔間裡，可我們每間隔間都細緻檢查過了，未找到對應痕跡，表明朱晶晶從沒進過隔間。也就是說，兇手是直接在廁所內猥褻朱晶晶的。雖說少年宮六樓人很少，可兇手公然直接在廁所大開間裡這麼搞，任何進來小便的人都會立馬發現，兇手膽子也太大了吧。」

眾人對這個疑點莫衷一是，只能歸咎於兇手膽大包天，心理變態。

陳法醫又說：「此外，朱晶晶的牙齒上發現了皮膚組織和微量血液，這百分之百是兇手留的，朱晶晶咬了兇手一口，還咬出血了。這部分皮膚組織看著不像生殖器上的，可能是手上的，大概兇手被她咬後，惱羞成怒，推她墜樓。分局的技術人員正在抓緊提取DNA。」

這是非常重要的指向性線索，不過中國沒有DNA庫，光憑DNA是無法找出兇手的。但只要有可疑對象，拿這份DNA去比對，一旦吻合，就能徹底定罪了。

物證環節討論完，負責現場調查的員警也彙整各自的線索。

早上九點多，朱晶晶媽媽王瑤送女兒到少年宮上書法班，隨後她離開去了商場，準備晚點再來接她。書法班在六樓最裡面的一間教室，離廁所最遠，整個六樓當天早上只有他們一個書法班。上課的全是小學生，一共十來個，年紀都差不多。據女老師回憶，當時她讓孩子們描摹字帖，她在旁邊指導。朱晶晶跟她說去上廁所，隨後很快就發生了這件事。而據有的小孩回憶，事發前曾聽到廁所那個方向有人哭，不能確定是不是朱晶晶，不過少年宮本就嘈雜，他們在練字，誰也沒出去看。

由於少年宮是老房子，整個少年宮裡，只有一樓大廳裝了個監視器，其他地方一概沒有。而少年宮雖然人多，可朱晶晶墜樓的這個過程卻並沒被人目擊，她墜樓後，許多人抬頭往上看，沒有注意到有人站在那個位置。也許兇手那個時候正站在六樓窗口，可是六樓窗口距地面太高，如果兇手不是把頭趴出窗外，底下的人即便抬頭，也看不到窗戶後的人。

大家討論了一陣，所有人都面露難色，已有的這些線索對於破案而言，並不足夠。一樓大廳監視器是破案的關鍵，因為兇手既然進出了少年宮，一定會經過這個監視器，可現在正放暑假，少年宮裡人滿為患，一早上少年宮裡出入的小孩、成人數都數不過來，要調查完全，實在太難了。

這案子影響極其重大，分局和市局明天都會派人來協查指導，必須要盡早抓出這個人渣。

葉軍想了一陣，綜合大家的意見，一方面，派人聯繫早上來過少年宮的學生、家長、老師了解情況，看看是否有線索。明天就向上級申請發布懸賞通告，尋找知情人；另一方面，審查少年宮一樓大廳唯一的那個監視器，注意可疑的成年男性和大齡男學生。

## 22

早上開始的這場大雨，一直落到晚上還沒有停歇的跡象。天氣預報說，這場暴雨要一直下到明天。

屋外雨點砸著玻璃，發出忽急忽緩的陣陣嘈雜，屋子裡，朱朝陽茫然地坐著看電視。丁浩原本在事情發生後一直沉默寡言，可他後來在那台不能上網的電腦裡意外發現有幾款單機遊戲，於是他很快徹底投入遊戲世界中了，興致高昂，熱情空前，似乎完全忘了早上的事，被朱晶晶咬傷的手在握著滑鼠時也不再痛了。普普安靜地翻看著朱朝陽書架上的幾本故事書。

三個人都各自沉浸在自己的思緒中。

就這樣到了晚上，普普抬頭望了眼牆上的電子鐘，已經八點，看這兩位沒提吃飯的事，微微搖了搖頭，道：「耗子，朝陽哥哥，我去做點麵條吧。」

「隨便，辛苦你啦。」丁浩頭也不回，依然專注地對著電腦裡的單機遊戲。

「哦。」朱朝陽同樣心不在焉地回一句。

普普站在原地，冷哼一聲，不屑地搖搖頭，「朝陽哥哥，你也不用多想了，如果員警知道你幹的，早晚會來找你，如果他們不知道，你更用不著煩惱。所以，不管你怎麼想，都不會改變結果，不如開心一點，當作什麼事都沒發生。就算是最壞的結果，就算是最後員警找到你了，你還是個孩子，孩子犯罪總不會被槍斃的。」

在她看來，槍斃是唯一可怕的。

「孩子犯罪總不會被槍斃的。」朱朝陽痴痴地重複了一句，出了會兒神，隨即突然從地上跳起來，奔到書架前，從一大疊的教科書中，抽出了那本《社會政治》，匆匆翻到記憶中的那一頁，幾經確認，他轉身看著普普，激動地一把抓住她，「我沒到十四歲，我沒到十四歲！」

普普不解道：「那又怎麼樣？」

朱朝陽連聲道：「未滿十四歲是無刑事能力的，我不用承擔刑事責任！」

丁浩從遊戲中回過神，轉頭問：「什麼意思？」

「就是即便員警發現是我幹的，也沒事，到明年一月分我才滿十四歲，現在未滿十四歲，犯罪了沒事！」

丁浩不相信地搖搖頭，自己算了一下，道：「我還有四個月才十四歲，普普更要過兩年，照你這麼說，我們去街上殺人都沒關係呀。」

「反正不會坐牢，聽說會進少教所。」

丁浩不解地問：「進少教所跟坐牢有什麼區別？」

「不太清楚，反正不會坐牢。進少教所的話，好像也是接受義務教育，到十八歲就能出來了。」

「那就是和我們在孤兒院裡是一樣的咯？」

「這我就不知道了，」朱朝陽表情透著一股久違的輕鬆，「不管怎麼樣，總之不會承擔刑事責任。」

普普笑了笑：「看吧，最壞的結果無非是到少教所待幾年，你大可以放輕鬆點。」

朱朝陽點點頭，隨即又皺起眉，「不過要是被別人知道了，我雖然不用承擔刑事責任，也完蛋了。」

丁浩奇怪地問：「為什麼？」

「如果我爸知道是我把小婊子推下去的，我就死定了，我進少教所，我媽一個人，一定會很難過的，說不定還會被婊子她們欺負。」

「沒事，放心吧，不會有人知道的。」丁浩胡亂安慰幾句，又投入遊戲事業中。

普普也安慰幾句，去給大家煮麵條。

麵做好後，丁浩依舊離不開電腦，邊打遊戲邊吃，普普和朱朝陽一起看著電視吃麵，氣氛比之前輕鬆了許多。

正在此時，電話突然響了起來，三個人瞬間停住了。已經八點四十了，誰會在這個時候打電話？

朱朝陽咬著牙站起身，一步步緩緩朝媽媽房間走去，普普跟在身旁，丁浩也把遊戲暫停了，轉過身，緊張地看著他們倆。

電話鈴一陣陣急促地響著。朱朝陽注視著電話機，拳頭鬆緊了幾回，鼓足勇氣接起來：「喂？」

「朝陽，我跟你說，」傳來了媽媽周春紅急切的聲音，又帶著幸災樂禍的笑意，「你爸跟婊子生的那個小孩，今天摔死了，你知道嗎？」

「摔……摔死了？」朱朝陽不知如何回應。

「我聽部門付阿姨說的，她兄弟是在朱永平工廠上班的，說那個小孩今天從少年宮樓上掉下來，摔死了。婊子這下哭死了，朱永平也傷心死了，平時他對你不聞不問，現在女兒死了，哭得跟死了爹一樣的。」周春紅說完頓覺不妥，因為朱永平父母還是很喜歡孫子的，這話相當於咒兒子的爺爺了，連忙改口，「呸呸，你爺爺還是好的，就朱永平良心被煤灰迷了，這樣也好，現在他就你一個兒子，總歸會對你好一點的。」

「哦。」朱朝陽應了聲。

周春紅聽兒子反應怪怪的，想了想，道：「怎麼了？你那兩個小朋友在家吧？」

「在的。」

「是不是你們鬧彆扭了？」

「沒有，我們很好的。」

「那怎麼了？」她想了想，道，「你們今天去哪兒玩了沒有？」

朱朝陽想了下，不想欺騙媽媽，便老實地回答：「早上去少年宮玩了，下午在家玩遊戲。」

「你們也去少年宮玩了？你們看到她小孩出事了？」

「看到了，有個小孩摔下來，我不知道是她，後來我們就走了。」

「哦，那你是不是嚇到了？」周春紅對兒子的異樣找到了答案。

「嗯……有一點。」

「沒關係沒關係，不要怕，你們三個人晚上住一起呢，男子漢，膽子大一點。」

「嗯，我們一起打遊戲。」

「好好，你們三個一起我也放心了，我這幾天都回不來，你自己多照顧點。」

「會的，媽，放心吧。」

掛完電話，朱朝陽長吁了一口氣。

# Part 23-24
# 破碎的感情

## 23

嚴良買到新手機，補辦好手機卡已經是第二天的事了。

他想起昨天徐靜發的簡訊，從備份的通訊錄中找出號碼，回撥過去：「小靜，昨天我手機丟了，你找我有什麼事？」

「哦，沒事了沒事了，嗯……那就這樣吧。」對話那頭，徐靜很匆忙地掛斷。

嚴良皺了皺眉，一陣莫名其妙。可是半小時後，他又接到了徐靜的電話。

電話那頭的聲音低沉又帶著幾分緊張：「嚴叔叔，剛剛我不方便細說，是這樣的，我爸爸媽媽出事了。」

「出什麼事了？」

「他們……他們過世了。」

「過世了？」嚴良扶了下眼鏡，道，「怎麼好好的，突然就……」

「前天，七月三日，張東升帶他們去三名山，他們從山上掉下去，摔死了。」徐靜話音中帶著哭腔。

嚴良連忙安慰：「別哭別哭，意外，哎，意外落頭上，誰都沒辦法。哪天出殯？我到時過來。」

「嚴叔叔，」那頭猶豫了片刻，又道，「如果您有時間的話，能否盡快過來一趟。」

「哦，需要我幫什麼忙嗎？」他感覺很奇怪，他和徐家只是表親，徐靜父母那邊都有嫡親的兄弟姐妹，治喪這些很傳統的瑣碎事自會有他們操辦，何況他半點都不擅長這類事，他頂多是出殯那天去送一下，盡點親戚的義務而已。

電話那頭停頓了片刻，傳來一句話：「我懷疑爸爸媽媽的死不是意外。」

嚴良微微皺起眉頭，謹慎地問了句：「那是什麼？」

徐靜長長吸了口氣，吐出兩個字：「謀殺。」

「謀殺？」嚴良張大了嘴，「為什麼這麼說？誰跟你爸媽有仇，要謀殺他們？」

「張東升！」

「張東升？」嚴良尷尬地咳嗽一聲，「是不是你們倆之前鬧彆扭了？嗯嗯，突然出這樣的事，難怪你要胡思亂想，不過小靜，這樣的話可不能隨便亂說，畢竟你們是夫妻，往後還要一起過下去的，你這種想法被東升知道了，會很難過的。」

「不，我不會跟他過下去了，我已經幾次跟他提過離婚，一定是這樣，他懷恨在心，所以殺了爸爸媽媽。」

嚴良皺了皺眉，他壓根不知道張東升和徐靜的婚姻早已到了破碎的邊緣。他的記憶依舊停留在四年前，那時他們剛結婚，並且是頂著徐靜父母的壓力結婚的。因為徐靜的父母一開始嫌棄張東升來自農村，家裡條件差，而張東升的工作也不好，門第差距十萬八千里，但兩人非常相愛，徐靜是個倔強的女子，認定了張東升，竟直接跟他領了結婚證，先斬後奏，生米煮成熟飯，父母拗不過女兒，最後只能同意結婚。曾經不顧眾人反對，頂著重重壓力走到一起的兩個人，才短短四年，就要分道揚鑣？

可是無論何種情況，嚴良都無法相信張東升殺了岳父岳母，他只好道：「你懷疑東升謀殺了你爸媽，員警怎麼說？」

「員警出示了事故報告，說是意外。可是……這明明都是張東升的一面之詞。」

嚴良苦笑一下：「你連員警的結論都不相信，只相信你自己一廂情願的胡思亂想？」

徐靜又抽泣了起來，顫聲道：「嚴叔叔，現在我在家很害怕，我怕張東升也會殺了我。剛剛您打電話來，他就在旁邊，我怕被他知道我找您，所以才掛斷的。現在只有您能幫我了，我想和您先見一面，如果您沒時間的話，我今天就來杭市找您。」

「見我？我能做什麼？」

「只有您能查清楚，爸爸媽媽到底是不是被張東升殺害的。」

嚴良尷尬道：「嗯……你知道，我早就不是員警了，你應該相信員警的經驗和能力，他們出示的事故報告肯定是可信的。」

電話那頭好久沒有說話，沉默半晌，徐靜哽咽著道：「連您都不相信我嗎？」她斷斷續續哭了起來，愈哭愈顯得淒慘。

嚴良只好道：「好好，小靜，你先別哭，我過來看一下，行嗎？」那頭逐漸收斂了啼哭，道：「謝謝嚴叔叔，您什麼時候過來，我找個地方見您。不過您千萬不要告訴張東升，說我約了您查案，我不知道他還會做出什麼瘋狂舉動。」

嚴良無奈答應她，說今天他剛好有空，下午就過來，來之前先給她電話。

## 24

「嚴叔叔！」咖啡館裡，剛見面，徐靜就激動地撲到嚴良懷中，大哭起來。

嚴良一陣猝不及防，伸手胡亂拍了幾下，滿臉寫著尷尬，抬頭巡視四周，發現服務員正朝他看。那個討厭的服務員還故意裝模作樣地把頭別回去，可嚴良明明看到她正斜著眼偷看。這傢伙一定想像著中年男人包二奶，二奶嬌哭逼婚的劇情了。

作為別人口中的高級知識分子，嚴良一向注意品行，連忙把徐靜身體扳正，連聲道：「冷靜點，冷靜點！」擇機起身坐到了對面，保持距離。

隔空安慰了一陣，徐靜情緒總算穩定下來，啜著飲料，抽泣著說：「嚴叔叔，我懷疑爸爸媽媽是被張東升謀殺的，您一定要相信我。」

嚴良無奈道：「員警出了事故報告了吧？」

「昨天就出了。」

「你拿到了嗎？」

「拿到了，可這些都是張東升的一面之詞！」她從包裡拿了一份事故報告的副本給嚴良。

嚴良看了一遍，道：「怎麼看都是很正常的一起意外事件，你不要胡思亂想。」

「不，不是這麼簡單的！」徐靜抬起頭，極為認真地說，「我一直把張東升想得簡單了，現在回頭看，他真的很有心機！去年九月，我跟他提出了離婚，他很生氣，跟我大吵了幾次。可沒過幾天，他卻突然像變了個人，不跟我吵架了，態度變得極好，什麼事都順著我，而且他開始表現出對爸爸媽媽也很好，家裡所有的家務，他都搶著幹，總給爸爸媽媽買這買那的，每到週末，他都帶他們出去玩、買東西，把他們哄得很開心。我第二次提出離婚時，他找來了爸爸媽媽，一起給我做思想教育。我不曉得他到底用了什麼花招，反正爸爸媽媽都向著他了，連我媽都開始幫著他說話，還說不但不能離婚，還要盡快生個小孩。他想用孩子這一招抓牢我，不跟他離婚了！」

嚴良冷哼了一聲，道：「你要跟他離婚，他一開始很生氣，後來他冷靜下來，想明白了跟你吵架沒用，他只能更多表現出對你的好；另一方面，他討好你爸媽，來挽回這段婚姻，這不是很正常嗎？這是一個人的家庭生活技巧，這能叫心機嗎？」

「不，您知道我們家情況的，當初結婚時，爸爸媽媽都是反對的，所以，婚後他對爸爸媽媽表現也很一般，只會說點客套話，媽媽總找我說悄悄話，說她始終覺得張東升像個外人，她一點都不喜歡責怪我當初一意孤行。可我提出離婚後，他就變了一個人，想著法子討好他們，和以前判若兩人。他個性一直很倔強，怎麼會低頭呢？我現在才想明白了，一定是他那時候就想好了殺人，故意討好爸媽，讓他們對他信任，這才有機會帶他們去三名山玩，故意弄出意外，把他們推下山。」

嚴良冷聲道：「你說他一早就設計想殺你爸媽，討好你爸媽就是為了殺人，你有把這些話告訴員警嗎？」

徐靜搖搖頭：「沒有，員警一定不會相信的。」

嚴良不客氣地冷笑：「你也知道員警不會相信啊。」

徐靜一愣，眼淚又開始悄然翻滾，低聲道：「嚴叔叔，我知道張東升是您學生，我這樣說他，您心裡一定不樂意。」

嚴良道：「拋開他是我學生，我了解他這一點不談。你說你爸媽在三名山上是被他推下去的，真是這樣的話，沒人看見嗎？員警肯定要調查的。」

「沒人看見，前天是星期三，又是旅遊淡季，三名山上沒幾個遊客。」

嚴良冷聲道：「你非得這樣想，我也沒辦法。我勸你換種思路，我問你，是你想和他離婚，還是他想和你離婚？」

「我想跟他離婚。」

「那就好了，也就是說，他一點都不想離婚，對嗎？」

「可以這麼說。」

「他不想和你離婚，你爸媽也勸著不要離婚，他卻殺了你爸媽，他腦子有病啊？」

嚴良的語氣咄咄逼人，言外之意是，張東升腦子沒病，有病的是徐靜。

徐靜抿嘴道：「他一定還會殺了我的。」

「呵呵，原來張東升還是連環殺手，他幹麼要殺你？」

徐靜看著嚴良的態度，知道嚴叔叔顯然更相信他的學生，而不相信她，抽泣了一聲，低頭道：「他想報復我，同時，他還想侵占我家的錢。」

「他想侵占你家的錢所以殺人？」嚴良握了下拳，咬牙道，「你真的是走火入魔了吧！」

徐靜望著嚴良臉上隱隱的怒色，哭泣著說：「我知道我這樣說肯定沒人信的，可這就是事實。他是上門女婿，婚前在爸媽的要求下，我們做過財產公證的，這幾年，他賺的錢也是按我媽的要求，交到我帳戶上，他沒錢。如果就此離婚，他什麼都沒有，所以他要殺了我們全家。」

嚴良大怒道：「張東升骨子裡是個很要強的人，我很清楚這一點！當初他若不是愛你，想跟你結婚，怎麼會拋棄進修深造的機會，大學畢業就出來工作？怎麼會跑到你們寧市來！他要不是愛你，要跟你結婚，怎麼會跟你結婚前簽什麼財產公證，做一個什麼都沒有，名聲上也一敗塗地的上門女婿！他對你付出這麼多，你呢！你卻說他當上門女婿是為了你家的錢，是為了以後想謀財害命，你這種話怎麼會在腦子裡出現的？」

徐靜被他說得一句還口的餘地都沒有。嚴良瞧著她的表情，頓了頓，長嘆一口氣，語氣軟了下來，道：「你爸媽出了事，你突然受到這麼大的打擊，精神狀況不好也情有可原。但無論如何，這些莫名其妙的想法都是不該有、不能有的。你想想過去吧，當初你頂著你爸媽的強烈反對，毅然選擇跟東升走到一起，這一點足夠證明，你們倆是相愛的，是有感情基礎的。儘管步入婚姻生活後，一定會遇到這樣那樣的矛盾，但你們畢竟是相愛的，總歸是能克服的。我真心希望以後你們兩個要好好地過下去，好嗎？」

徐靜苦笑著搖搖頭：「不可能的，我和他過不下去的。」

「為什麼？」

徐靜低下頭，輕聲道：「我愛上別人了，我有外遇。」

「什麼！」嚴良瞪著眼睛，吃驚道，「你怎麼會這樣？」

「嚴叔叔，我知道你一定會生氣，可是感情並不是單純由理智能控制的。就像當初和張東升結婚，其實也是我被一時熱情沖昏了頭。結婚後，我覺得很多方面我們真的不是一類人，他從農村帶來的各種習慣，各種想法，我沒法接受。後來，我認識了現在的男朋友，我覺得我們才是本該在一起的。我很後悔，也很痛苦，可是接下去還要過幾十年，我沒辦法和一個不愛的人過幾十年，我知道我從小嬌生慣養，從小任性，我也知道我這樣做不對，可我沒辦法，我只能跟他提出離婚。」

嚴良表情木然地望著她：「他知道你有外遇嗎？」

「他應該心裡有數。」

「可是他還是原諒你了，想和你過下去，對吧？」

徐靜冷笑一聲：「他表面原諒我了，心中卻開始了報復計畫。所以他殺害了爸爸媽媽，所以他害怕罪行暴露，急著火化他們的遺體。我本想等著你來，做更深入的調查，可是他從前天剛出事就想把遺體火化，我一直不肯，拖到昨天，他還是強行把爸爸媽媽遺體火化了，還說是員警的建議。」

嚴良愣了一下，問：「你爸媽從多高的地方摔下來？」

「說是有一百多米。」

嚴良道：「都摔成那樣了，遺體當然應該早點火化，早點入土為安。難不成這樣的遺體還放冰櫃裡給親戚看？他這麼做是應該的，這樣也能讓你懷疑？」

徐靜絕望地搖搖頭：「嚴叔叔，我知道現在無論我怎麼說，您都不會相信的。我沒有證據，只是我作為一個女人對張東升的直覺。如果……將來如果某一天我意外死了，一定是張東升幹的，那時，您就會相信我了。」

嚴良苦笑搖搖頭，看著徐靜的樣子，感到既可憐，更可恨。同時，他更同情他那個學生，如果當初不是為了這段感情，他現在應該是博士了，以他的才華，前途不可限量。

# Part 25-28
# 勒索

## 25

朱晶晶出事後第二天，依舊下雨，三個孩子留在家裡，丁浩徹底迷上了遊戲，朱朝陽和普普分別看著書。

經過一夜冷卻後，恐懼漸漸淡化，三人都沒再提及昨天的事。晚飯依舊是最簡單的麵條，吃完，丁浩又想回電腦前打遊戲，這一回，普普阻止了他，認真地說：「耗子，過幾天朝陽媽媽回來後，我們就要走了，我們應該討論一下下一步去哪了。」

丁浩皺著眉，往沙發上一躺，嘆口氣：「走一步看一步吧，你放心，我一定會找到工作的，到時再想辦法讓你去讀書。」

「找工作不是靠嘴說的。」

「那要怎麼樣？」丁浩不滿地瞪著眼。

「如果找不到呢？」普普問得很直接。

「找不到？」丁浩尷尬地笑笑，「怎麼會找不到呢？打工還是很容易的，對吧，朝陽？」

朱朝陽搖搖頭：「我沒打過工，我不知道。」

普普道：「我下午看到課本上寫著，使用未滿十六歲的童工，是要判刑的。你還要過兩年多才滿十六歲，現在沒人敢要你。」

「那我……別人也看不出我不到十六歲啊，我個子還是挺高的，對吧？」

「你什麼證件都沒有，誰敢用一個來歷不明的人？」

丁浩惱怒地抬頭看著天花板，煩躁地說道：「那你說我們怎麼辦？總不能一直住朝陽家，等到我年滿十六歲吧？」

朱朝陽嚇了一跳，他其實很希望他們趕緊走，怎麼可能一直住他家？同時，他也希望他們能有個安穩的去處，至少——無論如何都不能回孤兒院，萬一將來某天他們回孤兒院交代出他殺了朱晶晶呢？最好的情況是，普普和耗子都有個平穩的生活環境，離他也不遠，這樣以後經常會在一起玩，他們肯定不會出賣他了。

普普抿著嘴猶豫了片刻，目光投向了朱朝陽：「朝陽哥哥，我想把相機賣給那個男人，換一筆錢，你看可以嗎？」

朱朝陽一驚，又是那個話題！那樣做顯然很危險，可是現在再次拒絕普普，如果他們走投無路，混不下去時，會不會把他殺朱晶晶的事說出來？畢竟才相處幾天，雖然聊天頗為投機，但遠遠談不上充分信賴的程度。況且他今天去樓下買麵條，看到路邊有人圍著看社區告示欄，他也張望了眼，發現昨天少年宮朱晶晶的案子，警方給出了三萬元懸賞知情人士，三萬元，這是筆超級鉅款！如果被他們倆看到這張懸賞單，會怎麼樣？他不敢想像。

而如果那個殺人犯真願意拿出一筆錢，買下相機，那麼普普和耗子接下來幾年的生活就有依靠了，他們也一定感謝自己，不會出賣他。而且勒索殺人犯是三個人的共同犯罪，彼此的祕密都會保護著。

權衡一下，朱朝陽坦誠道：「你們現在真的急需一大筆錢，嗯……我想，相機賣給殺人犯，這也許是唯一的辦法了。可是……現在有個問題，我們怎麼才能找到殺人犯？」

丁浩想了下，連忙高興地說出他的主意：「去派出所問，派出所肯定登記了那個人的資訊。」

普普冷哼一聲打斷：「去派出所？你想被送回孤兒院嗎？」

「可以讓朝陽去問啊。」

「朝陽怎麼問？他告訴員警，有段關於那個男人的犯罪影片，要賣給那個人，問那個人的聯繫方式？」

被她這麼一說，丁浩也頓時沒了主意。三人苦思冥想一陣，始終想不到既不去派出所，又能聯繫到男人的辦法。

# 26

一夜後，雨過天晴，三個小孩對未來的安排依舊一片茫然。
胡亂吃了早飯，普普去上廁所，可過了十多分鐘還沒出來。
丁浩等得不耐煩，衝裡面喊著：「普普，你好了沒，我要尿尿。」
「等……等一下。朝陽哥哥，你能過來一下嗎？」
朱朝陽來到廁所門口，問：「怎麼了？」
普普斷斷續續地說：「你媽媽……你媽媽那兒有沒有衛生棉？我……我有月經了。」
朱朝陽和丁浩雖然不清楚女人為什麼會有月經，但都知道，女生發育後，一個月會來一次月經。這是女生的「祕密」，兩個「男子漢」都故作鎮定，沒去笑話她。
朱朝陽跑進媽媽的房間，看到昨天關門時，門縫上夾的那條線依然完好，說明普普和耗子始終沒碰過房門。幾天下來，他進出媽媽房間幾次，每次關門都拿起毛線夾住，提防他們，可是他們從沒偷開過門，朱朝陽心中一陣慚愧。找了好一陣，朱朝陽總算在一個抽屜裡找到了一包衛生棉，到廁所門口，開啟一點門縫，遞進去給她。
普普出來後，難為情地向他解釋，她也不知道怎麼搞的，突然就來月經了，這是她第一次來月經，所以沒有準備。
朱朝陽和丁浩都不想涉及女生的私密話題，只說她長大了而已。
收拾好後，普普道：「耗子，你還有多少錢？」
「兩百多元。」
「嗯，給我一些，我下去買衛生棉。買包跟阿姨的一樣的，把新的放回去，別讓阿姨發現。」

朱朝陽道：「這也沒什麼吧，我媽知道你是女生，來月經了很正常，不用難為情。」

可是第一次來月經的普普覺得月經是件很羞愧的事，執意不想讓阿姨知道。朱朝陽和丁浩兩人閒著沒事，就說一起下樓，待會兒一起去外面逛逛。樓下就有便利店，普普進去後，找不到阿姨使用的衛生棉，三人繼續往前一路走一路看。穿過五條街後，遇見有家規模大些的超市，朱朝陽和丁浩在一旁等著，他們可不想一起去買衛生棉。

普普獨自進去後，還不到一分鐘，就急匆匆地跑了出來，一把拉過兩人，低聲道：「那個男人……那個男人就在裡面！」

「什麼！」兩人都瞪大了眼。

「我看見他在買紙巾和毛巾，等下他就會出來的。」

朱朝陽道：「你沒看錯嗎？」

普普很肯定地點頭：「那天我看他上了寶馬車，看了好一會兒，我對他樣貌記得很牢，絕對就是他。」

正說話間，他們看到一個男人從超市裡走了出來。由於影片裡男人的樣貌很模糊，當天在三名山碰見那人時，朱朝陽並未留意他的長相，現在也拿捏不準：「是他嗎？」

男人手裡提著幾袋東西，出了門後，朝著一輛寶馬車走去。看到和那天同一顏色的寶馬車，朱朝陽和丁浩這才逐漸確信普普沒看錯人。

普普連忙道：「不能讓他跑了，趕緊上去攔住他。」

眼見他就要上車了，時間緊迫，雖沒準備好該怎麼說，三人還是飛快奔了上去，在男人準備開門時，拉住了他。

張東升回過頭，看到拉住他的是個小女孩，旁邊還有兩個中學生模樣的孩子，一高一矮，不解地問了句：「有什麼事嗎？」

普普直接脫口而出：「你家是不是有兩個人在三名山上摔下來了？」

張東升頓時眼角微微收斂起來，掃了三人一眼。朱朝陽和丁浩本能地嚇得往後一退，唯獨普普還是站在原地盯著他。

「你們有什麼事嗎？」

普普冷聲從嘴裡冒出幾個字：「你殺了他們。」

張東升渾身一震，瞬間眼中兇光大閃：「你們說什麼鬼話！你們聽誰說的！」

朱朝陽和丁浩壓根不敢和這個成年人對視。

普普依舊不為所動，道：「我們親眼看見你把人推下去的。」

「神經病！」張東升冷喝一聲，拉開車門，準備進去。

普普冰冷地說了句：「我們不光看到了，還用相機拍下來了，如果你現在走的話，我們只好把相機交給員警了。」

張東升身形停頓住了，緩緩轉過身，仔細地打量起每個人，隨後目光在個子最小的普普身上停住：「小鬼，亂說什麼呢！」

普普道：「你不信的話，我們給你看相機。朝陽哥哥，你回去拿一下吧。」

張東升瞇著眼看著那個叫「朝陽哥哥」的人，沒有說話。

朱朝陽猶豫一下，轉身飛奔回家。張東升手指輕輕敲打著車門，故作一副鎮定的模樣。見兩個小孩只看著他，沒說話，他也緊閉著嘴，一語不發。

等了十分鐘，氣喘吁吁的朱朝陽手裡拿著一台相機，跑回來，沒到跟前，普普就拉住他，三人走到間隔張東升三、四米外的距離，普普警惕地看著張東升，低聲對朱朝陽道：「還有電嗎？」

「不知道，試一下。」

打開後，電池顯示只剩一格，這相機吃電很快，他們知道撐不了幾分鐘，普普連忙對張東升道：「你看仔細了。」

她身體隔在張東升前，朱朝陽點開影片，舉著相機，把螢幕那一面對向張東升。張東升緊閉著嘴，眼睜睜地看著影片中出現他推翻岳父岳母的那一幕。當時他殺人時，已經注意過周邊，平台上沒有人，只記得遠處涼亭裡三個小孩自顧自玩耍著，也沒朝他那邊看，他做夢都想不到，這一幕，卻會被三個小孩恰巧用相機錄了下來。

他眉頭一皺，滿眼怒火，向前一步，朱朝陽抓起相機就向後飛奔，一口氣跑出十多米，見張東升立在原地，沒有追來，這才停下腳步。

張東升瞪著普普，狠聲道：「你們想怎麼樣？」

普普道：「賣給你。」

「賣給我？」他吃了一驚。

普普道：「對，我們把相機賣給你，你給我們錢。」

張東升微微遲疑片刻，他怎麼都想不到三個小孩竟會想著把這個足以置他於死地的相機賣給他，思索了一下，便道：「這裡大街上，人太多，我們換個地方說話。」

普普問他：「去哪裡？」

「我帶你們找個人少點的咖啡廳，怎麼樣？」

普普轉身對兩人道：「你們覺得呢？」

丁浩撓撓頭：「我不知道。」

朱朝陽思索著道：「這裡確實不方便細說，換個地方也好，不過，我先把相機拿回去放好。」

張東升冷冷瞪了眼朱朝陽，咬咬牙，卻也沒直接表示反對，說：「好，要不你們倆先上車等著，我們這樣一直站在大街上，不太好。」

丁浩拉過兩人，小聲道：「上了他的車，他會不會把我們……」

普普謹慎地點頭：「有可能。」

朱朝陽卻搖搖頭，道：「不會，大白天的，大庭廣眾下，他敢把我們怎麼樣？我覺得一直站在車旁確實不妥，你們先上車，我回家把相機放好就趕回來。他沒拿到相機，不敢把我們怎麼樣的。」

# 27

普普和丁浩坐在後排座位上，張東升轉過頭朝他們和善地笑了笑，問：「你們叫什麼名字？」

普普打量了他一眼，沉默片刻，吐出兩個字：「普普。」

丁浩見她開口了，也回答道：「我叫丁浩。」

「還有一位小夥伴呢？」

丁浩道：「朱朝陽。」

張東升笑著繼續問：「你們都是念初中？」

丁浩點點頭，普普沒有任何反應。

「你們在哪個學校上學？」

普普繼續默不作聲，丁浩回答道：「沒有學校。」

「沒有學校？」張東升以為他們對他保持警惕，所以故意不說，又問，「你們家住哪裡？」

「我們現在在——」

丁浩又要回答，被普普手一拉，立刻停下，一臉警惕地盯著張東升：「和你沒關係。」

「好吧。」張東升抿抿嘴，感覺這個年紀最小的小女孩是最討厭的一個。

接著，他又試圖問出三個小鬼的更多資訊，可是普普始終很警覺，守口如瓶，他只好作罷。等朱朝陽回來後，張東升開車帶他們到了一個幾公里外的偏僻咖啡廳，找了個不起眼的角落位子，招呼他們坐下：「三位小朋友，想吃什麼喝什麼，隨便點。」

來到咖啡廳後，丁浩感覺放鬆多了，聽他這麼問，頓時來了興趣：「都有什麼好吃的？」

張東升把點菜單挪到他們面前，三人點了一堆吃的喝的，反正不用他們掏錢。

張東升見他們的模樣，心想小孩畢竟只是小孩，思索片刻，笑咪咪地看向他們，道：「你們那天剛好在山上的涼亭裡玩？」

朱朝陽道：「對，要不然就不會拍下來了。」

張東升微微瞇了下眼：「你們什麼時候發現裡面那一段的？」

朱朝陽道：「那天下午回來就看到了。」

「嗯……那麼，這件事除了你們三個外，還有人知道嗎？」

「沒有了。」

「你們父母呢？」

朱朝陽道：「他們都不知道。」

張東升目光在朱朝陽臉上停留了幾秒，似乎在判斷他說的是不是實話，過片刻，又道：「你們為什麼沒告訴父母？」

「我媽媽不在家。」

「你爸爸呢？」

朱朝陽猶豫一下，道：「總之，他也不知道。」

「哦。」張東升不甘心地撇撇嘴，轉向普普和丁浩，「你們爸媽呢？」

丁浩鼻子哼了聲，沒說話。普普面無表情地道：「都死了。」

「都死了？」張東升半信半疑地問，「那你們平時怎麼生活？你們三人是什麼關係？」

普普冷漠地回答：「這跟你沒有半點關係。」

張東升眼中閃過一抹怒火，但轉瞬間又變為溫和，繼續問：「你們看到這段影片後，為什麼沒把相機交給員警？」

普普冷笑一聲，很直接地說：「因為準備賣給你。」

張東升一愣，笑了笑：「你們為什麼這麼想把相機賣給我？你們怎麼知道我會買？」

普普冷聲道：「你開寶馬車，你很有錢，可是如果你不買相機，我們交給員警後，你再有錢都是一個死字。」

一個小鬼竟敢對他進行赤裸裸的威脅，張東升頓時大怒，咬著牙齒，瞪著她，一副要吞了對方的模樣。丁浩嚇了一跳，手上的雞翅差點掉下來，身體本能地向沙發裡縮去。普普則毫不畏懼地挺直身體，回望著他。面對這種氛圍，朱朝陽鼓起勇氣，也挺了下身體，試探地問了句：「你到底要不要買相機？」

張東升眼角微微一瞇，轉向了朱朝陽，逐漸收斂起怒容，道：「我給你們每人兩千元，你們把相機給我，怎麼樣？」

朱朝陽搖頭道：「太少了，不夠。」

「那你們想要多少？」

朱朝陽只好道：「我們商量一下。」

三人之前並沒想到今天會在路上碰到殺人犯，所以也沒具體討論過該問他要多少錢。

他把兩人叫到一旁，低聲問：「你們覺得拿多少錢合適？」

丁浩琢磨著道：「怎麼也得一人五千元吧，這樣我和普普湊成一萬，那就差不多了。」

朱朝陽道：「錢我不要，全部給你們，我沒地方放。」

丁浩睜大眼睛道：「這麼多錢你不要？」

「如果被我媽發現我有這麼多錢，一定以為是我偷來的，你們倆能過得好，我也開心。」

丁浩感動道：「可是你把錢全給我們，我們心裡也會過意不去的。」

「沒關係，我畢竟還有家，你們卻無依無靠。」朱朝陽眼眶紅了下，「我們是好朋友，對吧？」

普普原本冷冰冰的臉上，也隱隱泛著紅光：「對，朝陽哥哥，耗子，我們永遠是好朋友。」

丁浩又裝大哥哥模樣，笑著在兩人的肩膀上各拍上一拍，道：「好吧，我們去跟那人說吧，相信一人五千元，他肯定會給的。」

朱朝陽遲疑道：「會不會太少了點？」

「少？一共一萬五千元，很多了呀！」

普普思索了一下，道：「對我們也許很多，對他也許是很少的。嗯……朝陽哥哥，你覺得我們倆如果沒有收入，要生活到十八歲，需要多少錢？」

朱朝陽思索下，道：「如果耗子一直找不到工作，你們倆……我算算我的，我每個月各種費用平均下來要花五百元，一年是六千元，加上其他各種開支，大概一年一萬多一點，以後上大學了肯定更多。這樣算下來，你們倆到十八歲，一個人大概需要五、六萬元。」

普普道：「你有家，我們沒地方住，算起來還要更多。」

朱朝陽點頭：「租房子這也是一筆大開銷。」

普普冷靜地思考了片刻，抬頭道：「我想好了，我們就說一人十萬元。」

「一人十萬元！」丁浩倒吸一口氣，瞪大了眼睛，「一共三十萬元！天吶，我手裡拿過的，最多就是偷了那個死胖子錢包，拿的四千多元。三十萬元，他怎麼可能會花三十萬元買個相機？」

朱朝陽因為朱永平很有錢，所以他對錢的概念比兩人更清楚，他想了一下，道：「我覺得普普的要求也不過分，他會接受的，他那輛車就值好幾十萬元了。」

普普道：「那就這麼定吧。」

在丁浩的目瞪口呆中，三個小孩重新回到座位上。

張東升笑著說：「怎麼樣，商量得如何？」

普普很冷靜地點點頭：「商量好了。」

「那麼，給你們多少錢，把相機賣給我？」

普普道：「一人十萬元。」

張東升口裡的那口咖啡差點噴了出來，咬牙道：「你們沒搞錯吧，一人十萬元？」

普普很平靜地回應他：「沒錯，就是一人十萬元，不能少。」

「你們要這麼多錢幹麼？你們不怕被家裡其他人知道？你們區區小孩，鬧出這麼多錢，你們怎麼解釋是哪裡來的？」

普普道：「這個不用你管，我們不會讓其他人知道的。」

朱朝陽接口道：「對，你放心好了，錢給我們後，我們一定馬上把相機給你，保證這件事永遠不會告訴任何人。」

張東升拿起咖啡喝了一口，隨後向後躺去，手捂著嘴巴，瞇眼打量著這三個毛都沒長全的小鬼。三十萬元！別說他壓根沒這麼多錢，他的錢都是徐靜管著，就算他真有這些錢，他也絕不會拿出來跟這三個小鬼做交易。因為一旦三個小鬼亂花錢，被家長或是什麼人知道了，一問，問出來是他給的，再問為什麼給這麼多錢，罪行馬上暴露。

過了半晌，張東升吐口氣，道：「這樣吧，我給你們一人一萬元，一萬元你們自己花掉或者藏起來，家裡人也不容易發現。」

丁浩望著他們倆道：「我覺得差不多了吧。」

張東升朝丁浩笑了笑，覺得這個個子最大的小孩，反而最好說話。

普普沒有理會丁浩，而是直接搖頭：「一人十萬元，少一分，相機就交給員警。」

張東升臉上的表情瞬間一掃而空，眼角收縮起來，虎視眈眈地盯著普普，如果不是在公共場所，他真恨不得立刻把普普殺了。

朱朝陽面對這個殺人犯怵人的眼神，手心也在顫抖。唯獨普普表現出絲毫不懼的模樣。

張東升冷笑道：「既然你們要這樣，行吧，你們把相機交派出所吧，不用賣給我了，我不要，也買不起。」

朱朝陽謹慎道：「你買得起，你的車就值幾十萬元了。」

張東升冷哼道：「那不是我的車，別人的。你們不用跟我說了，我只能出到一人一萬元，多一分沒有，你們愛找誰找誰。」他把頭別了過去，不去搭理他們。

丁浩連忙道：「一萬就一萬，成交了。普普，你看呢？」

「你閉嘴！」普普罵了丁浩一句，不想理這個不按計畫執行的傢伙，直接站起身，道：「朝陽哥哥，我們走吧，我們去派出所，也許員警叔叔會給我們獎勵的，說不定也有幾萬元。」

她拉著朱朝陽就準備走，丁浩在一旁追著急道：「別呀，一共三萬元也挺好的啊。」

普普和朱朝陽都不理他。

眼見他們真的要走，張東升只好叫了句：「等一下，你們先回來坐下。」

三人又坐回位子上，普普冷笑著說：「你不是說多一分沒有嗎？我們是少一分不賣，還有什麼事嗎？」

張東升滿臉怒容，但面對咄咄逼人的對手，他無可奈何道：「我家這幾天還在辦喪事，我手裡暫時也湊不出這麼多錢，等過幾天行嗎？」

普普道：「可以，但要快一些。」

「好，等我家裡忙完，把錢籌好，就給你們，你們沒銀行卡吧？到時我直接取現金給你們。你們住哪，我怎麼聯繫你們？」

丁浩道：「我們現在住在——」

朱朝陽生怕殺人犯知道自家住址後，後患無窮，連忙制止住他，急道：「不能告訴他！」

張東升道：「那我怎麼聯繫你們？家裡電話有嗎？」

朱朝陽關於家裡的資訊，半點都不敢讓他知道，便道：「你不用聯繫我們，我們會聯繫你，你電話多少，我們記下來，過幾天打你電話。」

張東升微微遲疑片刻，取過一張便條紙，寫下手機號碼交給他們，又道：「我家裡明天出喪，你們後天可以打我電話。」

朱朝陽點頭道：「行。」

「不過在這期間，關於相機和我們之間的事，你們一定要保密，對任何人都不能說，包括你們家長。」

「我們肯定不會說。」

「好，那今天就這樣，需要我送你們回家嗎？」

朱朝陽搖頭：「不需要。普普，耗子，我們走。」

他們剛走出幾步，丁浩又折返回來，對男人道：「能不能先給我們一些零花錢？」

張東升看著他，問：「你要多少？」

「幾百元。」

張東升抿抿嘴，無奈地從錢包裡掏出六百元遞給他。他說了聲謝謝，很開心地走了。瞧著三個小孩的背影，張東升躺在沙發裡，嘴鼓著，手緊緊握成了拳。

三個小鬼頭敢來敲詐他？哼！

# 28

從咖啡館出來後，朱朝陽帶著兩人一路狂奔，就近從一條巷子穿了進去，又拐了幾個彎，來到一條他也不知道名字的馬路上，這才停下來，大口喘著氣。

丁浩抱怨道：「你跑什麼呀？」

朱朝陽道：「我怕那人跟蹤，萬一被他知道我們住哪，就慘了。」

「知道又會怎麼樣？」

朱朝陽冷哼一聲，看著丁浩，問：「你就不怕他殺了我們嗎？」

「殺我們？不至於吧。」

普普撇撇嘴，斜視著丁浩：「耗子，你實在太笨了。」

「我又怎麼啦！」

「我們說好一人十萬元的，那人說一人一萬元，你居然就屁顛屁顛答應了。」

丁浩羞愧地撓頭：「我這……我這不是看他不肯掏這麼多錢嘛，一人一萬元也不錯了。」

「這明顯就是一個討價還價的過程，而且這是我們三人商量好的價錢！你這樣，跑去打工也一定被人騙，本來一千元的活，人家給你一百元你也幹了。」

丁浩不滿道：「這完全不是一類事好吧！我剛剛看他的樣子，他說頂多出三萬元了，我怎麼知道他最後又會同意三十萬元。」

「朝陽哥哥剛才不是說了，他開的車就值幾十萬，這是要他命的東西，他怎麼可能不付錢？」

朱朝陽也道：「耗子，你剛才太急了，說實在的，三萬元真不夠你們接下來幾年的花銷的，你們至少要找個地方住，要吃飯穿衣服，還要想個辦法上學，對吧？」

見兩個人都說他，丁浩只好道：「好吧好吧，算我錯了，下回我都聽你們的，我不拿主意了，這總成了吧。」

普普哼了一聲，轉過頭去。

朱朝陽道：「好啦，都別生氣了。我們得為接下來的事，認真籌畫一個具體的方案。」

「方案！」丁浩握起拳，興奮地說，「聽起來很刺激的樣子，就像電視裡那樣？」

朱朝陽很認真地說：「對，可是我們不是在拍電視。現在開始我們就不是小孩了，我們要像成年人一樣做計畫，要想出萬無一失的方法，因為我們要和一個殺人犯做交易，這件事很危險，明白嗎？」

丁浩道：「我早就不是小孩了。」

普普鄙夷地望了他一眼，重複剛才的話題：「你太笨了。」

丁浩只好低頭閉上嘴。

朱朝陽咳嗽一聲，緩和氣氛，看著他們倆，道：「剛剛你們害怕嗎？」

丁浩搖搖頭：「一開始看到那人有點緊張，後來也沒什麼好怕了。」

「咖啡館裡他瞪我們的時候呢？」

「那時有一點點緊張啦，不過他不可能打我們的，我肯定，所以我不怕他，哈哈。」

普普鄙夷地望他一眼，再次重複剛才的話題：「那是因為你太笨了，笨蛋是不懂害怕的。」

「哼！」丁浩咬咬牙。

朱朝陽轉向普普：「你呢，你害怕嗎？」

原本他們倆都以為普普一定會說「這有什麼好怕的」，因為剛剛男人露出兇相時，只有普普毫不畏懼地跟他對視，他們倆都各自膽怯了。誰知普普此時此刻突然像變了個人，緩緩點點頭，目光中流露出來小女生的柔弱：「我怕。」

丁浩奇怪道：「可你剛才好像一點都不怕呀？」

普普皺了皺眉，表情恢復成了一如既往的冷漠：「你愈害怕，別人就愈知道你好欺負。只有不怕，別人才不敢對你怎麼樣。」

朱朝陽不由讚嘆道：「普普，你真勇敢！」

普普目光瞧著遠處，幽幽道：「以前我爸爸剛被槍斃時，同學笑我打我，我都不敢還手。後來有一次我跟她們拚了，她們再也不敢惹我了。」

丁浩道：「朝陽，那你剛才害怕嗎？」

朱朝陽笑了笑：「害怕也是有的，不過這件事肯定要去做的，害怕也只好克服了。」

普普看著他：「朝陽哥哥，謝謝你。」

朱朝陽微微臉紅：「謝我什麼？我們是好朋友嘛。」

丁浩拍了下手，道：「好吧，那麼接下來我們的這個方案，是什麼樣子的呢？」

朱朝陽道：「先回家再慢慢籌畫，還有兩天時間，我需要好好想出一個確保我們安全，又能拿到錢的辦法。不過我們現在回家要小心，千萬不要被那個人跟蹤盯上了。」

三人沿著路往前走，找到一個公車站，看了看，沒有直達車，只能先坐到主城區，然後再搭上回家的公車。為避免被殺人犯跟蹤，朱朝陽帶他們在目標站的前一站就下了車，然後拐進了胡同裡，最後穿來穿去，回到自家樓下。

# Part 29
# 被同情的人

## 29

因為人是死在外面的，按照當地風俗，喪事不能放家辦，又由於屍體摔成那樣，按習俗等不及過頭七了，要先下葬入土為安。

徐家在社區不遠處的一個老年活動中心租了場地，治喪以及明天出殯後的親朋吃酒都在這兒。張東升把超市買的毛巾、紙杯交給幫忙治喪的人後，剛轉過身，就看到了嚴良。

嚴良獨自坐在靠裡的一張空桌上，朝他點頭笑了笑，招手示意他過來。張東升本能地心中一驚。在他還是學生時，他就聽說過嚴良曾是省公安廳的刑偵專家，偶爾還會有杭市市局和省公安廳領導模樣的人過來找他聊天。後來認識徐靜後，徐靜告訴他，這位嚴叔叔以前做員警時可厲害了，從來沒有他破不了的案，甚至得到過公安部的表彰。和嚴良接觸多了，張東升越發知道嚴良可不像數學系裡許多只知道研究理論，並不懂這些複雜理論研究出來有什麼用的老師，嚴良很喜歡發掘數學理論怎麼樣結合生產實踐，像學校電腦系的學生，多半會來選修嚴良的這門數理邏輯，想必嚴良當年做員警時，也一定很擅長從數學角度解決問題。

當然，張東升很清楚，嚴良今天過來可不是為了查他，他是作為親戚明天送葬的。不過即便嚴良查他，張東升也有一百個把握，這案子無人能破，因為沒有任何辦法能證明人是他推下去的，而不是意外摔下去的。除非，那三個小孩的相機落進其他人手裡。

張東升馬上點點頭，走過去，熱情地握住手，道：「嚴老師，四年不見了，徐靜說聯繫過你，我還以為你這次沒空過來呢。」

「放暑假了嘛，你中學空，我大學也空。對了，我來時，他們說你去超市買東西，怎麼買了幾個小時？」

張東升不慌不忙地撒了個謊：「我去找明天的送葬車確認下事宜，又跟花圈店結了下帳，耽擱了。」

嚴良點點頭：「這幾天你可忙壞了吧？」

張東升嘆口氣，低下頭：「出了這樣的事，徐靜心情不好，每天一沒人就獨自哭，只能我這個做男人的安排了。」

嚴良同情地看著這個學生，猶豫了片刻，還是把話說出來：「你現在和徐靜的感情是不是出了點問題？」

張東升低下頭，手捂著嘴巴，道：「她告訴你的？」

嚴良默然點點頭。

「我們……」他抿著嘴，似乎很艱難地說出來，「我們也許會離婚吧。」

嚴良關切地問：「怎麼會發展到這個地步？」

「也許……」他嘆了口氣，從口袋裡掏出香菸，他知道嚴良不抽，所以只抽出一根，自己點上。

「你開始抽菸了？」

張東升苦笑一下：「平時不太抽，偶爾心煩的時候抽一下。」

嚴良點點頭：「能……方便跟我說一說嗎？」

「你是長輩，也是我最敬重的老師，告訴你是應該的。」他吐出一口煙，道：「這一切的根源，大概因為我來自農村，我跟徐靜本來就不是一類人吧。」

「可是你們當初是相愛的。」

張東升笑了笑：「戀愛的時候，會忽略很多對方的缺點，等到結婚後，就不一樣了。你是知道我家裡情況的，我爸媽都是山裡的農民，都是老實人，沒見過世面，不懂城市人的規矩。我跟徐靜結婚後，我爸媽過來看我們，可是第一次來了後，徐靜就嫌他們不講衛生，跟我說以後我爸媽再過來時，花錢讓他們住賓館，不要住家裡。而在我爸媽的農村觀念裡，總是覺得一家人就應該住家裡的，所以我勸徐靜忍一下，反正過來也只住幾天就走的，我會把他們衛生搞好的。可她堅決反對，說他們住家裡，她就去住賓館，跟我吵了一架，沒辦法，我只好委婉地勸爸媽，以後改住賓館，他們嘴上沒說什麼，我知道心裡肯定不舒服。這幾年，他們一次都沒再來過，這次辦喪事過來，也是安排住賓館。這只是一點小事，不算什麼，很快就過去了。可是後來我的一些習慣，跟徐靜的性格差距太大了。我從小家裡窮，買東西習慣比來比去，挑性價比最高的，徐靜完全相反，她只要牌子大品質好的，不在乎價格，她覺得我太小氣，不夠男人，哎，凡此種種，大概我的形象在她腦海裡分數愈來愈低了吧。愈往後，她對我愈冷淡了，甚至……甚至不再讓我碰她了。」他搓了下頭髮，眼眶中隱隱泛紅。

嚴良同情地看著他：「那麼你現在對她的感情怎麼樣？」

張東升望著空白處，溫柔地笑起來：「我依舊很愛她，無論她做了什麼，在我心裡，她還是四年前那個不顧父母反對，執意要跟我在一起的女孩。」

嚴良頓時被他的情緒感染，唏噓一聲，道：「你接下來準備怎麼辦？」

「去年她跟我提過離婚，我不想離，我很希望可以和她好好過下去。我嘗試著討好她，似乎效果有限，我覺得她一時間鑽了牛角尖，並不清楚什麼才是她真正想要的生活。所以我想用時間慢慢調整她的想法，另一方面我也檢討自己，覺得出現問題，我也有很大一部分責任。坦白說，我和她結婚後，面對她的父母，我內心有自卑感在作祟，總感覺他們看不起我，沒把我當一家人，所以我也沒盡心去做一個好女婿，在整個家庭裡，我像個孤零零的局外人。於是我開始把自己真正融入這個家中，做一個女婿的本分。我在中學教書，閒置時間多，就多抽空來陪她爸媽。我這麼做其實也有一部分私心，討好他們，讓他們勸勸徐靜。他們知道情況後，也一直在做徐靜的思想教育，所以我們倆拖到現在還沒離婚。可是……哎，爸媽突然出這樣的事，我實在……其實都怪我，爸有高血壓，可爸平時都說自己不難受，不肯吃藥。我也沒在意，還帶他們去山上，結果拍照時，我剛擺弄相機，突然聽到爸媽叫起來，我抬頭已經看到爸媽跌下去了。後來員警推測爸當時爬了山，一下子坐下去後，高血壓發作，拉住媽一起掉下去了。無論怎麼說，這都怪我，我覺得我太對不起徐靜了。」他把菸熄滅，雙手蓋著額頭，一臉的痛苦模樣，讓人不忍直視。

嚴良嘆息一聲，勸道：「你也不要自責了，這種事誰都不希望發生，有人出門就遭遇車禍，完全始料未及，這能怪誰去？」

過了好久，張東升才重新抬起頭，道：「現在我也想通了，只要徐靜快樂，我也無所謂。我只能盡我本分，還是她丈夫的時候，做一個好丈夫，至於最後的結果，我只希望她快樂而已。」

嚴良聽了非常感動，連連安慰，又說：「你這邊也不用這麼悲觀，我會勸勸徐靜的，我的話她還是會聽一些的。現在她爸媽這邊剛出了事，她也不會馬上就跟你再提離婚，你也多努力努力，讓她珍惜這段來之不易的感情。」

「我會的，謝謝你，嚴老師！」

張東升臉上依舊是一副沮喪的模樣，不過他看著嚴良的反應，心底泛起了一絲狡黠的笑意。

Part 30-32

# 與狼共舞

## 30

床下震起一地灰，朱朝陽彎腰爬出床底，又把兩個布滿灰塵的大箱子往底下塞回去，站起身拍拍手，回頭道：「現在相機藏在最裡面，只有我們三個人知道，我們一定要保密，不能告訴任何人。如果那個男人問起，千萬不要被他騙了，好嗎？」

普普皺著眉，很認真地點點頭，隨即用懷疑的目光投向了「太笨」的丁浩。

丁浩略顯無奈叫道：「我不會被他套出話的，放心吧。好啦好啦，咱們還是商量一下，怎麼才能把錢拿到手。」

朱朝陽道：「拿到錢是一方面，最重要的是，我們一定要平安地拿到錢。」

「平安地拿到錢？難道……」丁浩皺眉，「難道那個人還會把我們殺了滅口不成？」

朱朝陽很嚴肅地點點頭：「很有可能，你看他今天的表情就知道了，一副要吃人的樣子。」

「他是看我們年紀小，想故意嚇唬我們吧？」

朱朝陽撇撇嘴，「我不知道。」

丁浩轉向普普，「你覺得呢？」

普普搖搖頭，「我也不知道，反正朝陽說的有道理，萬一他不打算給我們錢，只是想殺我們滅口呢？」

丁浩道：「可是相機在我們手裡。」

朱朝陽點了一下頭，「對！只要相機沒落到他手裡，他就不敢把我們怎麼樣。你瞧他今天的樣子，我說先回家把相機放好再回來，他的臉都綠了。後來普普跟他說話時，他明明很生氣，還是忍住了。我想就是因為相機還在我們手裡。」

「可是最後交易成功的話，我們還是要把相機給他的吧。」

普普想了想，冷笑道：「那也可以不把相機給他。」

「不給他？」丁浩驚訝地望著她，「怎麼不給他？」

「只拿錢，不給相機。」

丁浩乾張嘴，道：「他又不是傻子，怎麼可能只給我們錢，我們不把相機給他呢？」

普普眼角微微瞇了下：「我們要求他先給錢，等拿了錢後，我們不把相機給他，他也對我們束手無策，難道他會去派出所告我們騙他？這樣還能繼續威脅著他，相機在我們手裡，他就不敢對我們怎麼樣，如果過幾年錢花完了，還能接著跟他要。」

丁浩想了想，猶豫道：「這個辦法好倒是挺好，他就成我們永遠的錢包了，而且他再生氣，也不敢把我們怎麼樣。可是……我們這麼做，不太合道義吧？」

「道義？」普普斜視他一眼，鄙夷道，「不要學電視裡的人說話！」

丁浩只能轉向朱朝陽：「你覺得呢？」

朱朝陽很果斷地搖搖頭：「這辦法不行。」

「為什麼？」普普問。

「電視裡演過很多這種事了，拿著別人的把柄威脅他、勒索錢財，第一次第二次別人都照辦了，可是三番五次後，把人逼到了極限，他再也受不了，就把對方給殺了。你們想，如果你是那個男人，三個小孩拿著相機，三番威脅你，跟你要錢，你會允許這樣的事一直發生下去嗎？不會的，所以這麼做，很可能真的把他逼急了，殺了我們。」

丁浩道：「那怎麼辦？」

「只能交易一次，一次過後，我們跟他不要再有任何來往，徹底不認識！」

普普道：「可是你前面說的情況，我們把相機給他後，他會不會還想著殺我們滅口？雖然相機已經給他了，可我們畢竟知道他殺人的事實。」

朱朝陽點點頭：「很有可能。」

丁浩眉頭皺起來：「那該怎麼辦，給他也不行，不給他也不行，難道只能交給員警？」

朱朝陽同樣搖了搖頭，道：「當然更不可能交給員警。」

丁浩急躁道：「那你說到底該怎麼辦呀！」

朱朝陽道：「我們拿到錢後，就把相機給他，但必須保證我們的安全。我們要在光天化日、大庭廣眾下把相機給他，在外面他不會把我們怎麼樣的，絕不能讓他知道我們住在哪裡，這樣一來，他找不到我們，時間久了，他見我們沒把他殺人的事說出去，自然就會放棄滅口的想法了。」

兩人想了片刻，都點點頭，覺得朱朝陽的主意穩妥。

朱朝陽繼續道：「但我們現在對到時具體怎麼交易，會發生什麼事完全不知道。所以我想，為了確保安全，下一回實際交易時，我們把相機留在家裡，要先拿到錢，再到公開場合偷偷把相機給他。此外，我們去交易的時候，只去兩個人，這樣他知道我們其中一人留在外面，如果去的兩個人出事了，另一人自然會報警，這樣一來，他就不敢對去的兩人怎麼樣了。」

普普點點頭，很是贊同：「留一個人在家，只去兩個人，這個辦法很好。」

丁浩笑出聲：「是啊，我就說朝陽最聰明了。嗯……那我們哪兩個去，哪個留家裡呢？」

朱朝陽道：「我和普普去，你留家裡。」

「為什麼是我？你們兩個個子小，他萬一對你們使壞呢？我個子高大，防禦力高，至少可以抵抗一下傷害。」

普普白了他一眼：「如果他真想殺人滅口，你去也是一樣，你個子高還是打不過他，別以為你是孤兒院裡的打架王，你根本不是成年人的對手，他比你高一大截，而且他是成年人，力氣也比我們大多了，說不定他還有武器。最重要一點——耗子，你實在太笨了，我怕你被他騙，不能說的話說溜嘴。」

丁浩怪叫著：「普普，如果你不是我妹妹，我一定揍死你！」

朱朝陽連忙笑著充當和事佬：「好了，耗子，你就留家裡玩遊戲吧，唯一記住一點，如果有人敲門，你一定要先看看是誰，不是我們的話，無論如何不能開門，知道嗎？」

「好吧好吧，那我就勉為其難玩玩遊戲吧。」聽到玩遊戲，他的熱情瞬間蓋過了替他們阻擋危險。

# 31

早上出殯，中午吃酒，下午跟各路幫忙的人結帳和收拾善後。

這幾天徐靜已經對張東升表現出外人看得見的反感，張東升父母不願再繼續留在徐家看人臉色，提前訂了火車票連夜返回老家。張東升送走父母後，回到家，家裡只剩了徐靜一人。他走過去，伸手剛要搭上徐靜的肩膀，徐靜警惕地從沙發中一躍而起，退到一旁：「別碰我！」

張東升手停在半空，這個動作保持了一兩秒，隨後放下手，低頭嘆息一聲，輕聲道：「對不起，沒照顧好爸媽，真的對不起。」

徐靜冷冷地望著他，盯了很久，嘴裡冒出幾個字：「接下來你還想怎樣？」

張東升一臉茫然，「什麼怎樣？」

「你還想做什麼！」

張東升皺眉搖搖頭，「我不明白你的意思。」

徐靜走到遠離張東升的一張沙發上，頹然坐下，目光呆滯地看著面前的空氣。「我們離婚吧。」

「離婚？」張東升緩緩地坐下，掏出香菸，點燃一根，深吸了一口，道：「爸媽剛走，你就要離婚了嗎？」

「離婚吧，新房子給你。你如果嫌不夠，你還想要多少錢，你說，我實在不願意過下去了。」

張東升苦笑著搖搖頭，「徐靜啊，我們之間什麼時候開始變成這樣了？我和你結婚是為了錢嗎？當初認識你的時候，我並不知道你家有錢，你也沒嫌棄我是個窮學生，為什麼到今天，會變成這樣？」

徐靜沒有說話。

張東升接連嘆息著：「也對，生活總是會慢慢改變一個人的。怪我沒有本事，雖然是浙大數學系畢業卻不能像其他同學那樣出國留學、當公司高管，每天談的都是大錢，都是事業運作。我呢，我每天只能跟學生談中學那些幼稚的數學題。我又是個農村窮學生，爸媽什麼錢都沒有。你呢，在菸草公司工作，家裡五套房。從一開始我們結婚就是個錯誤，現實的門第差距太大，是我太天真了。」

徐靜雙手掩面，輕聲哭泣起來。

「不要哭了，看見你哭，我就傷心。」他嘆口氣，「好吧，只要讓你開心，一切我都無所謂，你去年就想著離婚了，我一直求著爸媽勸你，想必更是讓你反感，現在爸媽走了，這次事故也是我的錯，我自覺對不起你。好吧，我同意離婚。房產我不要，我不是你想的那種人，我自己去學校旁邊租個房子。如果可以的話，我只有一個條件，你能不能幫我爸媽在他們老家縣城買套房，不用大，夠住就行，我希望他們能過得稍微好一些。」

徐靜泣不成聲，抬起通紅的眼睛，望著張東升。

張東升低頭抽著菸，苦笑一下，兀自道：「遇著你，我從來不後悔。」

「我……對不起。」徐靜哽咽地說出這三個字。

「不要說對不起，你永遠是我的公主。」

「我……」徐靜猶豫了一下，道，「那套新房子，還是分給你吧，你爸媽縣城買房的錢，我也會出的。」

頓時，張東升眼睛微瞇了一下，低頭掐滅香菸，冷笑著自語一句：「原來你還是要離婚。」他抿了下嘴，抬頭道，「爸媽剛走，現在離婚親戚要說閒話的，等過幾個月行嗎？」

徐靜想了一下，點點頭，然後吞吞吐吐地道：「我……我想搬出去住。」

「為什麼？」

「沒有為什麼。」

「最後幾個月你都不願意和我一起生活嗎？」

徐靜低下頭，沒有回答。

張東升苦笑一下，道：「這就是所謂的分居？」

徐靜還是沒有回答。

張東升嘆口氣，道：「好吧，你想什麼時候搬出去住？」

「今……今天開始。」

張東升愣了一下，沉默半晌，嘆息一聲，道：「你不必搬了，這本就是你家，該搬出去的是我。這樣吧，等下我收拾一下，我搬去你家新房子住幾個月，等我們離婚後，我再搬出去另外找房子，這樣你覺得可以嗎？」

「我……對不起。」

張東升伸展下手臂，站起身，走過徐靜身旁時，拍了拍她的肩，徐靜神經質地跳起來，躲到一旁。

張東升愣了下，遲疑道：「你就這麼怕我嗎？」

「沒……沒有，我……我精神不太好。」

「對不起，是我沒照顧好你。」他嘆口氣，去房間裡收拾衣物和日用品，心裡想著，徐靜必須要早點解決了，她顯然是懷疑自己殺了她爸媽。

## 32

按照約定時間，今天該給那個男人打電話了。

顯然不能用自家的電話，朱朝陽家樓下不遠處的一個小賣部就有公用電話，可是他沒去，因為小賣部老闆認識他，他擔心殺人犯萬一查電話查到小賣部，老闆告訴了殺人犯他家的大致住址，那就危險了。

所以他和普普坐公車來到汽車站邊的一家小店，那裡有電話，而且店主不認識他們。撥通了電話後，就傳來了殺人犯的聲音：「喂？」

「是我們。」朱朝陽道。

「你們好啊。」殺人犯這一次和前天像換了個人，對他們的語氣裡透著歡快，似乎很高興聽到他們的聲音。

朱朝陽心中微微警覺，謹慎道：「今天在哪裡見面？」

「如果你們方便的話，來我家裡談吧。」

朱朝陽警惕地問：「為什麼去你家裡，外面不可以嗎？」

殺人犯低聲道：「小朋友，你們應該知道，這麼大一袋錢很顯眼，我們不能讓別人注意到對吧？今天以後，我們彼此不認識了，從沒發生過這件事，對吧？」

朱朝陽手捂住話筒，低聲在普普耳邊說了殺人犯的話，普普思考一下，道：「朝陽哥哥，你覺得呢？」

朱朝陽輕聲道：「我們東西沒帶，不怕他耍詐，而且耗子在家呢。」

「嗯，那就答應他。」

朱朝陽重新拿起話筒，道：「喂，叔叔，還在嗎？」

「在的，你們三個小夥伴商量得怎麼樣了？」

「就按你說的辦。」

「好的，那麼把東西帶上，你們過來時，不能讓其他人知道，行嗎？」

「那當然。」

「好的，你們叫個車吧，我在盛世豪庭五幢一單元三〇一室，地址記下了嗎？」

朱朝陽記憶力極好，默念了一遍就牢記在心。

掛上電話，朱朝陽和普普走出車站，在公車站跟旁人打聽了下盛世豪庭的位置，問清了路線，隨後坐上公車。

很快，盛世豪庭社區外出現了背著書包的朱朝陽和普普，帶個書包自然是為了裝錢的。兩人打量了一圈社區，雖然不懂樓盤，但看著建築外觀也知道這裡一定是有錢人住的。

進了社區，很快尋到了五幢一單元，樓下有個門禁，朱朝陽和普普從沒進過高檔社區，研究了一會兒門禁，抱著試試看的態度，謹慎地按下了三〇一的按鈕。鈴聲響過一陣後，傳來殺人犯的聲音：「門開了，請進。」

兩人拉開門，小心地走進去，普普輕輕拉住朱朝陽的衣角，朱朝陽低聲安慰：「沒關係，不用怕，按商量好的來。」

「嗯。」普普點點頭，臉上又擺出了一副無所謂的表情。

他們剛走上三樓，門就開了，張東升臉上帶著笑意，友善地跟他們打招呼：「你們好。」隨即，他臉上微微泛出異樣，「怎麼就你們兩個人來，還有那位耗子小朋友呢？」

朱朝陽道：「他在外面，我們來也是一樣。」

普普平靜地道：「如果我們兩個沒回去，他會報警。」

張東升愣了一下，乾張下嘴，隨即又換上笑臉：「快進來吧。」

當張東升在他們身後關上了門，朱朝陽和普普都本能地愣了一下，感覺那個殺人犯正在身後用一種寒冷的眼神打量著他們，他們立在原地，不知所措。

好在張東升馬上走到了他們前面，招呼他們：「不用脫鞋，隨便坐吧。」

朱朝陽這才緩下心神，打量起這套房子，房子裡的裝修和他家的簡陋形成了巨大反差。光潔的瓷磚鋪在門口進來的開放式餐廳上，再過去是鋪滿木地板的大客廳，他對房子的面積沒概念，只知道光餐廳和客廳，就比他家還大了，所有電器家具都是嶄新的，發出亮光，唯獨似乎少了些什麼。

他想了一下，馬上知道了，這房子裡太整潔了，所有家具桌子上，幾乎沒放著任何雜物，門口的鞋櫃上，也只有一雙鞋子。

「這房子是你住的？」

「對啊。」

「可是……為什麼房子像是沒人住過？」

張東升愣了一下，道：「我昨天剛搬進來的。」

朱朝陽心中泛起一絲警惕，不過沒表現出來。

張東升繼續招呼他們：「坐吧，別客氣了，坐下慢慢說。」

朱朝陽和普普就近在長方形的玻璃大餐桌前坐下。這是一張雙層桌，上面一層是鋼化玻璃，下面一層是不鏽鋼，可以放些雜物。桌子上擺了幾個空杯子，還有一瓶開過的大瓶裝果汁，另一邊，桌上鋪著的幾本《數理天地》引起了朱朝陽的注意。

普普看著果汁，道：「我口渴。」

張東升拍了下頭，道：「我真不會招呼客人，大熱天的你們來，肯定渴了，我給你們拿可樂。」

普普指著果汁：「不用了，這個就行。」

跟這殺人犯也沒什麼好客氣的，她正伸手主動去拿果汁，張東升卻一把抓過了果汁，道：「這瓶開過幾天了，壞掉了，我給你們拿可樂。」

朱朝陽想起增高祕訣裡不能喝碳酸飲料，便道：「我不喝碳酸飲料。」

張東升為難地皺下眉，道：「那你喝白開水行嗎？」

「好的。」

張東升拿走了那瓶開過的果汁，過了會兒，拿回一瓶沒開過的可樂，給普普倒上，又給朱朝陽倒上白開水。

朱朝陽仔細地看著這個細節，默不作聲。

隨後，張東升坐到桌子的另一邊，道：「你們今天過來家裡大人知道嗎？」

朱朝陽道：「你放心，這麼大的事，我們不會讓其他人知道，只有耗子知道。」

「呵呵，你們比一般孩子懂事，告訴了你們地址，這麼快就找到了，真聰明。」他刻意說了些不著邊際的客套話，隨後不經意地隨口提一句，「那個相機……今天帶了嗎？」

朱朝陽搖搖頭：「沒有。」

「沒有？」張東升臉上再次透出了驚訝。

普普道：「你先把錢給我們，我們再把相機給你。」

朱朝陽補充道：「對，先給錢再給相機，我們拿到錢，一定會把這個麻煩的東西給你的。」

張東升苦笑著點點頭：「好吧。」

朱朝陽道：「那麼，今天你錢準備好了？」

張東升露出一個抱歉的微笑：「我現在沒有錢給你們。」

朱朝陽質疑道：「你開寶馬車，又住這大房子，怎麼會沒錢？」

「這些都不是我的。」

「那是誰的？」

「都是我老婆的。」

普普道：「你老婆的自然是你的，男人是一家之主。」

張東升臉上浮現出一抹尷尬，微微低著頭，咳嗽一聲，道：「我是上門女婿，錢和財產都不歸我管。」

朱朝陽不懂，問了句：「什麼是上門女婿？」

普普撇嘴不屑地解釋：「這個我知道，就是生了孩子不能跟男人的姓，要跟女人的姓。」

「還有這樣子的啊？」

聽到這兩句對話，頓時，張東升眼中一抹寒光閃過，但稍縱即逝，他笑了笑，道：「對，就是這個樣子，我老婆家很有錢，有房子，有車子，不過這些都不是我管的，所以我現在手裡拿不出這麼多錢。」

普普冷然看著他，質問：「既然你沒錢，那你電話裡為什麼又叫我們把相機拿上？你是想把相機騙走嗎？」

張東升愣了一下，連忙道：「當然不是，我想相機放你們那裡不安全，相機先給我，我先給你們一萬元，剩下的過些時間再給你們。」

普普面無表情地道：「相機放我們手裡很安全，我們不會讓其他人知道。除非，你不想做交易了。」

普普依舊如上回那般的咄咄逼人，不過這次張東升倒沒表現出生氣的樣子，只是和善地笑著道：

「好吧，真拿你們幾個沒辦法。你們放心吧，錢過些時候我一定想辦法弄好給你們。」

普普問他：「要多久？」

「嗯……」張東升笑了笑，「應該不會超過一個月，你們覺得怎麼樣？」

普普追問：「為什麼過一個月你就有錢了？」

張東升攤開手：「我是成年人，總是有辦法籌到錢的，對吧，小朋友？」

普普冷哼一聲：「不要叫我小朋友！」

張東升絲毫沒脾氣：「好的，同學。」

普普見朱朝陽一直沒說話，便問：「你覺得怎麼樣？今天談不成，我們回家吧？」

朱朝陽目光盯著桌上幾本亂疊著的《數理天地》雜誌，上面標著高中版，便問：「你孩子讀高中了？」

張東升笑了起來：「你看我的樣子，有這麼老嗎？我還沒有小孩。」

「那你為什麼看《數理天地》，還是最新的？哦，我知道了，你是老師，對吧？」

張東升眼睛微微收縮一下，被他猜中身分，只好承認：「對。」

「你是數學老師還是物理老師？」

張東升不情願地吐露自己的職業：「數學。」

「我最喜歡數學了。」

張東升不在意地瞥他一眼，心想三個小鬼一定都是問題少年，學習成績註定一塌糊塗，還喜歡數學？大概其他科目都不及格，唯獨數學靠偷看作弊偶爾混個及格，這才說最喜歡數學吧。這三個白痴！

普普突然道：「你是老師，怎麼還會殺人？」

這句話一問，頓時房子裡一片安靜，張東升閉著嘴，什麼也沒說，朱朝陽也覺得普普這樣直接問殺人犯，不合適。張東升臉上泛起一片默然，手指交叉著打量著兩人。普普擺出一臉無所謂的樣子，無視他的目光，輕鬆地喝起了可樂。朱朝陽連忙咳嗽一聲，說點不著邊的話轉移話題：「我最喜歡《數理天地》了，以後我數學上有不懂的地方，能請教你吧？」說著，他就拿過那幾本《數理天地》，「咦，下面還有《數學月報》。」他透過鋼化玻璃看到雙層桌的下層還放著一疊《數學月報》，伸手把報紙抽了出來。

張東升剛試圖阻止，已經被他拿走了，只好故意咳嗽一聲，笑了笑道：「當然可以了，中學數學題中，沒有我解不開的。」

「哦，這是高中的競賽題，不過好像有些也是初中的知識啊。」朱朝陽翻看著雜誌，卻沒注意到普普表情中的異樣。

普普拿起可樂，一邊大口喝，一邊用手偷偷戳了下朱朝陽。朱朝陽抬眼，發現普普的目光正偷偷地看著桌子。朱朝陽順著望過去，突然發現，桌子的下層，赫然擺著一把造型修長、模樣別致的匕首，剛剛那把匕首上蓋著一疊《數學月報》，把匕首完全遮蓋住了，而且匕首把手的一端，正靠近男人的位置。

張東升顯然注意到了他們的表情，只是裝作兀自不覺的樣子。朱朝陽極其迅速地一把從下面把匕首拿了出來，拉著普普站起來，慌張地退到門旁，拉開匕首套，裡面刀刃非常鋒利，他驚恐地盯著男人，道：「你桌下為什麼藏刀！」

張東升連忙起身，一臉無辜的樣子做解釋：「你們肯定誤會了，這是水果刀，我家這套新房子去年剛裝修好，我老婆的大伯從德國旅遊回來送的，給房子鎮宅，我們隨手放在這兒。」

普普冷然道：「那你為什麼今天非約我們來你這新家，你是想著這裡是新家，旁邊也沒人住，更沒人知道，方便把我們殺了吧？」

「怎麼可能！」張東升急忙辯解，「你們想想，雖然你們是孩子，可你們畢竟三個人，我只有一個人，怎麼保證肯定能殺得了你們？萬一你們逃出去，我不是馬上就被抓了？我花錢向你們買相機，以後就沒有瓜葛了，我幹麼要去冒險殺你們呢？為了省三十萬元冒險殺三個人，太不值得了，這筆帳我算得清。」

「那為什麼你突然昨天搬進這裡住？」

張東升嘆口氣，坐下來，苦著臉道：「我老婆要跟我離婚，鬧分居，昨天跟我吵了一架，堅決不肯和我住了。這房子是去年裝修好的，一直空到現在。本準備今年住進來的，但後來家裡鬧了離婚，一直沒搬來。否則，我怎麼會一個人住到這空落落、什麼都沒有的新房子來？」他咬了咬牙，眼中微微泛紅。

普普將信將疑地望著他。朱朝陽沒把匕首放回去，而是小心地放進了自己的書包，只想快點離開，便道：「既然你現在沒有錢，那我們過段時間再聯繫你，今天我們先走了，下回你可別耍詐。」

張東升不甘心，但也只好無奈地點點頭，站起身道：「一個月內我一定會把錢準備好，到時你們聯繫我。記住，這件事，絕不能讓其他人知道。」

「知道了。」

朱朝陽正想開門，普普拉住他，輕聲道：「朝陽哥哥，今天你媽媽要回家了，我和耗子住哪？」

「這個……」朱朝陽一下子為難了，耗子和普普一直住在家裡可不行啊。

普普轉身道：「你之前說的一萬元，可以先給我們嗎？」

「這……你們很缺錢嗎？」

「不需要你管。」

「我怕你們亂花，萬一被別人注意到……」

普普道：「我們不會亂花。」

「那你們準備用這錢做什麼？」

普普覺得告訴他也沒什麼大礙：「租房子。」

張東升微微一皺眉，隨即試探問：「你們沒地方住嗎？」

「不需要你管。」

「你們租房子，是和大人住，還是就你們自己住？」

「你放心，我們不會跟大人住，也不會讓別人知道我們有錢。」

「那麼你們為什麼不住家裡？你們……你們離家出走了？」

普普搖搖頭：「沒有。」

「那是……你們沒有家？」

普普冷漠道：「不需要你管。」

張東升臉上露出同情的神色，道：「你們這個年紀，應該好好讀書，要有個家才好啊。」

普普哼了下，默不作聲。

張東升微笑一下，道：「你們是學生，就像是我的學生，我不能忍受你們這麼小的年紀在外漂泊無依。我家裡還有套小的房子空著，我去收拾一下，下午就騰給你們住，你們覺得怎麼樣？另外我再給你們一些生活費，至少能讓你們暫時安定下來。」

普普向朱朝陽投去詢問的眼神，朱朝陽也不置可否，思索了片刻，問：「你真的有空房子？」

「對，一間小的單身公寓，剛好那一套是空的，另外幾套租出去了，家裡租房子的事都是我在處理。」

朱朝陽低聲對普普說了句：「我覺得可以。」

張東升立刻笑著說：「好吧，我帶你們倆先去房子那兒收拾一下，你們今天就能搬進來住。」

Part 33-39

# 父親

## 33

陳法醫走進辦公室，扔下幾份文件，對葉軍道：「市刑技處對朱晶晶做了全面驗屍，剛傳真了結果，他們沒找到精液。判斷兇手沒射精，或者微量射精，被吞下去後，胃蛋白酶分解，檢測不出。朱晶晶嘴巴裡的幾根陰毛和殘留皮膚組織及血液，經過鑑定，拿到了DNA。不過光有DNA，憑空還是鎖定不了嫌疑人。」

葉軍煩躁地皺起眉，點上一支香菸，道：「朱晶晶衣服上能不能提取到指紋一類的線索？」

陳法醫搖搖頭：「只有皮革這類材料的衣服能保存指紋，普通衣服都難以提取，而且朱晶晶墜樓後，被管理人員、救護人員等許多人碰過，那天後來還下了雨，場面很混亂。」

「也就是說，除了DNA很明確外，窗玻璃上的那些指紋，其中有沒有兇手的，也不知道了？」

這次案子需要偵查的人員很多，一個個比對DNA需要取樣送實驗室，很麻煩，而如果只是比對指紋，就輕鬆多了。可偏偏公共廁所窗玻璃上採集到的指紋遠遠不止一個人的。

陳法醫道：「是的，唯一可靠的，就是兇手的DNA是明確的。」

葉軍尋思著問：「我們一個派出所，設備、技術、人員都有限，從沒碰上這類案子。過去有類似的案例偵破參考嗎？」

陳法醫瞇著眼思索了片刻，道：「我記得大概十年前倒是有一起類似的案子，最後成功破獲了，可是……」

「可是什麼？」葉軍急問。

「可是那回專案組規格高多了，省公安廳直接掛牌，專案組組長是嚴良。」

「嚴良？」

「我記得你進修還曾經聽過他的課？」

葉軍點頭：「對，以前我到省裡進修，聽過嚴老師的課。剛見著他覺得是書生氣，靠著高學歷進省廳的，對破案肯定是紙上談兵。後來才知道嚴老師有豐富的一線辦案經驗，公安部都表彰過他。他那門犯罪邏輯學講得特別好，絕對實用，不像那些什麼犯罪心理學，純屬忽悠，瞎猜馬後炮，後來不知怎麼了，他突然辭職不幹，去浙大教書了。」

「除了帶隊的是嚴良外，省廳配了超過百人的專案組團隊，人員經驗豐富，各方面專家都有，這才把案子破了的。」

葉軍抽了口菸，道：「那案子是怎麼回事？」

陳法醫回憶道：「當時是兩個家庭的女童前後失蹤，後來在一處停工的工地臨時棚裡被人發現，兩人均被強姦、虐打，再殺害，兇手用了保險套，沒留下體液，同時，兇手還放火把現場證據燒得一乾二淨，第二天新聞登上全國報紙，省廳為之震驚，即刻成立專案組破案。專案組前後圈出三十多名可疑的嫌疑人，結果被嚴老師一一推翻，他最後把目標指向了一名和那兩家人表面並無多大仇怨的人。可是那人被抓後，口風嚴密，堅稱自己無辜，案發當晚獨自在家，從未去過案發現場。審訊的員警也傾向於認為他和案件無關，唯獨嚴老師對他緊追不捨，後來，也是在一干物證專家的共同努力下，透過最先進的微物證技術才駁倒嫌疑人口供，最後給他定罪的。」

葉軍尋思著說：「那案子比我們這次的似乎更棘手。」

「當然，那次案子兇手的反偵破手段很強，專案組起初人證物證一樣都沒有。這回好歹有兇手的DNA樣本，窗戶上的指紋也極可能有兇手的。不過那次專案組規格高得多，不是我們這地方上的派出所能比的。」

葉軍也認同地點點頭，這次案發地人流太大，要偵查的工作太多，除非運氣特別好，否則這案子沒有幾個月，根本辦不下來。

這案子雖是他們鎮上的大案，可放到更大範圍裡，也算不上什麼了，不可能配上超額警力去破這一起命案，就算市局和分局會派技術員協助，主要工作還是要靠派出所刑警隊。四天的走訪調查下來，基本可以肯定的一點，當時沒有目擊者，沒人注意到可疑人員。

現在全部的工作重心都放在一樓監視器裡出現過的人，尋出可疑的目標，逐個進行調查。他們相信，兇手應該是成年男性，當然，也有可能是歲數較大的男孩子，畢竟現在未成年男學生犯下強姦案也時有發生。

此外，兇手應該是獨自出入的，因為按常理推斷，帶小孩來少年宮玩的家長，不會這麼卑鄙變態，背著自己小孩，獨自跑到六樓姦殺一名女童。所以，凡是獨自出入在監視器裡的成年男性，包括發育成熟的男學生，都是重點調查目標，要想辦法一一找到，比對ＤＮＡ和指紋進行核實。

但這顯然不是朝夕能做完的工作，監視器裡出現的人腦袋上又沒寫著姓名住址，這給偵查工作帶來很大的困難。首先要找出每個可疑人員是誰，住哪裡，才好去核查情況，採集ＤＮＡ和指紋比對。這部分工作就算再順利，也要花上幾個月時間，以及大量的警力。派出所刑偵中隊就那麼二、三十號人，不可能所有人為了這案子，日常工作都不做。再加上監視器畫面本來就不太清晰，看不清人的面部特徵，如果沒人認識裡面的人是誰，那又該怎麼查？

如果兇手是外來務工人員，已經逃走了，更從何查起？這是擺在葉軍面前的現實問題。

這時，一名刑警敲開門，道：「葉哥，朱晶晶他爸朱永平找你，想了解下辦案進度。」

葉軍打發道：「這案子哪有這麼快，你去安慰他一陣，跟他說我們正在查，有情況會立刻通知家屬。」

他剛說完，馬上皺了下眉，叫住，「喂，等一下。」

他轉向陳法醫：「老陳，我聽你前面說，十年前的那個案子，最後抓到的兇手和被害人家有仇？」

「對，表面上看沒多大仇怨，實際上是陳年宿仇。說是兇手老婆早年背著他，跟兩家男人都上了床，兇手性格老實，知道這事後，也一直沒聲張。他有個兒子，兒子漸漸長大後，他愈看愈不像自己的，後來偷偷帶兒子做了親子鑑定，果然不是他的，這下他多年積怨爆發，鐵了心報復，所以精心布置設局，綁架了兩家人的女兒，將她們強姦虐殺。」

葉軍想了想，道：「朱晶晶家裡比較有錢，對吧？」

「對，朱永平開冷凍廠的，規模還算可以。」

「生意做大了，容易跟人結仇。你看有沒有這樣一種可能，兇手未必只是個心理變態，他姦殺朱晶晶，會不會是跟朱晶晶父母有仇？」

陳法醫尋思著點點頭，道：「有這個可能。」

葉軍連忙對門口的刑警道：「我去跟朱永平聊一下，順便把咱們手裡的這部分監視器畫面給他，讓他和他老婆在家抽空看看，是否能從裡面找出他們認識的人。如果是因為有報仇的成分，而姦殺朱晶晶，那麼他們夫妻肯定能認出兇手。」

## 34

「你覺得剛才那個男人真的要殺我們嗎？」公車上，普普和朱朝陽並排坐著，壓低聲音悄悄問。

「對，」朱朝陽點點頭，用著只有他們倆才聽得到的聲音說，「如果我們三個是一起去的，還帶上了照相機，他一定會殺了我們，拿走相機。」

「他搶走相機就行了，為什麼一定要殺我們？」

「有些祕密是永遠不能讓別人知道的，否則永遠睡不上一個安穩覺。畢竟我們親眼見到了他殺人。」

「可是他只是一個人，未必殺得了我們三個人吧？」

「他有刀。」朱朝陽不由自主地摸了摸放書包裡的那把匕首，道：「他故意把刀放桌子下面，刀把就在他手旁，還用報紙遮住，真陰險。」

他想了想，又說：「不過也有可能他沒打算直接用刀殺我們，刀是他的防備選擇。」

普普不解地問：「什麼意思？」

「我想他一開始可能是想下毒。你瞧，我們剛進去，看到桌子上放著一瓶開過的果汁，你想喝，他卻把果汁拿走了，說果汁開過幾天，壞了，給你換可樂。可是他親口說昨天才住進這房子的，房子是新房，一看就是之前沒住過的，怎麼會冒出來一瓶開了好幾天的果汁？如果是昨天開的，飲料又不會壞，當然可以接著喝的。我猜是因為我們剛進去的時候，他看到我們只有兩個人，你又直截了當告訴他，如果我們沒回去，耗子會報警，而且相機也沒帶，所以他放棄了殺我們的打算。剛剛他帶我們看房子時，不是好幾次問了，我們看房子拖了時間，耗子會不會擔心之類的話，他其實是擔心，我們有沒有跟耗子約定了回去的時間，如果超過時間不回去，耗子會不會直接報警。」

普普思索道：「你的意思是說，如果我們三個人帶著相機一起來，他就會給我們喝飲料，毒死我們，如果沒毒死，再用刀殺了我們？」

「毒藥喝下去不會三個人同一時間一起死，如果一個人開始肚子痛了，還沒中毒的想逃跑，他就會用刀殺人了。」

普普臉上微微變色，看著前方，嘴裡慢吞吞地說：「剛剛好危險。」

朱朝陽點點頭：「他一開始電話裡說錢準備好了，叫我們過去交易，實際上呢，他壓根沒把錢備好。他就是想把我們三個都騙過去，拿相機跟他交易。到了他家，發現這房子根本沒人住過，他也承認是新房，昨天剛搬進來的。哪有這麼巧合，他偏偏昨天剛剛搬進新房？他就是想在這兒殺了人，然後偷偷神不知鬼不覺地收拾乾淨。他住的這社區很新，似乎沒幾戶人家住進來，他真在裡面殺人，外面人聽不到動靜。還有一點，前幾天他第一次見到我們，知道我們手裡的相機，他很生氣，還好幾次露出兇光，嚇唬我們。今天呢，你幾次頂撞他，他也嘻嘻哈哈，什麼生氣的樣子都沒有。這大概就是笑裡藏刀，大反派都是這樣，明明心裡恨你，表面上卻裝出對你很好的樣子。」

普普聽完他的分析，由衷佩服地看著他：「朝陽哥哥你真聰明，他這些陰謀都被你發現了。」

朱朝陽不好意思地撓撓頭：「也沒有啦，就是他小看了我們嘛，我們比他想像的聰明一點。」

「那還要再跟他交易嗎？」

「要的，只要我們還是和今天一樣，人、相機都分開，他就不會對我們下手，到時拿了錢，再不和他私下見面，他也沒辦法對我們怎麼樣了。」

普普點點頭，隨後又皺眉道：「可是我和耗子住進他提供的房子裡，會不會有危險？」

朱朝陽很肯定地說：「不會，只要不讓他知道我家在哪裡，就沒事。他不知道我在哪，又不知道相機在哪，自然不敢對你們使壞。所以最重要一點，如果他來找你們，千萬不能讓他套出話，關於我們三個的情況，半點都不能讓他知道。」

普普微笑著點頭：「放心吧，我肯定不會說，回去叮囑好耗子，只要他不被套出話就行，我就怕他太笨了。」

朱朝陽哈哈一笑，又道：「不過今天那男人本來想殺我們的事，不能讓耗子知道，否則他不敢住到他的房子裡去了，而且說不定他被那人一嚇唬，就說溜嘴了。」

「嗯，我明白，我們就跟耗子說那男人錢還沒準備好，暫時先給了一些生活費。」

朱朝陽點頭：「他給你們生活費，可以先買幾件衣服，然後買點好吃的，你們也該好好犒勞一下自己了。」

普普感激地看著他：「不如給你也買件衣服吧，我和耗子都在你家住了好幾天了。」

朱朝陽搖搖頭：「不用，我媽看到我買了新衣服，不知道我錢哪裡來的呢，說不清楚。」

「嗯，這倒也是。」

「還有，我剛剛在你們要住的房子裡找到一根線，我把線夾在了衣櫃的門上。你們以後開過衣櫃，記得把線重新夾上，如果發現線掉了，那麼說明男人偷偷進來了，翻過東西，我們也好多個心眼。」

「就像在你媽媽房間門上夾條毛線嗎？」

朱朝陽一個激靈，看向普普，她眼裡倒沒有責怪的眼神。

他低下頭，吞吐道：「對不起……我一開始——」

普普打斷他：「我知道的，兩個陌生人來你家，換誰都會防備的。耗子這個笨蛋不知道，我是不會告訴他的。」

「唔……」朱朝陽含混地說，「謝謝你。」

兩人照舊在離家的前一個公車站下了車，往小路上繞了好多彎路，跑回家。朱朝陽故意沒用鑰匙開門，而是敲門，丁浩果然嚴格遵守兩人的囑咐，很警惕地在門裡問了誰，聽到他們聲音，這才歡快地開了門，急匆匆把兩人迎進來。

兩人按照商量好的內容，跟他說了今天的事，丁浩對錢沒拿到略略有些失望，後來知道有了個房子住，還拿了男人一千元生活費，頓時心花怒放，跟普普一起收拾了原本就不多的行李，與朱朝陽道別，去往新家。唯一遺憾的是電腦不能搬走，丁浩頗為苦惱。

# 35

晚上，周春紅回到家，燒了幾樣小菜，和朱朝陽兩人圍著小餐桌吃飯，頭頂的鐵質吊扇呼啦地轉動著。朱朝陽從頭到尾很少說話，吃完飯就說：「媽，我去房間看書了。」

「等下，」周春紅叫住他，「你今天怎麼不高興，都沒說幾句話？」

「嗯……沒有呀，好好的啊。」

周春紅不解地看了兒子一眼，問道：「你的兩個小朋友回去了嗎？」

「今天剛走的。」

「你們這幾天玩得好嗎？」

「挺好的，我們逛了好多地方。」

「哦，那……你爸這幾天有打電話給你嗎？」

朱朝陽低下頭：「沒打過。」

周春紅低聲嘆口氣，道：「你有時間的話，去看下你爺爺奶奶，聽說你爺爺中風更厲害了，估計今年就要去了，他們對你還是好的。省得朱永平說你不看你爺爺奶奶，更有藉口不給你錢了。」

「哦，那我明天去一趟吧。我就怕……就怕去的時候又遇到婊子，上次去時，奶奶說婊子等下要過來，讓我先回來了。」

周春紅氣惱地哼一聲：「你怎麼說都是朱家的孫子，朱家就你這一個孫子，一個男丁，你爺爺要是走了，還得要你拍棺材板的。你去朱家是天經地義。婊子生的是女的，怎麼也輪不到她說東說西，再說了，她女兒現在都死了，真是老天開眼！」

朱朝陽悄悄把頭側過去：「爸這幾天都在弄小婊子的事吧？」

「肯定的！」周春紅愈想愈氣，「別人說你爸這幾天，每天在廠裡陪著婊子哭他們的死小孩，朱永平法寶可真夠足的，我認識他這麼多年，從來沒見他掉一滴眼淚的，現在小婊子死了，居然哭得跟天塌了一樣，活該！他對你要有對小婊子十分之一的好，你日子就好多了。」

朱朝陽低聲道：「那……那爸爸以後總該給我們多一些錢吧。」

「看他良心了！就你這麼一個兒子，換成別人，疼都來不及了，哪會像他那樣不聞不問。婊子就是他剋星，看見婊子什麼魂都丟了，以後會不會多給你錢，估計他還是要看婊子臉色！」

朱朝陽抿抿嘴，試探道：「媽，你知道小婊子是怎麼死的嗎？」

「不是從少年宮掉下來的嗎，那天你不也在少年宮嗎？」

「嗯……是，我那時不知道是她，聽你說才知道的。她是怎麼掉下來的？」

「說是被人強——」周春紅剛想說「強姦」兩個字，想到兒子還小，這話不好聽，就改口道，「好像說成年男人弄了她，然後把她推下樓，摔死了，派出所在調查，我今天回來看到樓下社區門口還貼著懸賞通告。」

「成年男人？」朱朝陽一愣，他最擔心員警查出他把朱晶晶推下去的線索，怎麼莫名其妙變成了成年男人？便急忙問，「有人看到那個成年男人嗎？」

周春紅搖搖頭：「沒人看到，所以才抓不到。」

「那怎麼知道是成年男人？」

周春紅猶豫一下，含糊其辭道：「我聽別人在傳的說法，小婊子嘴巴裡有幾根毛，員警分析出來是成年男人的。」

朱朝陽稍稍一想，馬上明白過來了，朱晶晶嘴裡有幾根耗子的陰毛，難怪員警會這麼想。他鬆了一口氣，這樣的話，毛是耗子的，那麼朱晶晶的死就不會懷疑到他頭上了。不過他轉念一想，心下又一陣不安，絕對不能讓員警知道耗子，否則一旦查出朱晶晶嘴裡的毛是耗子的，把耗子抓了，馬上所有人都會知道他才是兇手了。無論如何，必須讓耗子和普普有個長期穩定的生活環境。

周春紅又道：「朝陽，以後你不要去少年宮了。」

「為什麼？」

「現在好多家長都不敢讓孩子去少年宮，那邊有變態。」

「可我是男的，沒關係吧。」

周春紅想了想，道：「那你也不要一個人跑到冷僻角落，現在社會這麼複雜，各種人都有，知道嗎？」

「知道了，我都這麼大了，不會有事的。」朱朝陽衝著周春紅笑了笑，讓她放心。

# 36

第二天一早，葉軍剛到派出所沒多久，手下一名刑警就告訴他：「葉哥，朱晶晶她媽王瑤過來說，她知道誰是兇手了，她一定要親口跟你說。」

葉軍眼睛一瞇，立即道：「快帶她進來！」

沒一會兒，兩眼布滿血絲的王瑤走進辦公室，直直地盯著葉軍，沉聲嚴肅道：「葉警官，請你們一定要抓住兇手，絕對不能讓他逍遙法外！」

葉軍當即正色回應：「你放心，這個兇手我們必抓不怠！你知道誰是兇手了？是誰？」

王瑤冷聲道：「我丈夫跟前妻生的兒子，朱朝陽！」

「朱朝陽？」葉軍聽到這個名字，第一反應是很熟悉，想了一下，他女兒的一個同班同學也叫這名，那學生一直都是年級第一，也不知道是不是同一個人。他們大致了解過朱永平的家庭情況，他離過婚，不過已經是十多年前的事了，前一段婚姻情況和案子無關，所以他們並不太清楚。

王瑤借他的電腦，重新打開監視器錄影，拉到了她記下的時間點。

畫面中正是少年宮的一樓大廳入口處，有不少小孩跑來跑去，從中穿插經過。

一開始，走進來一個小女孩，正是朱晶晶，後面又走過了幾波小學生模樣的孩子，大約過了一分多鐘，出現了一男一女兩個中學生模樣的孩子，男的個子相對高些，女的挺小個的，這兩人走出畫面後不久，一個穿著普通土黃色短袖T恤的小孩，獨自走進了畫面中，他個子不高，站在畫面中停頓了一兩秒，張頭探腦看了一下，隨後又往前走，消失在畫面外。

王瑤指著這個瘦小的男孩子，道：「他就是朱朝陽，我丈夫跟前妻生的小孩，他就是殺害我女兒的兇手！」

葉軍和手下警員有些茫然地互相看了眼，隨後抬起頭：「他幾歲了？」

「十四歲。」

「嗯……你為什麼說他是殺你女兒的兇手？」

王瑤嚴肅地說：「所有人看下來，我只認識他。」

葉軍抬起身，乾咳一聲，道：「這個……除了這點呢？」

「他心裡一定很恨我和晶晶，為了報復，他殺了晶晶。」

對於王瑤說的這種情況，不用說透也能想個大概。男人二婚，前妻的孩子和現任妻子之間有衝突，憎恨現任妻子及小孩，這是太普遍的情況了，哪個小孩不恨其他女人搶了他爸爸？

葉軍原本對王瑤說她知道兇手了，抱了極大期許，現在聽她這麼說，似乎純屬主觀臆斷，因為畫面中的朱朝陽明顯是個小孩子，跟他們定位的兇手天差地別。他難免失望之色溢於言表，皺了皺眉，道：「除了你說他恨你們這點外，還有其他的嗎？」

「難道這還不夠嗎？」王瑤吃驚地瞪大了眼睛，似乎是質疑員警在徇私枉法，包庇壞人。

葉軍坐進了椅子裡，略顯無奈道：「當然不夠，辦案是要講證據的，你說的只是你的想像。」

「證據是吧？晶晶剛進少年宮，才過一分多鐘他就跟進來了。」王瑤拖動影片往後拉，繼續說，「你看，晶晶出事後，才過不到五分鐘，他又跑出少年宮。」

葉軍解釋道：「你女兒出事後，整個少年宮很快都知道了，有很多人跑出去看。如果一個人聽到外面發生這麼大動靜，他還無動於衷，繼續待在少年宮裡，才會可疑。相反，我認為，你女兒出事後，你說的這個朱朝陽很快跑出少年宮，這很正常。」

王瑤反問道：「那麼前面呢？前面為什麼晶晶剛進少年宮，才過一分鐘，朱朝陽就跟在後面進來了？你們剛才看到了，他進少年宮時，站在大廳停留了一下，鬼頭鬼腦東張西望，肯定是在找晶晶！

晶晶剛來少年宮，他就跟進去，難道這也是巧合嗎？」

葉軍稍稍一頓，覺得她說的也有幾分道理，可是監視器裡，看朱朝陽個頭很小，還是個小孩，而他們調查的兇手有強迫朱晶晶口交的行為，這似乎不會是一個十四歲小孩會做的事吧？

正在這時，朱永平闖進了辦公室，拉住王瑤就說：「你怎麼還是一個人跑過來了，快回家去。」

王瑤一把甩開他，大聲叫嚷道：「你就是不想承認你兒子是殺我們女兒的兇手，是不是，是不是！」

「你在說什麼，朝陽怎麼可能會是兇手，跟我回家去。」他一面勸慰著，一面連聲向員警道歉，「員警同志，對不起對不起，我老婆心情不太好，抱歉抱歉。」

葉軍辦案多了，完全能理解受害人家屬的心情，和派出所裡的其他員警跟著一陣安慰。但王瑤顯然認定了朱朝陽就是殺她女兒的兇手，堅持叫著：「你們一定要抓朱朝陽，他就是兇手！不可能這麼巧合，偏偏是他，在晶晶進少年宮才一分鐘，就跟進來了。晶晶剛出事，他就跑出去了。一定是他，一定是他！」

她絲毫不肯放棄，派出所員警只能讓她和朱永平先說明了朱朝陽的大致情況，包括姓名住址，朱永平前一段婚姻情況以及現在和朱朝陽一家的關係。記錄好後，說他們會對朱朝陽進行相關調查，安慰了一陣，好不容易才送走王瑤。

辦公室總算安靜下來，手下民警們吁了一口氣，一人搖頭道：「這女人，自己女兒死了，懷疑到丈夫和前妻生的小孩，可對方明明只是個小孩。」

葉軍微微皺眉：「我覺得王瑤懷疑的也有幾分道理。你們看，朱晶晶走進少年宮才過一分鐘，朱朝陽就進去了，還站在原地張望，似乎是在找著什麼。」

「可是他還是個小孩，你瞧他個子，看著大概才一米五，應該還沒來得及發育吧。」

葉軍道：「十三、四歲的男孩子，大都已經發育了，性能力是有的。」

「可看他的樣子還沒發育完全，朱晶晶嘴裡的陰毛是發育很完全的陰毛了。」民警拿起登記的資訊，「才十三歲半，現在還是求是初中的初二學生，怎麼都跟口交這種事聯繫不起來吧？」

「求是初中……」葉軍從他手裡接過登記資訊，又看了一遍。

「葉哥，你家葉馳敏不也在求是初中念初二？」

「是。」葉軍點點頭，道：「這個朱朝陽應該就是我女兒同班同學的那位，每次年級統考，這朱朝陽一直是第一，我讓小葉多向人家學習，她總是很不服氣，這死丫頭就是沒出息。」

「一直考年級第一？成績這麼好，更不可能跟殺人有關聯了。早上王瑤說她知道兇手了，我還以為馬上能破案了，誰知道就是這麼回事。」那人不滿地吐口氣。

葉軍思索片刻，道：「不過話說回來，朱朝陽和朱晶晶進少年宮的時間只差了一分多鐘，不知道他是不是真的去找朱晶晶，這事還是要調查一下。就算他不是兇手，也要問清楚他去幹麼，說不定他那頭會有新線索。」

幾名刑警想了想，也認同地點點頭。

## 37

自從昨天普普和耗子搬去殺人犯家後，朱朝陽忐忑了一夜。

殺人犯主動提出房子借給他們住，未必是出於好心。可是昨天這個選擇也是出於無奈。普普和耗子兩個小孩，出去租房子不切實際，沒人會把房子租給小孩的，說不定別人會懷疑他們倆是離家出走的小孩而報警。一旦普普和耗子被員警帶走，他們肯定會被送回孤兒院，更說不定他殺朱晶晶的真相也會抖露出來，那樣就天塌了。而讓他們一直住自己家自然也不可能，媽媽一定會覺得奇怪的。

一夜過去，他們三個沒手機，無法聯絡，普普和耗子現在怎麼樣了也一無所知。

此刻，周春紅出去買菜了，朱朝陽正打算出門去找普普、耗子了解情況，沒等他動身，門外卻傳來了敲門聲。

朱朝陽小心地趴在門後，透過貓眼朝外看了眼，瞬間嚇得縮回頭來，外面站了兩個穿著短袖制服的員警！

員警！難道是朱晶晶的事？

朱朝陽驚懼不安，幾天過去，他以為朱晶晶的事風平浪靜了，卻突然來了員警，是不是查到他了？

他不敢開門，躲在門背後，心跳很快。

如果他們問起，該怎麼說？

無論怎麼樣，必須咬定一句不知道。

「怎麼沒人在？地址是這兒沒錯啊。」

另一人接口道：「大概出去了吧，要不我們下午再來？」

「大熱天的空跑一趟，真麻煩。也只能這樣了。」

兩人正準備轉身走，背後門卻開了。

朱朝陽強自平復心緒，隔著鐵柵欄的防盜門，抬頭望著他們倆：「你們……你們找誰？」

「你是朱朝陽？」其中一位三十多歲、體型壯碩、一臉嚴肅的員警朝他看去，順便拿出證件，晃了晃，「我們是派出所的。」

他連忙避開目光的對視，道：「員警叔叔，你們……有什麼事嗎？」

「把門打開，我們有話問你。」

朱朝陽手放在門鎖上，沒有直接打開，又謹慎地問了句：「你們有什麼事嗎？」

「調查一些情況。」員警似乎並不打算直接把「命案」兩個字說出口，怕嚇到小孩。

朱朝陽遲疑著又看了看兩人，最後只好打開了門，讓他們倆進來。

「你們要喝點水嗎？我給你們倒水。」朱朝陽躲避著兩人目光，背過身去倒水。

「不用了，謝謝你。」胖員警目光始終停留在他身上，依舊是習慣性的嚴肅語氣，說：「你媽媽不在家嗎？」

「出去買菜了，你們找她有什麼事嗎？」

「哦，那也沒關係，我們有些情況要跟你核實一下。」如果審問未成年人，需要監護人在場，不過他們本意只是來了解情況，並沒真的懷疑是朱朝陽幹的，便接著道，「七月四號，也就是上個星期四早上，你去過少年宮，還記得嗎？」

「少年宮……」朱朝陽身體瞬間愣在原地，倒水的手停在半空，他背對著他們，員警看不到他的表情。

「還記得的吧？」

朱朝陽偷偷深吸一口氣，果然，員警果然是來調查少年宮的事的，對此他多少有些準備。

當天事情發生後，他考慮了很多。

最好的情況當然是員警永遠不會來找他。退一步，如果來找他，無論如何，也一定要否認到底，絕不能承認是他殺了朱晶晶。因為他一旦承認，他爸就會知道這一切，那簡直和死沒什麼兩樣。再退一步，即便他矢口否認，最後員警還是查出了他殺害朱晶晶，到時還有個未成年人保護法在，他不用承擔刑事責任。

所以，就算他當著員警面撒謊失敗了，情況也不會更糟糕。

他並不怕員警，因為他未滿十四歲。他只怕別人知道真相，他怕他爸知道真相。

朱朝陽抿抿嘴，回應道：「我記起來了，那天我是去了少年宮。」

「你是一個人去的嗎？」

「我……是一個人。」朱朝陽回過身，捧著兩杯水，小心地把水遞給員警。

「謝謝。」員警接過水杯，沒有喝，放到一旁桌上，「那麼，你一個人去少年宮做什麼？」

「我是去看書。」

「哦，一直在看書嗎？」

「是的。」朱朝陽回望著他們，表情從一開始的緊張，漸漸變得鎮定。

胖員警繼續問他：「你經常去少年宮嗎？」

「一般暑假我要麼去新華書店，要麼去少年宮看書。」

胖員警眼睛瞥到小房間的牆上貼了很多獎狀，此前他們也知道，朱朝陽學習很用功，成績很好。

他點點頭，又問：「那天你什麼時候離開少年宮的？」

「大概吃中飯以前。」

「你離開前，有沒有遇到什麼事？」

「什麼事……」他微微停頓了一下，道，「你們說的是朱晶晶摔死了？」

「你知道摔死的是朱晶晶？你見到她摔死的？」

朱朝陽搖搖頭：「沒有，我後來回家聽我媽電話裡說，才知道早上摔死的是朱晶晶。」

「那天你進少年宮時，是不是遇到朱晶晶了？」

朱朝陽搖搖頭：「沒有啊，我不認識她。」

胖員警眉頭微微一皺：「你不認識朱晶晶？」

「我只見過她一兩次。」

「這麼多年你只見過她一兩次？」

朱朝陽眼瞼低垂著，輕聲道：「我爸沒讓我和她見面，她不知道我爸離過婚，也不知道我爸還有我這個小孩。」

「是嗎？」胖員警眼神複雜地望著他，心也不由得隨著他的語調收縮，不過臉上依舊保持著職業性的嚴肅，「我們看到少年宮的監視器裡，那天你進去時，就跟在朱晶晶後面，還東張西望著，你那時在幹麼？」

朱朝陽心中一驚，以他這個年紀的認知，壓根沒去想監視器這些偵查手段，此刻面對胖員警似乎咄咄逼人的問話，他也只能鐵了心否認到底，露出一臉無辜狀：「我都不認識她，沒有跟著她啊，我就是進去看書，後來聽別人說外面摔死人了，我就跑出去看了，那裡圍了好多人，我也沒看到，就回家了，到晚上我媽電話打來，說朱晶晶摔死了，我才知道早上摔死的是她啊。」

兩位員警相互對視一眼，找不出什麼漏洞。

胖員警又打量著朱朝陽的兩條手臂，因為據陳法醫的說法，朱晶晶嘴巴裡留下的一片皮膚組織，不是生殖器的，化學成分上更接近手上的皮膚，而現在朱朝陽雙手完好，沒有任何傷口，對他的懷疑更淡了。便繼續問了一些有關當天的情況，朱朝陽從頭到尾只說就在少年宮裡看書，並不清楚外面的情況。

末了，員警要求採集他的指紋和血液。

朱朝陽不解地問：「這是做什麼？」

員警沒有告訴他，只說這是調查步驟需要，朱朝陽只能配合。

調查結束，員警剛準備離開他家，周春紅買菜歸來，見到員警，問了一番情況，得知員警是來調查朱朝陽的，頓時大叫起來：「你們懷疑朱晶晶的死跟我們朝陽有關係？」

胖員警平靜地搖搖頭：「沒有，我們只是例行公事，調查需要。」

周春紅琢磨一句：「調查怎麼會調查到我兒子頭上？」隨即，她又大叫起來，「是不是朱永平叫你們來調查朝陽的？朱永平這個畜生啊！自己女兒摔死了，還要懷疑到親生兒子頭上，你們說啊，有這樣的爹嗎！有這種做爹的嗎！」她不禁哭喊出來。

兩名員警不好承認，承認了那是透露案情，也不好否認，因為確實是因為王瑤說了疑點，他們才來做例行調查的。只好隨口安慰幾句，說他們工作需要等，敷衍了一陣後快速離去。

朱朝陽默默看了一陣子，隨後步入自己的小房間，關上了門。員警離去後，周春紅望著兒子關上的房門，心想大概是自己剛剛罵朱永平是畜生，無論怎麼樣，朱永平都是兒子的親爸，不知兒子此刻心中是怎麼想的，她心下又是一陣懊悔，拭了拭眼淚，走進廚房燒菜。

而朱朝陽此刻待在房間裡，並不是因為媽媽剛才的一番話而難受，他心裡思考著一個問題。剛剛員警問他那天是不是一個人去少年宮的，他說是，員警並沒表現出懷疑。後來員警提到了少年宮的監視器，既然員警看過了監視器，難道監視器裡沒看到普普和耗子？否則員警應該知道他們是三個人一起去的啊？

他努力將上週四的一切從頭到尾回憶出來，想了好久，他才明白過來。那天他們在外面看到朱晶晶後，準備進去揍她。朱朝陽怕被朱晶晶認出，讓普普和耗子先進去，自己在後面跟著。所以員警看到監視器裡他是一個人的。而員警說他在東張西望，那是他跟在後面找人群裡的普普和耗子。

所以，現在最重要的，絕對不能讓員警知道他還有普普、耗子這兩個朋友。原本他打算今天去找普普和耗子，看樣子也不能去了，他們倆可千萬別主動來找自己，這樣一旦被員警盯上，就穿幫了。

## 38

下午，朱朝陽去樓下買料酒，剛下樓，就瞧見普普正在旁邊一棟單元樓下的石凳子上獨自坐著。普普一見到他，剛準備跑上來，朱朝陽連忙手指伸在嘴前，做了個「噓」的動作，然後偷偷招了下手，獨自快步朝弄堂方向走去，普普隨後跟上。

進入弄堂後，朱朝陽帶著普普一路小跑起來，一連穿過幾條小路和弄堂，最後來到一條熱鬧的大街上，這才扶住一棵綠化樹喘氣。

「發生什麼事了？為什麼跑這麼快？」普普胸口起伏著，臉微微漲紅。

朱朝陽平復了一下心跳，抿抿嘴道：「早上員警來找我了。」

「員警來找你？」普普這句聲音有點大。

朱朝陽連忙大聲咳嗽一下制止她，領著她往前走，低聲道：「對，小婊子的事。」

普普跟在一旁，同樣壓低聲音：「員警知道是你把她推下去的了？」

朱朝陽茫然地搖搖頭：「我不知道。我想，他們應該還不知道，要不然一定直接把我抓走了。」

「哦，也就是說，他們現在只是懷疑你？」

「可以這麼說。」

普普思索一下，停下腳步，正色道：「朝陽哥哥，我和耗子絕對絕對沒和第三個人說過這件事，那個男人也絕對不知道的。」

朱朝陽抿嘴乾笑一下：「我知道不是你們說的。」

普普皺眉問：「可是除了我們倆外，沒人看到那一幕，員警是怎麼懷疑到你的？」

「員警說少年宮一樓有個監控攝影機，拍到了小婊子進少年宮後，沒多久我就進去了。也許是大婊子看過了監視器，她懷疑是我害死了小婊子。」他撇撇嘴，把早上的事簡明扼要地說了一遍。

普普吁了口氣：「真危險，現在你是不是很害怕？」

朱朝陽苦笑一下，搖搖頭，又點點頭：「我不怕員警，反正我受未成年人保護法保護。我怕我爸萬一知道了這件事，不知道會怎麼樣。」

「你爸知道了會怎麼樣？」

「我也不知道，反正，一定沒有比那更糟糕的了吧。」

普普默默點了點頭，嘆息著：「是啊，如果你爸爸知道你害死了他女兒，那他以後一定更不疼你了。」

朱朝陽鼻子哼了下，吸口氣，重新抬起頭：「對了，你在樓下——」

沒等他說完，普普就打斷他：「你聽。」

朱朝陽停下腳步，不解地問：「聽什麼？」

「聽這首歌。」她指著街對面。

朱朝陽抬眼望去，對面的人行道上坐著一個乞丐，身旁的大音響裡正大聲播放著筷子兄弟的那首〈父親〉。

普普道：「知道這首歌嗎？」

朱朝陽點點頭：「知道啊，音樂課我們老師教過這首歌。」

「是嗎？」普普欣喜，彷彿遇到了知音，「我們老師也教過這首歌，我最喜歡這首歌了。」她不禁跟著慢慢哼唱起來，「多想和從前一樣，牽你溫暖手掌，可是你不在我身旁，托清風捎去安康。」就哼了這幾句，一向冷若冰霜的普普，眼中已然濕紅起來，聲音也開始哽咽。

她轉頭瞧了他一眼，使勁吸了下鼻子，努力不讓眼淚出來，用力地笑了笑：「每次聽到這首歌，我都……我都有點……那個。」

朱朝陽溫和地朝她笑了下，也輕輕跟著哼唱：「我是你的驕傲嗎？還在為我而擔心嗎？你牽掛的孩子啊長大了……」

普普眼睛明亮地看著他：「那麼……你是你爸爸的驕傲嗎？」

朱朝陽愣了一下，臉上多了一層黯淡，但隨即又笑出聲：「我肯定不是，不過他的驕傲，已經沒了，也許以後就是我了。」

普普望著他，誠摯地點點頭：「對，以後你一定是他的驕傲的。」

「謝謝你。」朱朝陽笑了笑，又道，「就看這次員警是不是會抓到我了。」

「你自己覺得呢？」

朱朝陽苦惱地搖頭：「說不好，這件事雖然沒有其他人看見，可是我對員警撒了個謊。我說那天我是一個人去少年宮的，幸虧那天進大廳時，我讓你們倆先進去，我一個人跟後面，所以監視器裡我也是一個人，員警不知道還有你們兩個。可是如果某天讓員警知道了你們倆和我一起進去的，就會全曝光了。」

普普很肯定地回答：「朝陽哥哥，你放心，我和耗子就算被送回北京，也不會出賣你的。」

朱朝陽搖搖頭：「沒用的，我們小孩是騙不了他們員警的，如果他們知道你們倆跟我一塊兒去的，遲早會查清楚。所以現在最重要的是，不能讓員警知道我有你們這兩個朋友，你和耗子一定要想個法子，妥當地安頓下來，這一步就全看能不能敲到那個男人的錢了。此外，最近你們不要來找我，我們得想個更安全的見面方式，不要被其他人發現。」

「嗯……什麼辦法呢？」

朱朝陽想了想，道：「這樣吧，我每天下午一兩點鐘，去一趟新華書店，一直待到五點，如果你們有事，就來書店裡找我。」

普普點點頭：「這個辦法好。」

朱朝陽道：「此外，我最擔心的是今天員警採集了我的指紋和血液。」

普普不解地問：「這個是幹什麼的？」

「電視裡犯罪了，員警都是要查指紋的，我也不知道當時有沒有留下我的指紋。」

普普思索片刻，搖頭道：「沒有，你當時只是把小婊子推下去了，最多只碰到她衣服，怎麼會留下指紋呢？」

朱朝陽低頭道：「我也不知道衣服上會不會留下指紋。」

「那血液是做什麼的？」

「我想大概是檢測血液裡的去氧核糖核酸。」

「什麼是去氧核糖核酸？」

「就是ＤＮＡ。我們生物課上教過的，人的各種身體組織裡，包括皮膚，都帶有他的遺傳信息。可是，我想了好多遍，我沒有被小婊子抓傷啊，員警為什麼要採集我的ＤＮＡ？」

普普瞇著眼，想了一陣子，突然瞪大了眼睛。

朱朝陽奇怪地問：「你怎麼了？」

普普緩緩道：「你是沒有留下，可是……可是耗子留了。耗子手被小婊子咬傷了，還咬出血了。」

朱朝陽也瞬間睜大了眼睛，深吸一口氣：「那更不能讓耗子被人發現了。嗯，無論如何，一定要給你們找個穩妥的地方長期安頓著，一直到十八歲能夠獨立在社會上活動，絕不能落到員警手裡。希望就全寄託在那個男人的身上了，我們一定要敲詐成功，而且我們一定要裝出底氣，絕對不能讓他知道我們也有把柄在員警手裡，不敢真的告發他。」

「對，我和耗子說過的，我們不能表現出半點心虛，被他看穿。」

朱朝陽點點頭，回到最初的話題：「對了，你今天怎麼會在我家樓下？」

普普瞬間眉頭一皺，低聲道：「我懷疑那男人今天趁我和耗子不在時，把家裡翻過了。」

朱朝陽眼角微微一縮：「你怎麼知道的？」

「櫃門壓的那條毛線。」

「毛線掉了？」

「不，毛線沒掉，但位置不一樣。我明明記得毛線壓住的地方上，有個油漆點，但後來我發現毛線在油漆點的上面一釐米了。」

「你們出去過？」

「是的。早上那男人過來，給了我們幾百元零花錢，又給了幾張肯德基的優惠券，說街斜對面有個肯德基，讓我們中午去吃，他還有事，明天再來看我們，又用各種詭計問我們家裡的情況，想試探我們，但都被我們擋住了。最後他只能說，有什麼需要跟他提就行了，然後就走了。中午我和耗子出去一起吃了肯德基，回來後，我發現毛線的位置變了一釐米，裡面東西我倒看不出是不是翻過，我問了耗子，他說他從沒動過衣櫃。我覺得這件事可疑，就過來找你商量。我知道阿姨今天在家，我不好上樓，所以就在樓下等著，看你是不是會出來，等了兩小時。」

朱朝陽臉有愧色：「害你等這麼久，真對不起。」

「不怪你，你也不知道我在樓下嘛。我就在想，那個男人一定是來找相機的，不知道他最後是不是會真的願意掏錢買回去，還是會繼續用其他的陰謀詭計。」

朱朝陽緊緊皺著眉，思索了一陣，道：「看起來那男人特別特別細心。你瞧，他明明翻過東西，可是東西都完好無損，看不出翻動的跡象，甚至你塞的那根毛線還被他發現了，他還把毛線原模原樣地塞回去，只不過差了一點點位置才被你看出來的。」

「嗯……你說接下來該怎麼辦？」

「我想你們還是不動聲色為好，就當什麼事都沒發生，靜觀其變。相機不在你們手上，而且你們和我分開住，他百分百不敢對你們怎麼樣。最後他沒辦法，只能掏錢買他的平安。」

「嗯，你真厲害，我就照你說的做。」

「嗯，一言為定。我得趕緊回家了，我媽叫我下來買料酒，你也趕緊回去吧。」

# 39

「老葉，朱朝陽指紋和血液ＤＮＡ我們都採集了，剛從法醫那兒拿到結果，ＤＮＡ不對，窗玻璃上的指紋也沒找到朱朝陽的。本來就不可能嘛。」胖員警把兩份法醫開具的證明扔到桌子上，撇撇嘴道：「這小孩個子很矮，你家小葉都比他高，我瞧著他嘴上毛都沒長出，頂多才剛開始發育，完全不可能是兇手。」

葉軍瞥了眼證明，彈了彈菸灰：「你們問他話時，他表現怎麼樣？」

「有點緊張，小孩嘛，見我們兩個員警去調查命案，當然是這樣的。不過這孩子挺懂禮貌的，我們去時，還主動給我們倒水。家裡牆上到處都貼了獎狀，不愧是學校裡考第一的。」

「是嗎？」葉軍低頭思索下，「那麼他當時跑進少年宮時，剛好跟在朱晶晶身後，純屬巧合了？」

胖員警確信道：「我瞧著完全是王瑤這女人疑心病太重。說來你肯定不信，朱朝陽家很小，我打量了下頂多五、六十平方公尺，很老的房子，裡面也髒兮兮的，稍微上點檔次的家具電器都沒有，連空調也沒裝。今年夏天多熱啊，這天氣就靠電風扇過活，他爸朱永平怎麼著也是身價千萬的老闆，說出來你敢信？」

葉軍冷哼一聲：「朱永平跟他老婆分別開兩輛豪車，每輛車都能換套房了，兒子家居然這樣，太過分了吧？」

胖員警點頭道：「我們後來又去了他的廠子，跟廠裡我一認識的人打聽過，說王瑤管著朱永平的帳，而且不准他給前妻小孩錢，以前朱永平偷偷摸摸給錢被她查出來，鬧了很多次。朱朝陽他媽在景區檢票，撐死一千多元一個月，早上聽說我們是去調查朱朝陽，一直揪著我們不放，罵朱永平不是人，懷疑到自己兒子頭上。」

葉軍低著頭想了會兒，琢磨道：「照這麼說起來，嗯……我們拋開指紋和ＤＮＡ不合，同是朱永平的小孩，朱朝陽和朱晶晶過著截然相反的生活，朱朝陽倒是有殺害朱晶晶的動機。照理說，他應該挺恨朱永平現在的老婆和女兒的，嗯……會不會他找那種流氓男學生去做這件事呢？」

胖員警搖搖頭：「不可能，聽說他在學校很安分，一心只讀書，從不和亂七八糟的人來往，況且他幾乎不認識朱晶晶。」

「他不認識朱晶晶？」葉軍很驚訝，畢竟朱晶晶是他同父異母的妹妹。

胖員警點頭道：「我早上也找過朱永平，他說女兒死了，他老婆接受不了，才會亂懷疑到他兒子的。他說一直以來他都是偷偷私下見兒子，朱朝陽和朱晶晶上星期才第一次碰過一面，確實不認識朱晶晶。我跟他廠裡人打聽到的說法是，上星期他老婆帶女兒出去玩了，於是朱永平把兒子叫到廠裡來玩，結果他老婆帶著女兒提前回去，意外碰了面，據說那回朱永平說他兒子是另一個人的侄子，不承認是他兒子。」

「這是為什麼？」

「朱永平夫妻一直瞞著女兒，沒讓她知道朱永平離過婚，還有個前妻的小孩，其他人也不知道朱永平腦子怎麼想的，反正一直以來很寵女兒，對兒子關心很少，你說怎麼會有這樣的爹？」

葉軍嘆口氣：「這樣的爹，朱永平不是第一個，也不會是最後一個。腦子進了水，離婚後和前妻一家老死不相往來的大有人在，還有的甚至連以前的小孩都不認。朱永平偷偷給小孩錢，比起那些人來，還不算最缺心眼的。哎，社會上就是有這些蠢貨，苦的還是小孩。朱朝陽也怪可憐的。」

「可不是，現在朱晶晶死了，懷疑到他頭上，你說他對他爸怎麼想？家庭離了婚的小孩，在外學壞的太多了，瞧我們派出所抓的那些小流氓，很多都是父母離婚，沒人管教的。像朱朝陽這麼爭氣，學習全校第一的，找都找不出來。早上看著他和他媽那表情，哎，我都後悔去這一趟。」

葉軍輕輕點頭，他起初對朱朝陽的稍許懷疑也徹底煙消雲散，轉而成了深深的同情。

# Part 40-44
## 失望

# 40

第二天傍晚，朱朝陽正躺在房間地上看書，突然，樓下傳來劇烈的爭吵聲，繼而是周春紅憤怒的叫罵。

朱朝陽一聽到樓下傳來周春紅的叫罵，立馬翻身坐起，套上件短袖飛奔下樓。他剛衝到樓下，就看到了不遠處面目猙獰的王瑤，王瑤也同一時間發現了他。

「是你！啊！」王瑤一眼就認出了他，指著他直衝過來。

「不，不是我，不是我。」朱朝陽見她歇斯底里，一臉瘋掉的樣子，本能一陣恐懼，短時間內愣住了，不由露出膽怯心虛的表情，退後幾步。

朱朝陽的表情盡落入王瑤眼中，她更確信女兒是被他弄死的，搖著頭，哭吼著衝過去：「小畜生，你把晶晶害死了，你這小畜生，我弄死你！」

朱朝陽眼見她瘋癲狀狂衝過來，拔腿就要往樓上逃。王瑤直接將手機重重地朝他擲去，「啪」一下正中他的臉頰，他痛得「啊」一聲大叫。

與此同時，周春紅把一塊剛買回來的豬肉甩到王瑤臉上，順勢巴掌沒頭沒腦地往她頭上拍，叫罵著：「死婊子，你敢動我兒子，我今天跟你拚了！」

周圍人連忙去拉架，兩個女人此時都死死抓著對方頭髮不肯放。可王瑤喪女心痛，成了瘋子，力大無窮，猛一甩頭，頭髮掙脫出來，隨即雙手朝周春紅頭上猛烈揮打。周春紅體型矮胖，雖然力氣肯定比王瑤大，但個子差了對方大半個頭，儘管本能地還手，但還是吃了個子上的虧，打不到她，反而被她暴打了很多下。周圍人拉都拉不住。

朱朝陽眼見媽媽受辱，剛剛一時間的膽怯徹底拋空，「啊」大叫著衝上去，一把抓著王瑤頭髮就拚命扯，王瑤穿著高跟鞋朝他亂踹，他不顧疼痛，憤然回擊著。

終於，三人都被周圍人死死拉住，朱朝陽臉上多了幾條鮮紅的指甲印，憤怒地睜著眼，眼角都要炸裂了。王瑤披頭散髮，臉上也多了幾條劃痕。而周春紅最慘，額頭上鼓起了一個血包，一撮頭皮被拉掉，鮮血直流。

朱朝陽看著他媽的樣子，痛心疾首地吼道：「媽，你痛不痛？死婊子，死婊子，我跟你拚了！」周圍人死死拉著，嘴裡勸著架，朱朝陽也像瘋了一樣，伸腳憑空亂踢著。王瑤冷笑著瞪著朱朝陽：「你過來，啊，你過來，小畜生，我一定弄死你，我肯定要弄死你，你過來！你過來啊！你把我女兒害死了，員警不抓你是不是？我一定弄死你！你瞧我怎麼弄死你！」

朱朝陽嘴裡回敬著：「小婊子死了是不是？死得好，怎麼不早點死？怎麼你這個婊子還活著？你天天被千萬人弄，你就是靠做婊子賺錢的！」

三人哭天喊地地叫罵著，都要上去跟對方拚了，全靠周圍人死命拉住，否則一定打得更激烈。這時，一輛賓士急速駛來停下，車裡朱永平跑了出來，一把拉過王瑤就往外拖：「走，回家去，別在外面瘋，讓人看笑話！」

王瑤用力甩脫他：「看笑話？誰敢笑話？我女兒死了誰敢笑話？你兒子殺了我女兒，你知不知道？員警為什麼不抓他，還說不是他幹的？你給員警送錢了是不是，你想保你兒子是不是？」

「員警都跟你說了多少遍了，不關朱朝陽的事！」

王瑤搖頭，如狂魔般冷笑：「不關這小畜生的事？我告訴你，就是這小畜生害死晶晶的！你有看到剛才這小畜生的表情嗎？你說他跟蹤晶晶進少年宮幹什麼？這小畜生還打我，他把我打成這樣了，你去打他啊，你去打他啊！哇……你去打他啊……」

朱永平捋了下王瑤的頭髮，臉上不由自主地流露出疼惜的神色，回頭看了眼兒子和周春紅，什麼話也沒說，還是拉著王瑤要把她拖回去。

朱朝陽大吼道：「爸！是婊子先打我的，是婊子先打我、打我媽的，我媽被婊子打出血了！」

朱永平頓時轉過身，臉色鐵青，怒道：「婊子是你叫的嗎？你阿姨是婊子，那我是什麼？」

朱朝陽瞬間愣在原地，望著他爸，一句話都沒說。滿臉鮮血直流的周春紅，頓時尖叫哭吼起來：「朱永平你還是人嗎？婊子把你兒子打了，冤枉你兒子殺人，你還要護著婊子，還要罵你兒子，你還是不是人啊！」

周圍鄰居看到這場面，也不禁嘴裡數落起來，朱永平也為剛才罵兒子的話感覺後悔，任憑周春紅罵著，默不作聲。

這時，兩輛警車駛來停下。剛剛糾紛開始時，旁邊居民打了一一〇，葉軍在派出所接到這消息，聽說是王瑤來朱朝陽家鬧事，立馬決定親自過來調解。趕到現場後，勸慰了王瑤一番，誰知，王瑤絲毫不領情，又指著朱朝陽開始罵起來。

周春紅眼見兒子今天遭受莫大委屈，再也控制不住，用盡全力一把掙脫旁人，衝上去一腳踢上王瑤，正準備甩她耳光，突然，朱永平一把拽過她，一個巴掌拍在了她臉上。

清脆的一聲「啪」，極其響亮。

一瞬間，朱朝陽徹底愣在了原地，感覺周圍好安靜，好靜好靜，完全聽不到一絲聲音。他嘴巴緩緩抽動了兩下，發出只有他自己聽得到的聲音：「爸……」

員警連忙再次把各人死死拉住固定，葉軍一把揪過朱永平，拖到警車旁，指著他鼻子罵：「你當著你兒子面打前妻，你還是不是人？啊？我問你，你還是不是人？有你這樣做爹的嗎？上去，到派出所去！」

朱永平緊閉著嘴，默然無語，任憑員警把他推上警車。

隨後，葉軍回到現場，聽著周圍人打抱不平的各種話語，他對整件糾紛的經過已了然於胸。聽到旁邊人講的公道話，說著朱永平剛剛還一味護著老婆，明明是他老婆先動手的，把他兒子打了，他還反過頭去斥責兒子。

葉軍一臉陰鬱地回頭望了眼警車裡的朱永平，又看了看目光呆滯、愣在原地的朱朝陽，深深嘆了口氣。他回過頭厭惡地瞪了王瑤一眼，用不容抵抗的語氣大聲道：「我們跟你說得很清楚，」又把目光看向周圍人，故意在周圍鄰居們面前替朱朝陽證明清白，「朱朝陽我們已經調查過了，你女兒死的那天，他剛好去少年宮看書而已。他放假經常去少年宮看書，很多人都能作證，我女兒以前去少年宮看書也經常遇到朱朝陽，他根本跟你女兒的死一點關係都沒有！你要再這麼胡攪蠻纏，我們只能把你關起來了。」

王瑤不屑冷笑道：「關，把我關起來吧，沒事。」她指著朱朝陽，「你小心點，我肯定叫一幫人弄死你！」

周圍人聽她這麼一說，立馬義憤填膺地大罵起來。

葉軍一把抓過她頭髮，指著她鼻子罵道：「你他媽說什麼！你叫半個人試試看，你當我們員警是空氣？你家朱永平什麼人，就他媽一個小老闆，你他媽橫個屁！老子警告你，要不是看你是個女人，你今天這麼恐嚇一個小孩，老子把你往死裡打，你信不信！我今天把話撂在這兒，要是改天朱朝陽少了半根頭髮，我直接把你抓來揍死！帶走！」

葉軍在當地被人稱為「鐵軍頭」，流氓團夥不知抓了多少個。他以前當過兵，脾氣很暴，凡是被他抓進來的流氓，通通吃了不少苦頭，出來後都私下叫嚷著要卸葉軍的手，不過等他們真的見到葉軍時，都跟老鼠一樣低頭走，根本不敢說半句囂張的話頂他。不過葉軍對老百姓一直態度很好，是鎮上有名的好員警。

此刻聽他這麼說，周圍人都大聲鼓掌叫好。

隨後，葉軍又跟周春紅說了幾句，說她最好也去派出所，今晚調解好，免得兒子被嚇到了，夜長夢多。總之不用擔心，他葉軍會做主。朱朝陽還是個小孩，今天是大人的事，他不要去派出所，好好在家待著，休息休息。周春紅點點頭，摸了下頭髮，走到兒子跟前，可是朱朝陽依舊一臉痴呆的模樣，急得她連叫了好幾聲，才算回過神來，擔憂地問起母親傷勢。周春紅安慰他幾句，叫他留家裡自己弄點東西先吃，小孩子不要跟去派出所，朱朝陽滿口答應。

周春紅也上了警車後，葉軍對周圍人說了幾句，叫大家都散了，隨後圈著朱朝陽肩膀，拉到一旁，低聲安慰了很多話，叫他不要擔心，王瑤不會真叫人來動他的，給了他自己的手機號碼，讓他有事隨時找他。

警車離去後，朱朝陽緩緩轉過身，仰天吸了口氣，他現在的心情卻出乎意料的平靜。他沒有去想剛剛的糾紛，也沒去想周春紅的傷勢，也沒去管自己臉上的腫痛，他突然想到了未成年人保護法，他突然間想到了殺人。

第一次殺朱晶晶，顯然不是他最初的本意，不過這一回，他是真的想殺人了。他抿抿嘴，抬起腳步往家裡走，剛走幾步，餘光瞥到角落裡縮著個熟悉的身影，他抬頭看，發現普普獨自站在遠處一個花壇旁，關切地朝他望著。

他輕微點了下頭，嘴角勉強露出一絲笑容。

普普嘴型做出動作：「明天再說。」

朱朝陽點點頭，在普普關切的目光中，繼續往家走去。

# 41

第二天下午，朱朝陽如約來到新華書店，普普已經在一排少兒文學的書架下看書了，看得很認真，以至於站在她面前好一陣子還沒發覺。

「你在看什麼？」朱朝陽彎下腰，朝書封上看去。

普普把書封一亮，道：「《鬼磨坊》，很好看的一個德國童話故事。主人公父母雙亡，來到一個磨坊裡，當了裡面的學徒，師傅教了這些徒弟魔法，但是每一年，師傅會殺死其中一個徒弟去獻祭。最後，主人公反抗求生，殺死了師傅。」

「聽起來挺不錯的一個故事。」

「你也拿本看看吧，真的很好看。」

「好啊。」朱朝陽哈哈笑了笑，也在書架上拿了一本《鬼磨坊》，坐到一旁翻起來。

普普瞧了他幾眼，關心地問：「阿姨怎麼樣了？」

朱朝陽抿抿嘴，苦笑一下：「我爸在派出所賠了我媽一千元醫藥費，就這麼了結了。」

「就這麼了結了？婊子呢，有沒有關起來？」

朱朝陽無奈地搖搖頭：「打架這點小事哪會關起來啊。聽我媽說，員警把婊子教育了一通，說考慮到她女兒剛死，體諒她心情，下次再這樣，就會把她拘留。反正婊子很囂張，在派出所還要罵我媽，我爸一直維護婊子，婊子還要我爸保證以後不聯繫我，我爸居然答應了。哼，我媽都快被他們氣死了。」

普普瞪大眼睛，道：「你爸怎麼會這樣子？」

朱朝陽冷哼一聲：「他已經不是我爸了。」

普普嘆息一聲，朝他點點頭，抿抿嘴。

朱朝陽苦笑一下，問：「對了，昨天傍晚你怎麼會在我家樓下？不是說在這裡見面嗎，是不是出了什麼事？」

「昨天下午我到書店時，你已經走了，後來我想到你家樓下，看看你是不是還會出來，剛好看到了昨天的事。昨天下午那個男人找到我和耗子，跟我們說他要出差幾個星期，讓我們耐心等他，不要出去亂玩，更不要跟別人透露相機的事，說他出差回來後，大概就能籌到錢了，又給了我們一些錢，你說他的葫蘆裡賣的什麼藥？」

「他要出差幾個星期？」朱朝陽微微瞇上眼，思索著，「他居然會放著相機這麼重大的事不管，反而去出差幾個星期，那麼……除非他現在有更重要的事要做。會是什麼呢？他不知道我的身分，我家住哪吧？」

普普很肯定地說：「我們守口如瓶，他絕對不知道。」

「那有什麼事會比相機對他來說更重要呢？」朱朝陽撓了撓頭，始終想不明白，過了一陣，只能道：「也許他真的是因為工作出差。反正相機在我這兒，他也不知道我是誰、我家在哪，那麼他絕對不敢輕舉妄動，你們兩人安心住下去，一定是安全的，不要怕。」

普普點點頭：「聽你這麼說，我和耗子就放心了。對了，我還發覺他很奸詐。」

「怎麼奸詐？」

「他知道耗子喜歡玩遊戲，帶了台舊電腦給耗子玩，耗子高興死了，現在管他叫叔叔，叫得很親。」

朱朝陽擔憂道：「我就怕耗子被他一點點的好處就給收買了，被他套出話。」

「我也是反覆跟耗子說了，耗子說這點分寸他還是有的，讓我們放心，他多餘的話不會說的。」

朱朝陽點點頭：「反正你要看牢耗子，叫他看清楚那人的真面目。」

# 42

自從那個男人出差後，整個生活顯得很平靜。員警再沒找過朱朝陽，婊子倒是沒真的找人來對付他們，不過朱永平也沒有再給兒子打過半通電話。朱朝陽平日裡的話語也更少了，周春紅看在眼裡，常常偷偷抹淚，不過朱朝陽一看到她這樣，就會反過來安慰她。

每天中午吃完飯，朱朝陽都會按照慣例來到新華書店看書，每天都會遇到普普，兩個人看看書、聊聊天，聽說耗子每天對著電腦，倒也不以為意。他總是看參考書，普普總是看文學故事，他覺得暑假一直這麼過下去倒也不錯。對於未來，對於他殺了朱晶晶，對於他爸是否還會惦記他這個兒子，對於普普和耗子的著落，對於相機的處理，對於開學後的煩惱，他暫時都拋諸腦後不管了。

在這個初二的暑假，既是他煩惱最多的一個暑假，也是他感覺最安逸的一個暑假。普普這位朋友帶給了他從未有過的快樂和溫暖，不再是孤單一個人了，挺好。

半個月後的一天晚上，朱朝陽獨自在家，邊吃著麵條，邊看電視。電視裡，正在放著寧市新聞頻道。這個頻道每天採編寧市範圍內大大小小的各種事件，大到事故、命案，小到吵架糾紛。

此時，畫面中正播放著今天的一起交通事故。

「今早八點高峰時間，新華路一輛紅色寶馬車突然失控，撞上路邊綠化帶，造成多車事故。本台記者趕到現場後，交警已封鎖現場。據了解，事故車上的女性駕駛當場死亡，據事後交警部門的調查結果，寶馬車上的這位年輕女性在行駛過程中，突發性猝死，導致車輛失控……」畫面中，紅色寶馬車架在綠化帶上，看起來受損並不嚴重，不過按新聞裡的說法，不是車禍導致死亡的，而是猝死導致了車禍。

畫面一轉，換到了醫院場景。

「據悉，女駕駛父母半個多月前在外旅遊時，發生意外去世。親人說女駕駛悲傷過度，半個多月來一直精神不濟，常靠酒精和安眠藥才能入睡，多日的精神虛脫也許是導致猝死的原因。死者丈夫近日一直在外地出差，早上接到噩耗趕回來後痛不欲生，希望他能堅強挺下去……」

後面是記者和主持人一長串的鼓勵話，朱朝陽已經完全沒有心思聽下去了，他瞪大了眼睛，死死盯住螢幕。因為畫面裡，那個被幾人攙扶，臉上掛滿眼淚，痛不欲生的男人，正是他們的交易目標。

他又殺了他老婆？朱朝陽感到一陣寒慄。難怪，他說出差了，一定是有更重要的事。原來更重要的事，是繼續殺人！儘管電視裡的記者說死者是因為精神不濟，加上近期酒精和安眠藥的影響導致的猝死，不過朱朝陽絲毫不信，他知道，這一定是那個男人幹的。

他還在殺人！可記者又說他在外地出差，他是怎麼殺了他老婆的？而且他老婆是好端端在開車過程中猝死的。必須了解清楚，否則，如果那男人也用這一招對付他們呢？

## 43

第二天中午，朱朝陽剛吃了飯就趕到新華書店，等待普普的到來。結果今天普普沒來，換成了丁浩。丁浩一見到他，就親熱地圈住脖子：「嘿，朝陽，咱們好幾個星期沒見了吧？」

朱朝陽冷笑一聲：「你不是一天到晚對著電腦嗎？」

丁浩嬉皮笑臉地撇撇嘴，搭著他肩膀，一同坐到地上：「我是個有分寸的人，什麼時候該玩兒，什麼時候該幹正經事，一清二楚，肯定是普普在你面前說我壞話了。」

朱朝陽無奈道：「好吧，其實你不出門，在家玩遊戲也好。」

「為什麼？」丁浩奇怪地問。

朱朝陽心裡想著自然是員警在朱晶晶身上發現的證據是丁浩的，當然不能讓員警知道丁浩這個人，不過這件事他和普普為了不讓丁浩害怕，都沒告訴他，此時連忙換了個話題：「今天怎麼你過來了，普普呢？」

「嗯……她嘛……」丁浩嘻嘻笑了笑，突然壓低聲音道，「你猜今天為什麼是我過來？你肯定猜不到的。嗯，是這樣。」他咳嗽一聲，用很鄭重的語氣說，「普普今天委託我來辦一件事。」

朱朝陽不解地問：「什麼事？」

「嗯……普普……她喜歡你。」說完這句，他就擺出一副深藏笑意的表情看著朱朝陽。

「咳咳……你說……你說普普讓你來告訴我，她喜歡我？」

丁浩點點頭，又連忙搖搖頭：「是，也不是。其實她不是要我直接告訴你，她喜歡你，而是讓我來試探一下你的心意，看你對她有沒有感覺。」

朱朝陽無奈道：「你這個叫試探嗎？你已經直接告訴我了。」

「啊，是嗎？」丁浩臉上透著尷尬，「大概我試探得明顯了一點點吧，哦，不過有一點是重要的，你可別告訴普普，我直接跟你說了她喜歡你。」

「你到底什麼意思啊？」

「其實就是……普普她讓我來試探你，看你對她有沒有意思。她沒有直接說她喜歡你，不過我看她樣子就知道了，她肯定喜歡你，所以讓我來試探。我這麼說，你聽明白了沒有？」

朱朝陽沉默了一會兒：「你沒有騙我？」

「我騙你幹什麼呀，你就直接說一句，你想不想做普普的男朋友？」丁浩問得真直接。

「做她男朋友？」朱朝陽瞬間感覺腦子還沒轉過來，原本他今天是來找普普談那個男人繼續殺人的事，結果卻冒出了普普喜歡他這件事。

如果說他對普普沒好感，那自然是假的。普普長得很甜美，像瓷娃娃一樣，非常可愛。朱朝陽雖然才剛開始發育，不過喜歡女生這種事，不用等發育就會有了。在學校裡，他心裡也喜歡過其他女生，可是他個子矮，一向自卑，從來沒跟任何人表露過。女生總是喜歡高高帥帥的男生，不會喜歡他的。

「快說，你到底喜不喜歡普普？」

「我……」朱朝陽一時不知如何回答，只好反問，「那你喜歡普普嗎？」

「我？」丁浩做了個不屑的表情，「她是我結拜妹妹，我怎麼會喜歡她？搞笑。」

「可你們畢竟在一起這麼久，又經歷過這麼多事。」

丁浩哈哈搖著頭：「我完全把她當妹妹啦，而且呢……咳咳，」他低下聲，彷彿在說一個天大的祕密，「嗯……其實我有喜歡的人。」

「啊？誰？」

丁浩把短袖捲起來，露出左上臂的內側，上面有個不太明顯的刺青：「看到字了嗎？」

朱朝陽瞧著他黑乎乎手臂上的刺青，道：「人王？」

「是『全』啦。」丁浩失望地撇撇嘴。

「『全』，這是什麼意思？」朱朝陽不解。

丁浩悄悄道：「我老家有個女孩，從小就認識的，她叫李全全，我去孤兒院後，她還經常給我寫信的。所以我用鋼筆蘸了藍墨水在手臂上刻上『全』，這次從孤兒院逃出來，我也想著跑回老家看她，看她現在長啥樣了，又怕被人發現。哎，現在她寫信給我也收不到了，只能過幾年了。這事我只告訴了你，你要替我保密，普普也不要說，我怕她笑我。」

朱朝陽點點頭，又問：「你喜歡她，她也喜歡你嗎？」

丁浩茫然地搖搖頭：「我不知道，她信裡沒說過，我也不敢提。算起來從去年開始就沒收過她的信了，也許……也許她有喜歡的人了吧。」他的目光隨即黯淡下去，不過轉瞬又笑起來，「好了啦，不說這個了，說吧，你到底喜不喜歡普普？」

朱朝陽低頭害羞地問：「普普……她為什麼會喜歡我？」

「她喜歡聰明的人，她說你最聰明了，好啦好啦，廢話不多說，你只要回答我，你喜不喜歡她，我回去好交差。」

「我……這怎麼說啊。」朱朝陽臉漲得通紅。

丁浩哈哈大笑：「普普真挺好的啦，懂事，人也長得漂亮，長大肯定會是美女。你瞧她對所有人都冷冰冰的，對我也是呼來喝去，只有對你，她才會好好說話，看來你正是她的剋星。別看我最近都待家裡沒出來，不過我猜都能猜到，她跟你說話，一定是溫柔的，對不對？」

「這個……也許是吧。」

「那就好了，現在很簡單啦，你就直截了當告訴我，你到底喜不喜歡她。跟我不用遮遮掩掩的，咱們是兄弟，不管你說什麼，我都支持你自己的意見的。」

「我……」朱朝陽低頭吞吞吐吐著，「如果那樣……也是好的，不過我想……也許她不是真的喜歡我，我也不知道她到底怎麼想的……」

丁浩捂著嘴大笑，拍拍他肩膀：「好啦，我明白你的意思啦，改日喝你們喜酒啦，就這樣啦，我回去啦。」

他站起來就要走，大概是急著回去玩遊戲，朱朝陽連忙叫住他：「對了，那個男人回來了沒？」

「沒呢，他說要出差幾個星期，回來後會第一時間來找我們的。」

「嗯……哦，好吧，那你先回去吧。」朱朝陽把男人又殺了人的事壓了下去，因為他覺得跟丁浩這傻瓜商量沒用，還是等普普明天過來再說吧。

今天聽了丁浩這麼說，他心中也有一股暖洋洋的感覺，需要反芻消化一下。女生會喜歡自己，怎麼會這樣？

# 44

丁浩走後，朱朝陽又在書店待了會兒，今天普普不在旁邊，還真有點不習慣，他感覺挺無聊的，只好提前回家。

下了公車，又走了一段路，快到家時，突然背後有人喊他名字：「朱朝陽。」

他本能地轉過身，陡然眼簾中飛來一個裝滿東西的塑膠臉盆，他本能地閃避，臉盆雖然只砸到他肩膀，可是隨即發現，他從頭到腳，都已經被糞尿淋個精光。

他在原地莫名愣了幾秒，等反應過來時，兩個年輕的成年男子飛快地衝上路邊一輛麵包車，麵包車一踩油門就立刻開走了。他急忙撿起花壇裡的一塊石頭追去，但麵包車很快就把他甩到了後面，他整個人佇立原地，一動不動。

旁邊過路人紛紛圍攏過來，嘴裡都在說著「哎喲，這個孩子怎麼這麼可憐，誰弄的呀」，一些好心人拿出紙巾，遞給他擦拭。

他兩眼噙滿淚珠，小心地接過好心人的紙巾，不讓手碰到旁人，擦了幾下臉，低頭匆匆往家走，走出幾步，他忍不住哇一聲哭了出來，像隻落水狗使勁抖了抖身上的大便，朝家裡飛奔。

剛到樓下，就發現樓道裡圍著一些附近的鄰居，一位大媽剛見著他，就急切地說：「哎呀，朝陽啊，你怎麼回事，身上怎麼弄的？你快給你媽打個電話，讓她回來吧，你家出事了。」

朱朝陽一驚，來不及細問，就跑上樓去，從下面的樓道開始，牆上一路用紅漆畫著叉。到了自家門前，門兩側分別是紅漆畫著幾個歪曲的大字，「殺人償命，欠債還錢」。

下面聚集的鄰居也跟著上來：「朝陽啊，你快讓你媽回來看看吧，你媽是不是欠了外面人的錢了？你身上是怎麼弄的，怎麼都是大便啊？」這些人裡，既有關心他們家的，也有擔憂以後自己生活會不會因他們家而受到牽連的。

「春紅是本分人，不會欠外面錢的，肯定是朱永平老婆叫人弄的。」一位大叔分析著。

「對，一定是這樣。」

朱朝陽頓時感覺整個世界天旋地轉，找不到方向。

這時，一位阿姨跑了上來，急聲說：「我剛給春紅打了電話，春紅說她也被人潑了大便，潑她大便的幾個畜生跑掉了。」

「我媽也被人潑大便了？」朱朝陽轉身大叫，兩眼都噴出火來。

他「啊」一聲怪叫，急忙掏出鑰匙，打開家門，衝到電話機前，顧不得手髒，拿起話筒就撥了葉軍留給他的電話。

十分鐘後，葉軍帶人衝上樓，一見這情景，還沒聽周圍鄰居把事情經過描述完，直接一拳打在牆上，怒喝一聲：「小李，你現在就帶人到朱永平廠裡抓王瑤！」

隨後轉向朱朝陽道：「你別怕，今天叔叔給你做主，你去洗個澡，把衣服換了，我帶你去你爸廠裡抓人，今天這筆帳，一定要算個清楚！」

朱朝陽感激地狠狠點頭，立刻跑進廁所裡沖澡，換了衣服，上了葉軍的警車。

很快，到了朱永平的工廠，空地上，幾個員警正在和朱永平等一些人爭執著。葉軍衝上前，看了一圈四周，冷聲質問：「王瑤人呢？」

「葉哥，朱永平說王瑤不在，也聯繫不到她。」一名員警說道。

葉軍把眼瞪向朱永平，怒喝道：「朱永平，今天王瑤我們一定要帶走，你趕緊把人交出來！」

朱永平拿著幾條菸遞過來，葉軍一把甩開：「別他媽來這套！」

朱永平勉強笑著打著太極：「葉警官，今天這事我真不知道，您看在我老婆她不懂法，腦子鑽了牛角尖——」

「什麼叫不懂法！我上回在派出所是不是警告過她！是不是跟她已經說得一清二楚了！」他拉過低著頭的朱朝陽，「你瞧你兒子，被人用大便從頭澆到尾，還有周春紅，也被人澆了大便，他家房子大白天的被人潑了油漆！這是什麼行為？黑社會行為！我跟你說，你是個男人就考慮下你兒子的感受！你兒子被王瑤這麼整了，你還在維護王瑤，你對得起自己良心嗎？」

朱永平一臉難堪，但還是強撐著笑臉勸說著。旁邊一些朋友是他剛剛打電話叫來的附近工廠的老闆，也是鎮上有頭有臉的人物，都是有關係的人，本想叫來一起幫著跟員警說情，此刻他們了解了事情前因後果，竟然是王瑤找人潑了他兒子大便，還光天化日下潑油漆，也紛紛搖起頭來，勸朱永平把王瑤交出來，總得給自己兒子一個交代吧。

朱永平被那麼多人數落著，重重嘆了口氣，坐到旁邊的椅子裡用手蒙著頭，一句話也不說。大概看到丈夫這副模樣，本來躲在工廠辦公室裡的王瑤衝了出來，大聲嚷著：「你們找我幹什麼？」

朱永平一見她出來，立刻跑過去把她往回推：「你出來幹麼，你回去，你回去！我會處理的。」

葉軍朗聲叫道：「好得很！你有種出來最好，抓走！」

員警正要上來抓她，王瑤一把甩開，捋了下頭髮，理直氣壯道：「喂，員警同志，憑什麼抓我？」

葉軍狠聲道：「你潑人大便，潑人家門紅漆，這種事幹下來了，還問抓你幹什麼！」

「我什麼時候做過這種事了？我一整天都在廠裡啊。」

葉軍指著她鼻子：「我跟你說，你在員警面前裝傻充愣，睜眼說瞎話沒用的。」

「好呀，可是員警是要講證據的對吧？你們不抓這小畜生，說沒證據。那現在抓我就有證據了？我女兒死了，你們這麼久都沒本事抓到人，現在抓我很容易啊？」

「好，很好。」葉軍咬著牙，「本來只當治安案件處理了，你要這麼說，很好，你指使幾個小流氓幹事，以為我們抓不到小流氓？等我們抓到那幾個小流氓，這案子性質就升級了，你要不怕，就等著！我們走！」

葉軍帶了人就收隊，朱永平愣了一下，連忙跑上前拉住他們，連聲求著：「員警同志，我老婆不懂事，不會說話，萬萬原諒，萬萬原諒。」回頭狠狠對王瑤罵道：「你做了就做了，還不承認，你找死啊！快過來道歉，我跟你一起去派出所。快過來啊！」

王瑤看著丈夫的模樣，不甘心地低頭走過來，瞧見了葉軍身後的朱朝陽，又忍不住冷聲罵了句：「小畜生！」

朱朝陽剛見她出來，就已經氣得渾身發抖了，想起媽媽和自己都被潑了大便，此刻還被她罵，再也控制不住，大吼道：「死婊子，臭婊子，我跟你拚了！」

他剛要衝上去，朱永平一把拉住他，叫道：「大人的事，你不要管。」

「爸，你還要護著她嗎？」朱朝陽後退兩步，搖了搖頭，用一種奇怪的目光看著朱永平。朱永平臉有愧色，想了一下，把兒子拉到一旁，低聲道：「朝陽，這件事是你阿姨做得不對，你阿姨對你一直有成見，所以妹妹出事後，她一直胡思亂想。我跟你保證，以後不會有這些事發生了，你跟你媽說一下，這件事你們不要追究了，我這邊也好去跟員警說不要抓你阿姨。」

朱朝陽吃驚地看著朱永平，顫聲道：「我全身都潑滿了大便。」

朱永平抿抿嘴：「爸爸過幾天給你們一萬元，你們找人把家裡外面的油漆都刷掉，這件事就這麼算了。」

朱朝陽眼淚在眼眶裡翻滾。

「就這麼算了，啊。」朱永平歉意地拍拍他肩膀，他知道，兒子還是很乖的，從不會違逆他的決定。

過了好一會兒，朱朝陽退後一步，用一種奇怪的眼神看著朱永平，點了點頭，走到葉軍旁邊，悄聲說了一些話。

葉軍皺起了眉，過了會兒，他搖頭嘆口氣，來到朱永平面前，道：「潑大便的事，當事人不追究，我們也沒什麼好說的。但光天化日公共場所潑油漆，這事情算不了，當事人不追究也沒用，王瑤我們還是要帶回去。」

朱永平連聲道：「行，沒問題，葉警官，我陪她一起去。」

葉軍撇撇嘴，冷聲道：「你還是先開車送你兒子回家，安慰安慰吧。」

「這個……」朱永平猶豫地看了王瑤一眼。

周圍人都忍不住開始勸說著：「朱永平你腦子混了是吧，先送你兒子回家啊。」

朱永平只好道：「好吧，朝陽，爸爸送你回家去。」

他想伸手拉兒子，朱朝陽躲開了：「不用了，我自己回去。」他平淡地說完這句話，轉身飛快跑走了。

# Part 45-49

# 試探

## 45

嚴良掛下電話後，整個人愣在了椅子裡。

徐靜死了？

剛剛親戚給他打電話，說前天早上，徐靜開車時猝死，還差點導致了更大的交通事故。張東升原本在公益支教，接到消息當晚趕回了寧市。在交警開出了事故報告單和醫院的死亡證明後，第二天，即是昨天，張東升就把徐靜的遺體火化了。

按照當地風俗，通常人死了要停放七天，過了頭七再火化下葬。

上一回徐靜爸媽死時，是因為情況特殊，人摔爛了，所以第一時間送去火化。可是這一次徐靜死了，為什麼第二天就火化？

嚴良眼睛微微瞇起來，他想起了徐靜當時跟他說的話，如果有一天她死於意外，一定是張東升幹的。

張東升，真的會是張東升殺了人？

嚴良手指交叉，心中各種情緒交織著，在椅子裡足足坐了半小時，揉揉眼睛，站起身，出了辦公室，上了汽車。

葉軍正低頭看卷宗，聽到一個腳步聲來到門口：「葉警官，你好。」

葉軍目光在這個四十多歲，戴著金屬框眼鏡的男人臉上停留了幾秒，表情漸漸從驚訝變成了激動：「嚴老師！怎麼是您，哪陣風把您給吹來了。」

嚴良淺淺地微笑一下：「我來你們鎮有點事，我翻了通訊錄，找到了你，本想著你說不定已經升職調到其他地方了，沒想到你還在。」

葉軍哈哈大笑：「自從上了你的課，我就再沒升過職。哈哈，開個玩笑，我是土生土長的本地人，去其他地方也不習慣，能在這兒幹到老我就很滿足啦，您坐您坐。對了，您來這兒有什麼事，是寧市有什麼學術會議嗎？」

「其實嘛，」嚴良咳嗽一聲，他給葉軍上課那陣子，是省廳抽調他來兼職給骨幹刑警培訓犯罪邏輯學的，雖然時間不長，但葉軍私下請教過他許多問題，兩人不算陌生，所以也省去了各種開場白，直接道，「其實坦白跟你說，我來這兒是為了一件死人的事。」

「命案？」

「也不能這麼說，現在還不能下結論是命案。」

「嗯……那是……可是您不是已經……」葉軍部分領會了嚴良的意圖，臉上露出了猶豫。他知道嚴良幾年前就已經辭去了員警職務，到了大學教書。一個前員警來調查案子，這當然是不合適的，公安體系內部有保密規定，只要涉及刑案，未經司法審判的案情對外一律保密。

嚴良微微一笑：「我來之前跟省廳的高棟通過電話，他說他待會兒會讓人發一份傳真函過來，我想應該快到了吧。」

葉軍一愣，他當然知道嚴良口中的高棟是誰，高棟是省公安廳副廳長，專管全省刑偵工作。嚴良過去是省廳刑偵專家組成員，也在刑偵總隊工作過，高棟未當副廳長前，當過一年的刑偵總隊隊長，和嚴良有過短暫共事。嚴良雖然幾年前辭去員警職務，不過他在省廳工作這麼久，不用想也知道會有很多朋友。

葉軍拿起電話撥了個號碼，果然，沒一會兒一名警員送來一份傳真函：「葉哥，分局轉發了一份省廳的傳真件。」

他接過來一看，上面列印著幾行字：「嚴良老師需要調取幾份資料，如不涉及敏感資訊及保密機要，請寧市江東分局予以配合。」下面還蓋著公安廳的章。

此外，警員還說：「剛剛高副廳長還特意打電話給馬局，說如果我們派出所在某些案子方面有什麼偵查困難，可以問問嚴老師的意見。」

葉軍稍一思索，立刻欣喜道：「嚴老師，是高副廳請您來幫我們查少年宮那個案子的？」

嚴良不解地問：「什麼少年宮的案子？」

葉軍立刻把朱晶晶在少年宮墜樓的案子描述了一遍，還說了十年前一起姦殺女童案就是嚴良破的，嚴良來了問題就容易解決了。

嚴良想了想，苦笑道：「我只是請老高幫我開封介紹信，調查的也不是敏感案子，他倒真會做生意，乘機還塞我一個案子。」

葉軍這才明白，原來嚴良根本不是為了朱晶晶的案子。這案子一發生就是大案，報到了省廳，高副廳長想必也關注到了，案發至今毫無進展，於是藉著嚴良來查資料，高副廳長順手讓他幫我們破案。嚴良當年可是號稱無案不破的，而且破過同類命案，甚至當年情況要更複雜，如果他來幫忙，那破案的把握大多了。

葉軍把話挑明了，希望嚴良介入。嚴良壓根不想再接觸破案的事，這次是徐家三口死了，他懷疑是自己學生張東升幹的，這才跑到了寧市，此刻見葉軍一臉熱忱的樣子，他只好打太極，說他已經不是員警了，只不過是來調幾份資料，關於少年宮的案子，遇害者是未成年人，屬於保密機要，不能透露給他這個外人，否則違反規定。

見他堅持這個態度，葉軍臉上忍不住透出了失望，只好意興闌珊地回應，要查什麼資料，現在調給你。嚴良說句抱歉，實在愛莫能助，他不幹員警好多年，早不懂破案了，隨後咳嗽一聲，又道：「前天早上新華路上有起車禍，女車主開車過程中猝死，這件事你知道嗎？」

「不知道，交通方面歸交警管，怎麼了？」

「能否幫我聯繫一下交警，我想要當時的出警紀錄、事故報告、新華路上該時間的監視器，以及醫院給出的檢查報告。」

「您需要這些東西做什麼？」葉軍想了想，沉聲道，「難道您懷疑不是交通意外，是命案？」

嚴良不置可否地回答：「我現在也不能確定，沒法下任何結論。出事的是我姪女，所以，我想對這件事有個較全面的了解。」

# 46

嚴良和葉軍坐在電腦前看著一段監視畫面。

畫面中停了很多車，因為是早高峰，路面很擁擠。嚴良的注意力放在了中間一輛紅色寶馬車上，這時，綠燈亮了，路口的車輛開始緩緩向前移動，寶馬車也跟著前進，但車子從起步開始就出現了明顯的不對勁，左右晃動，沒開出多遠，車子的方向就徹底失去了控制，徑直衝上綠化帶。

葉軍道：「根據交警的紀錄，因為早高峰交警本就在前面路口執勤，所以事故發生後不到五分鐘，就趕到了現場，發現車主昏迷並口吐白沫，情急之下，砸開車窗把人拖出來送去醫院，送到醫院就已經沒有了生命徵象，失去了搶救價值。車內找到安眠藥，從車主丈夫和親友口中了解到，車主前段時間死了雙親，精神一直不濟，天天需要靠酒精和安眠藥入睡，所以判斷死亡原因是長期神經衰弱加上藥物的刺激。」

嚴良抬了下眉毛：「不過似乎沒有對徐靜做過進一步的驗屍，解剖、理化分析，這些都沒有。」

「這是普通的意外猝死，不是刑事命案，不需要做這些工作吧。」

嚴良點點頭：「我知道，按規定，這麼處理就夠了。」

「您懷疑這次事故另有隱情？」

嚴良不承認也不否認。

「但當時車上只有徐靜一個人，沒有其他人。」

嚴良笑了笑：「謀殺的方法有很多種。」

葉軍想了一下，依舊是一臉不解：「嚴老師，從我的角度看來，這樣的事故很普通，開車猝死的並不只有您姪女一個，當然，她是年輕人，但現在社會壓力大，年輕人猝死也常有聽聞。您是覺得這裡面哪裡有問題？」

「整起事故看起來，嗯……確實看不出問題，不過……」他停頓一下，「你能不能幫我調查一個人。」

「誰？」

嚴良抿抿嘴，不情願地說出口：「徐靜的老公張東升。」

「您是懷疑他殺了他老婆？」

嚴良咳嗽一聲，湊過來道：「這件事還請你替我保密，我對這個結論一點把握都沒有，也許懷疑是錯的，我和他們有親戚關係，如果我的懷疑是錯的，那會很難堪。」

葉軍理解地點頭：「明白，您需要我調查他的哪些情況？」

「最主要一件事，他這半個月來，是不是真的在支教，沒有回過寧市。」

# 47

早上十點，張東升回到新家，只感覺全身都要癱瘓了。這幾天每天晚上他都要守夜，只有趁著白天的功夫，回家小憩一下。不過他的心情很好。

徐靜是在上班途中，開車時死的，這是他計畫中的最理想情況了。而前天徐靜屍體火化後，他徹底放下了心。現在整個徐家，包括五套房子和不少的存款資產，都是他一個人的了。

徐靜的背叛，和那個男人的苟合，這一切現在看來都不算什麼了。他原本很愛徐靜，覺得和她結婚是最幸福的事，可是現在這些幸福感蕩然無存，他心中早已沒了徐靜這個人。

也許有人會對他有所懷疑吧，或者背後說他一個上門女婿命真好，繼承了徐家的所有財產。不過這也無所謂了，因為這只是兩起非常正常的意外事件，不管誰懷疑他，甚至調查他都沒用，包括嚴良老師。

因為他深知，除非他自己說出來，否則沒有任何證據能表明，這兩起不是意外，而是謀殺。當然，證據還是有一個，而且是最致命的證據，就是那三個小鬼手裡那個該死的相機。

怎麼對付三個小鬼讓張東升頗為苦惱，他最近想了很久，始終想不出穩妥的辦法。原因就在於三個小鬼太狡猾，警覺性很高，三人從不一起跟他私底下碰面，每次都另外留著一個人。如果三個人一起私底下和他碰面，他就可以把他們三個直接控制住，然後逼問出相機在哪裡，最後殺了他們，取走相機，再毀屍滅跡。那樣所有事情都天衣無縫了。但每次只有兩個人，他雖然可以控制兩個，逼問出另一個現在在哪，可他總不能光天化日之下去外面把另一個幹掉吧。一旦行動失敗，他和三個小鬼的關係頃刻破裂，他們肯定顧不上要錢，而是直接報警了。

看來對付三個小鬼的事還得從長計議，等辦完喪事再幹，到時討好一下他們三個，消除掉他們的警覺心，再來實行。他伸了個懶腰，正準備去睡覺，監控門鈴響了，他看著對講機螢幕，樓下站著三個小鬼中的朱朝陽，這次就他一個人。

小鬼肯定又是來要錢的。他正猶豫著是否讓他進來，朱朝陽開口說話了：「叔叔，我知道你在樓上，你的車還停在下面呢。」

張東升冷笑一聲，只好按下按鈕，發出友善的聲音：「同學，請進吧。」

等進了門，張東升熱情地招呼著：「要喝點什麼嗎？可樂？哦，我記得你不喝碳酸飲料，那就果汁吧。」

朱朝陽接過他遞來的果汁，從容喝了半杯，道：「謝謝。」

「嗯，好久不見了，你們過得怎麼樣？是不是缺錢了？我先給你們一些零花錢，至於三十萬元，我暫時還沒籌到，再給我一些時間好嗎？」

朱朝陽淡定地拉了張椅子自顧坐下，道：「沒關係，我今天來不是問你要錢的。」

「不是要錢？」張東升略顯驚訝，「那你是？」

「我想知道你太太是怎麼死的。」

張東升頓時眉頭一皺，隨即苦笑一下，坐到了他對面，打量著他：「你怎麼知道我太太過世了？」

朱朝陽平靜地說：「我從電視新聞上看到的，也看到你了。」

「哦，原來是這樣。」張東升擺出一張苦臉，「醫生說我太太最近神經衰弱，所以開車時猝死了，哎，我也不知道該說什麼好。」

「你應該很開心才對。」

張東升頓時瞪起眼，冷聲道：「你會說話嗎！」

朱朝陽笑了笑，臉上毫無畏懼：「上回那兩個人是你的岳父岳母，現在你太太也死了，你說你是上門女婿，這些車、房子都不是你的，現在都是你的了吧，你不是應該高興嗎？」

張東升鼻子重重哼了下，抿嘴道：「沒錯，我岳父岳母確實是我殺死的，你們也看見了。不過我太太和他們不一樣，我很愛我太太，她是猝死，並不是被我殺的，對她的死，我很痛苦。岳父岳母和妻子是不一樣的，以後你長大結了婚，自然會理解我的感受。」

朱朝陽點點頭，換了個話題：「你最近真的是在出差嗎？」

「沒錯，我在麗水的山區公益支教，我太太出事當天，我接到電話才趕回來的。」

朱朝陽皺眉問：「真的是這樣？」

「當然是，那麼，你問這個幹什麼？」

「我想知道一個殺人方法，你在山區支教時，是怎麼讓一個隔這麼遠的人死的，而且是開車過程中突然猝死，就像一起意外一樣。」

張東升咬了咬牙：「我跟你說了，我太太是猝死，和上一回不同。我確實人在山區，和我同行的支教老師都可以證明，如果你懷疑是我殺了我太太，我半個月前就不在寧市了，中間從沒回來過，怎麼殺人？」

朱朝陽依舊很鎮定地看著他：「這正是我要問你的殺人辦法，提防你也用這一招來對付我們，我必須問清楚。」

張東升洩氣道：「我已經強調很多遍了，我太太是猝死，是意外，完全不關我的事，不管你信不信！」

他氣惱地點起一支菸，抽起來。儘管他殺岳父岳母的事被三個小鬼看到了，可他不想讓三個小鬼知道他更多的祕密，所以絕不打算承認第二起命案。

這時，監控門鈴又響了，張東升起身一看，螢幕裡居然出現了嚴良。

按道理嚴良應該是出殯那天才會來，可今天就到了，而且是來這個新家找他。嚴良應該並不知道他新家地址，此刻卻能找到這裡，會不會在懷疑他和徐靜的死有關？

他頓時緊張起來，如果此刻只有他一個人在家，他絲毫不緊張，因為即便嚴良懷疑他，也不會有半點證據的。可是現在他家還有個朱朝陽，這小鬼可是手握他犯罪的直接證據，萬一一個不小心說溜嘴，哪怕只有一點點說溜嘴，以嚴良的敏感度和智力，說不定就會順藤摸瓜了。

他想裝作人不在，不開門，可下一秒就打消了這個念頭。因為連這小鬼都看到車停樓下，知道他人在裡面，嚴良不可能不知道，這樣只會加重他的懷疑。

他連忙轉頭低聲對朱朝陽道：「我有個朋友要上樓，待會兒你不要說話，行嗎？」

朱朝陽盯著他急迫的眼神，笑了下，卻搖搖頭：「我不答應，除非你告訴我你怎麼殺死你太太的，否則我說不定會說錯話。」

張東升急道：「真是猝死，是意外！」

朱朝陽固執地道：「你不說實話，也不用想著我會配合。」

門鈴繼續在響著，還傳來了嚴良的聲音：「東升，開門。」

張東升回頭看了眼螢幕，惱怒道：「好，人是我殺的，我承認了，行了吧，你能做到吧？」

「你怎麼殺的？」

張東升咬了咬牙：「用毒藥，以後再跟你細說！」

朱朝陽爽快回他：「好，我答應你。」

張東升連忙按下應答按鈕，衝著對講機道：「嚴老師，門開了，請上來吧。」

朱朝陽笑著問：「要不我到裡面找個地方躲起來？」

張東升思索一秒，忙搖頭：「不行，萬一沒躲好被發現，更解釋不清。你就說你是我學生，來拿參考書回去看的，行嗎？」他隨手拿起桌上的幾本數理天地塞給他。

「沒問題。」朱朝陽臉上掠過一抹得意的竊喜。

張東升皺了皺眉，心想小鬼今天的這副表情怎麼跟那個討厭的普普這麼像，半個月前這小鬼似乎不是這種性格的。

## 48

「你就叫我張老師，我是高中數學老師，你說你是我暑假私下輔導的學生，今天過來拿參考書的，等下你說你先走了，知道嗎？」趁嚴良上樓梯的空隙，張東升倉促地囑咐幾句，朱朝陽露出一張討厭的笑臉。

這時，門敲響了，張東升皺眉望著朱朝陽，伸手指了指腦袋，低聲再囑咐一遍：「一定要記住。」

「放心吧。」朱朝陽肯定地點點頭。

「來了。」張東升打開門後，換上了一張身心俱疲的臉，將嚴良迎進屋裡，「嚴老師，您怎麼到這兒來了？」

「親戚說你守夜一晚上，撐不住了，跑來新房休息，我來時，他們說你剛走，我想你可能還沒睡，就過來看看你。咦——這位是……」他看到張東升新家出現的這個陌生小孩，微微感到驚訝。

「這是我暑假私下輔導的學生，我剛跟他說了家裡這幾天辦喪事，讓他先拿書回去自己看。」

朱朝陽隨即道：「張老師，您忙吧，不要太難過了，我先走了。」

「好吧，過幾天我再聯繫你，你暑假不要偷懶，多學習。」

「嗯。」

朱朝陽剛準備離開，嚴良的目光在他身上停留一兩秒後，叫住了他：「你上幾年級了？」

朱朝陽停下腳步：「我下半年高二了。」

「你是高中生？」嚴良忍不住驚訝，因為朱朝陽個子小，他第一眼以為這小孩是小學的高年級學生，是張東升暑假私下收費輔導的學生，雖說教師是不允許假期開輔導班的，不過這種私底下帶幾個學生賺些錢是很多老師都會做的，收費挺高，而且學生家長樂意，嚴良倒不會說什麼。可他瞥見這小孩手裡卻拿著高中版的《數理天地》，心下微微奇怪，於是隨口問了句。

聽到朱朝陽這個回答，張東升眼神跳動一下，隨即平復如初，心想這小鬼倒也會隨機應變，如果手拿高中版《數理天地》，回答念初中，就露餡了，剛剛匆忙之間，倒忽略了提醒他這一點。

他正準備送朱朝陽出門，隨後打起精神來應付嚴良，可接下來嚴良的動作卻把他嚇了一大跳。嚴良稍稍俯下身，從朱朝陽手中拿過一本《數理天地》，玻璃鏡片後的一雙細長眼睛微微眯起，打量著朱朝陽，同時翻了幾頁，很快看到了其中一篇微分方程式的文章，嚴良目光在那道方程式上停留了片刻，突然笑了：「這題會解嗎？」

張東升目光隨之望去，剛觸到微分方程式，就硬生生嚥下了一口唾沫，這是高一的知識，而且《數理天地》上的東西都是競賽題，這白痴小鬼才念初中，連微積分都沒接觸過，肯定看都看不懂。

這下糟糕了，一句回答不好，就要引起嚴良的懷疑。嚴良懷疑自己倒是有充足把握應付，因為他不會有證據的。可萬一嚴良懷疑到這小鬼，從小鬼身上展開調查，這……他都不敢想下去了。

正當他擔憂著小鬼回答會不會露餡時，朱朝陽卻露出了笑意，臉上跳躍出一副自信的表情，從容不迫地吐出幾個字：「此題無解。」

張東升心中暗罵一句，這白痴，看不懂題目還裝什麼大頭蒜啊。

誰知嚴良哈哈一笑，把《數理天地》還給了朱朝陽，道：「它列印錯了，上面的二十二應該是二。東升，你輔導的學生很厲害，短短半分鐘就看出了方程式錯誤。」

「哦，是嘛。」張東升淡淡地笑了笑，掩蓋住心中的驚訝，此刻他來不及去想這白痴小孩怎麼會看出這道微分方程式無解，在他印象裡，三個小鬼肯定都是學習一塌糊塗的問題少年，他根本想不到朱朝陽早在初二上半學期就學完了初中數學，他一向做的都是競賽題，今年已經自學了高中數學，他的志向是下半年初三在全國數學競賽拿頭等獎。

朱朝陽笑著說：「叔叔更厲害，隨便看一眼，就發現這道方程式印錯了。」

張東升心裡大罵，瞎貓碰上死耗子，你趕緊滾就是了，還要互相吹捧一番，真當自己是知識分子啊！不過這話卻明顯讓嚴良很受用，嚴良朝他笑著擠了下眼睛，他幾十年沉浸在數學裡，對數學的敏感度當然不是一般人能比的，看幾眼算式自然就感覺不對勁，稍一想就知道是列印錯了。不過他聽到一個小孩誇自己，這滋味還是妙不可言。

好在朱朝陽說完這句，就老老實實滾蛋了，張東升鬆了一口氣，現在需要打起十二分精神來應付突然到訪新家的嚴良了。

# 49

站在一個親戚的角度寒暄安慰了幾句後，嚴良嘆了口氣：「徐靜也遭了不幸，你心裡現在一定很不好受吧？」

張東升鼻子抽了聲，慢慢地掏出香菸，點上，目光呆滯地望著前面，默默無言。

嚴良打量了他一會兒，站起身，走到了客廳的中間：「這本是你和徐靜共同裝修的新房吧？」

張東升默然點點頭。

「哎，現在變成你一個人的了。」

聽到這句不輕不重的話，頓時，張東升握香菸的右手小指動了下，不過嚴良看不到他的小指。

嚴良苦笑一下：「我能參觀一下嗎？」

張東升心中越發確信嚴良一定對自己有了懷疑，舊的家裡這些天都是親戚，他自然不會留證據在舊房子裡，嚴良想必是想在這新家尋到一些東西吧，不過隨便他，他不會找到的。幸好此前就預料到嚴良可能會這麼做，所以他沒讓朱朝陽躲起來，否則被發現屋子裡躲了個小孩，嚴良肯定會懷疑到這小鬼身上了。

張東升就這麼坐在客廳裡，一句話不說抽著菸，嚴良則似是漫不經心地在每個房間裡都走了一圈，房子很空，家具都還不全，日常雜物不多，不過嚴良其實是很細緻地打量過了每個角落，就剩沒把衣櫃拉開來看了。

看了一圈後，嚴良回到客廳，臉上沒流露出任何情緒特徵，只是道：「看來你在新家也住了一段時間了，你一個人住的？」

張東升點點頭：「徐靜爸媽過世沒多久，她又跟我提過離婚，這次我答應她了，不過說現在就離，恐怕會被人說閒話，讓她再等幾個月。她說她不想住家裡了，想搬出去住，我想還是她住著吧，我搬出來。」

「分居？」嚴良咂咂嘴，「看樣子那時你們的婚姻已經到了無法挽回的地步了。」

「其實我這麼做也是另有用意。」

「嗯？」嚴良側過頭，微微驚訝地看著他。

「我想讓她一個人安靜一段時間，或許能從牛角尖裡鑽出來。我獨自搬這兒住了沒多久，就去麗水的山區參加暑期支教，在那兒山上，我每天拍了照片給她發過去，希望她會回心轉意。其實她後來已經有一些回心轉意了，您瞧她回我的訊息。」他臉上掛著淡淡的笑意，同時還帶著一抹憂愁，把手機點開遞給嚴良，吐了口煙，「可是，沒想到突然會這樣……」

嚴良從他手中接過手機，微信上，張東升和徐靜之間的聊天裡，有很多張照片和對話。

嚴良徵求意見：「我可以聽聽嗎？」

「沒問題。」

嚴良點開了其中的一些對話，從內容上看，張東升似乎故意想表現出熱戀中的狀態，極力討好著徐靜，逗她笑，說著山上支教的趣事。有時徐靜也會很好奇，甚至帶著笑聲回應，比上回他見到徐靜對張東升的態度好多了。

此外，嚴良特別注意到，張東升每一天都會傳照片發資訊，兩人間的交流，早上、下午、晚上都有，如果是這樣——嚴良眼睛微微一瞇，只要從電信公司確認張東升手機這些天都在麗水山區，並未離開過，那麼他就有了很可靠的不在場證明。甚至，照片中還有許多張東升跟其他志願者老師的合影，找那些人一核對，如果確認無誤，那麼更能百分之百證明徐靜死前的很多天，張東升都在麗水山區，從未回過寧市。

麗水山區到寧市，最快速度開車都要六、七小時，來回就是十多小時，張東升想乘機短時間趕個來回是不可能的。

難道——徐靜的死，真的是起意外嗎？

嚴良抿抿嘴，道：「可惜，我想你們原本是有機會復合的，誰也想不到會發生這樣的意外。不過……你有沒有考慮過，這或許不是意外？」

張東升驚訝道：「那是什麼？」

「這麼年輕猝死的機率是很小的。你知道，我以前從事過員警行業，對有些情況比較有經驗，你有沒有想過，或許是徐靜與你有復合的可能，導致了另一個人的不滿，從而……」

「您是說徐靜的……情人？」

嚴良點點頭：「你知道他是誰嗎？」

「我只知道是她部門的，我沒見過，我也不知道具體是誰。」

「其實如果徐靜的屍體還在，或許可以做進一步的驗屍，判斷到底是不是真的猝死。交警部門的驗屍是很粗糙的，他們只針對交通事故，測些酒精什麼的，刑警隊裡才有真正的法醫。交警只是測了她非酒駕，又根據心臟的一些特徵，做出了猝死的結論。交警當天就把屍體還給了你，不過你第二天就拿去火化了，還沒過頭七，是不是……太急了一些？」說話間，嚴良的眼睛冷冷地落在張東升的眼睛上。

誰知張東升絲毫沒有緊張，似乎對這個問題早有防備，他突然咬住了牙，手指關節捏得發白，最後把香菸狠狠壓滅在菸灰缸裡。

嚴良收斂了下目光：「怎麼了？」

張東升吐出一口氣：「嚴老師，您是不是懷疑徐靜是我害死的？」

「嗯……怎麼會呢？」

張東升搖搖頭：「我不是笨蛋，我聽得出您的想法，不光是您，也許其他人私底下也會這麼想。徐靜爸媽死了，徐靜也死了，徐家這麼多套房子，最後都落到我一個上門女婿頭上，對吧？」

「嗯……」嚴良沒想到他會直接戳穿了說，頓時有些不知所措。

「徐靜出事第二天，我就不顧別人說什麼要停屍治喪，急著先去火化了再治喪，顯得更可疑了，對吧？」

「嗯……」

「其他人這麼想，我也不想解釋，因為這件事，我實在是不想說的。不過，我實在不希望您對我有所誤會。沒錯，我確實急著要把徐靜火化，因為……那是因為出事那天我趕回寧市，我在家裡發現了一個保險套的包裝。可……可我和徐靜很久沒有過夫妻生活了。」

張東升紅著眼，直直看著嚴良，彷彿他正在把一個男人的滿腔屈辱和悲憤都強行壓進心裡：「我早就想到，徐靜一定和那個人發生過性關係，可我根本沒想到，我在山區支教，想著辦法討好她，我天天拍照片，跟她說話，討她歡喜，她也明明表現出了開心的樣子，可是呢，她卻直接把人帶回了家。我不想看到她，真的，那一刻我真不想再看到徐靜了，我無法看著她躺在棺材裡，我寧可她是一罈骨灰。您明白嗎？」

嚴良手指交叉著，看著激動的張東升，默默無言，過了半晌，站起身，道：「你好好休息，這幾天忙壞了，如果你需要幫忙，隨時聯繫我。」

走出屋外，嚴良摘下眼鏡擦了擦，他覺得他看不清張東升這個人。

徐靜在此前曾說過，如果她出了意外，一定是張東升幹的。

可從邏輯上說，徐靜死前半個多月，張東升都有不在場證明，而且他的回答沒有任何問題，甚至他的神態舉止，也完全正常。

真的懷疑錯了嗎？嚴良陷入了思索。

Part 50-53

# 吃驚

# 50

下午在新華書店，朱朝陽一見到普普，就激動地說：「總算見到你了。」

普普臉微微一紅，悄悄把頭別過去：「不是每天都見到的嗎？」

朱朝陽正色道：「我有很重要的事跟你說。」

普普頭更低，臉更紅了：「嗯……你說。」

「那個男人——他姓張，他把他老婆殺了。」

「什麼？」普普抬起頭，瞪大了眼，她預期中的話沒出現，卻突然聽到這麼一句。

「對，他把他老婆殺了。」朱朝陽似乎並沒注意到她臉上一晃而過的失望，認真地重複了一遍。

「嗯……你怎麼知道的？」轉眼間，普普眉頭一皺，「是不是他被抓了？那我和耗子要趕緊逃了，不過你呢——」

朱朝陽搖搖頭：「不，他沒被員警抓，是我問出來的。」他把電視上看到那個男人，以及早上的事說了一遍。

聽完，普普驚訝地張口：「你一個人去他家問他這事，很危險。」

朱朝陽不屑地撇撇嘴：「一點都不危險，現在沒人能抓到他，只有我們有他的罪證，他沒有拿到相機前，是不會對我們任何一個人怎麼樣的。」

普普點點頭，同時又擔憂地望著他：「可是我還是覺得挺危險的。」

朱朝陽冷哼一聲，道：「放心吧，我有數。他殺了他岳父岳母，又殺了他老婆，上回他說自己是上門女婿，錢不是他的，現在他岳父岳母和老婆都死了，根據繼承法，這一切都歸他了，相信他很快就有錢來買相機了。」

「你認為他最後真的會花三十萬元買嗎？」

「當然會，不過——」朱朝陽猶豫一下，道，「他說他這幾天家裡辦喪事，很忙。我過幾天還要再去找他，你能不能陪我一起去？」

「當然了，你是為了我和耗子，我當然應該陪你一起去。」

「不不，過幾天我要找他的這件事……嗯，不是為了你和耗子。」

普普不解地問：「那是什麼事？」

朱朝陽支吾著說：「我還沒想好，不過我希望你到時能幫我說話。」

「我肯定會幫著你。」

「嗯，那就說定了，我們一起過去，到時不管我說什麼，你都要站在我這邊，支持我，好嗎？」

普普想了想，果斷答應：「沒問題，我一直會站在你這邊。」說完，她又難為情地低下頭，連忙扯開話題，「你爸最近和你關係怎麼樣？」

朱朝陽冷哼一聲：「我爸已經死了。」

普普大驚：「啊，什麼時候的事？你爸怎麼會突然死了？」

朱朝陽撇撇嘴：「我是說，他在我心裡已經死了，我和我媽都被婊子派人潑了大便，家門口也被潑了紅油漆。我報警了，員警要抓婊子，他卻自始至終維護著婊子。在他心裡，只有婊子是重要的，我和他完全是兩家人，他只愛著婊子一家。」

他把晶晶媽找人潑大便潑油漆的事說了一遍。

普普握拳義憤填膺：「怎麼有這樣的人，還潑你大便，實在太可惡了，應該把婊子推進化糞池裡，活活淹死她才解氣。」

「對，我也恨不得是這樣。」朱朝陽嘴角冒出一抹冷笑。

「最後婊子怎麼樣，員警關了她多久？」

朱朝陽咬咬牙：「才關了一天，繳了罰金。」

「才一天？」普普狠狠道，「員警肯定被婊子收買了。員警從來都不是好人，我爸就是這麼說的！」

朱朝陽無奈道：「這事也不能全怪員警，本來要關婊子好多天的，但是我爸要我別追究婊子的責任了。」

「這……她潑了你大便啊！這樣的事，你爸怎麼能叫你算了呢！」

「他的心裡只有婊子一家，他不光讓我算了，還說給我一萬元彌補我和我媽。」

普普點點頭：「他給你錢本來就是應該的，嗯，一萬元，挺多的，不過他本該給你更多。」

朱朝陽看著她一會兒，冷笑一聲，搖了搖頭，用一種奇怪的語調說：「他不說錢，他還是我爸。他給我錢，這一刻起，我爸已經死了。」

普普不解地問：「他不給你錢才不是你爸呢！為什麼給你錢，反而不是你爸爸了？」

朱朝陽看了看她，笑了笑，彷彿是個大人一般的目光瞧著她：「等你再過幾年就明白了。」

# 51

在嚴良的請求下，葉軍手下幾個警員對幾個事項進行了調查，很快就有了結果。

「徐靜死前的半個月裡，張東升確實一直都在麗水的山上進行支教。這一點，電信業者的數據可以證實，他從未離開過當地，並且我們問了與他在一起支教的老師，也證實了這點。」葉軍將這個結果告知了嚴良。

嚴良立在原地，默不作聲地思考著。

葉軍給出結論：「所以，張東升不可能是兇手。」

嚴良不置可否，他知道有幾種方法能夠不在場殺人，不過他沒有把那些可能說出來，因為隨著徐靜被火化，根本就是查不出結果的。也許是張東升殺的，也許真是意外，恐怕真相永遠無法探究了。

葉軍繼續道：「如果非說徐靜的死不是意外，相比起張東升，徐靜的情人可能更有嫌疑。她情人姓付，和她同部門，是她上司，比她大三歲，已婚，夫妻感情不好，所以去年開始和徐靜湊到了一起。這傢伙是小白臉，長相不錯，也有錢，聽說做事幹練，風度翩翩，和多名女性都保持著不正當男女關係。他承認在這段時間內去過徐靜家裡，他一開始說單純是安慰對方，後來在我們質問下才承認，他在徐靜家中與她發生過性關係，用過保險套。」

嚴良點點頭：「張東升在家中發現了拆過的保險套包裝，於是惱羞成怒，當即要火化徐靜屍體，這也說得過去。」

葉軍道：「此外，我們從其他人那兒了解到，姓付的和徐靜近期曾有過多次爭吵，我們將這件事詢問了姓付的，他承認確有其事。因為他看到徐靜和張東升相互發曖昧的微信而吃醋。但他堅決否認他會害徐靜，據他說他們倆都準備今年年底前各自離婚，明年結婚，不會因為微信這點小事鬧得太大。」

嚴良看著他：「你覺得呢？」

「我們找不出反駁的依據，這次本來定調是意外事件，所以也不能對他採取強制審問的措施。他說徐靜在父母過世後跟他說過，如果某天自己突然死了，肯定是張東升幹的。不過在這件事上，他並不相信真是張東升幹的，因為徐靜出事的前幾天裡，他們倆一直在一起，張東升確實沒回過家。徐靜最近常喝酒，偶爾也吃安眠藥，所以他也覺得，徐靜是自然猝死。當然，在這件事上，他希望警方能替他保密，他不想讓人知道徐靜死前一天和他在一起過，那樣名聲上過不去。」

嚴良思索了良久，點點頭，對葉軍表示了感謝。

他也不知道現在該如何處理了。和張東升攤牌？更加深入地調查他？

徐靜已經火化，那幾種不在場就能殺人的方法，都需要進一步的驗屍，而現在已經不可能了，查不出結果。只要張東升自己不招，沒人能奈何得了他。嚴良對繼續調查張東升，不抱任何希望。他有過多年的從警經歷，深知不是所有案子都能尋出真相的。很多的真相，永遠都無法被人知道。更何況，如果徐靜真的是自然猝死，壓根不關張東升的事，那自己這樣懷疑他，以後還如何相處？

他只能心裡默默希望著，不是張東升幹的，這是意外，和他那位學生沒有任何關係。

## 52

接著的幾天，朱朝陽和普普照舊每天下午會在新華書店碰面，朱朝陽隻字不提普普喜歡他的事，普普心中一陣失落，不過她看得出最近朱朝陽總是心事重重，很少說話，有時見他看著奧數競賽題，半小時後他還是停留在那一頁。

直到一個星期後的一天，那天碰面時，朱朝陽彷彿換了一個人，因為他眉頭是完全舒展的。他們一個下午都在看書聊天，喚回了久違的快樂。

分別時，朱朝陽告訴她：「那個男人家裡的喪事應該辦完了，是時候去找他了。明天上午八點，你和我在書店門口碰頭，我們一起過去。到時不管我跟他提什麼要求，你都要站在我這邊，好嗎？」

普普奇怪地看著他，問他到底是什麼事，他說明天就知道了，不肯吐露更多。最後，普普還是點頭答應了。

第二天早上，兩人碰面後，一起來到盛世豪庭，社區依舊很空曠，裡面沒見到幾個人，地面車位零星停了幾輛車，那輛紅色的寶馬車正在一角孤零零地停放著，表明那個男人正在家裡。

朱朝陽已經是第三次來了，熟門熟路，按了門鈴，上了樓，見到那男人時，對方還穿著睡衣。張東升目光在朱朝陽臉上停留了幾秒，又看了眼普普，笑了笑：「坐吧，需要喝點什麼嗎？普普，你是可樂？朝陽，你是橙汁？」

朱朝陽點點頭：「謝謝叔叔。」

張東升給兩人倒了飲料，自己坐到他們對面，抽出一支菸：「我能抽菸嗎？」

朱朝陽表示無所謂：「這是你家，隨你便。」

「呵呵。」張東升點著菸，語氣盡顯輕鬆，「你們是來拿錢的吧，我財產繼承手續還沒辦好，恐怕一時間拿不出這麼多錢，不如——」

朱朝陽打斷他：「叔叔，我們不是來拿錢的。」

普普看了他一眼，心中琢磨不透，不是來拿錢還能幹什麼？

朱朝陽繼續道：「你上回告訴我用毒藥殺人，能說得具體一些嗎？」

張東升抿抿嘴，苦笑了一下，道：「上次你非得打破沙鍋問到底，我只能隨便想個理由騙你，其實，我老婆真的是車禍意外猝死的。」

朱朝陽像個成年人一樣端坐著搖搖頭，絲毫不信地說：「你不用騙我們了，我們知道你的底牌，你老婆絕對是你殺的。要不然你上次也不會這麼慌張地要我走，我想上回那位叔叔，可能知道點內幕？」

張東升眼角微微瞇了下，依舊一口咬定：「確實是猝死，不騙你。」

「叔叔，你太沒有誠信了，你那天明明告訴我會跟我說具體怎麼毒死的，今天又賴帳了。你這樣，我真擔心你跟我們買相機時，會不會耍詐。」

張東升皺著眉，眼神複雜地打量著朱朝陽，他覺得這小孩無論眼神，還是行為舉止，甚至連說話的方式都和前陣子完全不一樣了，甚至微微讓他感覺到了一絲寒意，沒錯，就是寒意，他和普普的冷冰冰不同，普普這小女孩雖然極度讓他討厭，不過他接觸了一陣子後，覺得她更多像是掩飾著自己兒童的一面，似乎是一種防禦動作。可今天的朱朝陽，卻出現了一種不顧一切的進攻欲。

他咳嗽一聲，道：「我老婆的事情和你們無關，你們放心，等我財產處理好後，一定會把錢給你們。我和你們說句真心話，你們也許看到我殺人，覺得我很壞，我很歹毒。其實我有不得已的苦衷。我是這個家庭的上門女婿，或許你們還不太懂這其中的滋味，那麼我跟你們簡單說說，如果我爸媽來到這個家看我，看媳婦，看親家時，他們都不讓我爸媽住在家裡，我爸媽一大把年紀，把我從小帶到大，看到兒子結婚後，他們連進家門都難，你說他們心裡怎麼想？」

他把目光投向了普普，普普抿抿嘴：「他們不讓你爸媽住家裡？」

張東升唏噓一聲：「我出身農村，他們是城裡人，嫌我爸媽髒。」

普普點點頭：「我也是農村的。」隨後她又搖搖頭，說：「可是這樣你也不能殺了他們。」

張東升冷笑一聲：「我老婆有外遇，她要跟我離婚，我是上門女婿，離婚了一分錢都拿不到。而且，她還把其他男人帶到家裡。你瞧我，沒小孩，對吧？我結婚四年，我老婆不願生小孩。她現在要跟其他男人生，你說，我這麼做，是不是逼不得已？」

瞬間，張東升的話觸動了普普的心弦，她咬咬牙，冷聲道：「你老婆確實該死！」

張東升原本只是裝委屈可憐，博他們的同情，降低他們的防備心理，把自己的遭遇渲染一遍後，沒想到普普會表現出和他同仇敵愾的態度，倒是讓他微微有些吃驚。

他稍一思索，接著道：「我沒有小孩，我是個老師，看著你們，就像看著自己的小孩，看著自己的學生。雖然你們沒跟我說過具體情況，但我看得出，你們的家庭肯定也出過一些狀況，我不希望看到你們三個未成年的孩子過早接觸這些，你們應該在學校好好讀書，那樣和現在是完全不一樣的一個未來。人最寶貴的，是未來有所期盼。我的人生已經是這樣了，無法改變，可是你們的可以。我願意以後一直幫助你們，直到你們大學畢業，能夠掌握住自己的未來。」

他打量著兩人。普普低下頭，目光變得黯淡下去。朱朝陽也是若有所思。他覺得這一步走得很對，畢竟只是小孩，還是很容易取得他們的信任的。正當他暗自得意，朱朝陽又重新抬起頭，回到了剛剛的表情：「叔叔，今天我們來不是聽你說教的，我必須知道，你是怎麼把你老婆毒死的。」

張東升皺著眉道：「這個和你真沒關係。」

「不，有關係，今天我必須知道。」

「你知道了有什麼用？你覺得我會用同樣的辦法對付你們？這不可能，你放心吧。我還不至於為了省三十萬元，繼續去殺人。」

「這不關我們之間交易的事，我只是一定要知道你的辦法。」

「你想幹什麼，你也想殺人？」張東升不屑地冷笑一聲。

誰知朱朝陽突然冒出一句：「沒錯，我也要殺人！」

瞬間，普普瞪大了眼睛，吃驚地看著朱朝陽。

張東升也是緊皺著眉頭，打量他，從表情上看得出，這小鬼根本不是在開玩笑。

「咳咳，」張東升咳嗽一聲，「你……你想殺誰？我知道你們這個年紀，打架被欺負什麼的，經常會有，也很容易一時衝動，我跟你說，這些事等你長大了回頭去看，其實都是小事……」

朱朝陽打斷他：「不關這些小事，總之你今天必須告訴我！」他語氣突然變得咄咄逼人了，「你一定要告訴我，否則我會做出任何事！」

張東升臉上的表情停滯住了，手指夾著菸停留在空中，過了好一會兒，他把目光投向了比起此刻的朱朝陽稍微不那麼討厭一點的普普：「他……發生什麼事了？」

普普看著朱朝陽，也小心地問：「你……你想做什麼？」

朱朝陽回頭看了她一眼，問：「你會支持我的，對嗎？」

「哦……」普普猶豫了一下，還是點點頭，「嗯。叔叔，請你告訴我們吧。」

張東升抿了抿嘴，掐滅香菸，站起身，踱了一會兒步，又坐回位子上，雙手交叉，關切地問：「告訴我，發生了什麼事，你想做什麼？」

朱朝陽深吸一口氣：「我要殺兩個成年人，我需要下毒，我需要知道你是怎麼做到的。」

普普驚訝地問：「你想殺誰？殺婊子嗎？怎麼是兩個？」

朱朝陽沒有理她，而是繼續很直接地看著張東升。

「這……」張東升咬了咬嘴唇，皺眉道，「這兩個是你什麼人？」

「這個不需要你管，總之，我不會拖累你，只要你幫助我，我絕不會拖累你。」

張東升搖了搖頭：「我說，你年紀小，太異想天開了，下毒，並不是你想的那麼簡單，會被員警查出來的。而且你要靠近對方，往對方食物裡下，否則他怎麼吃進毒藥？」

「可是你出差去了，你是怎麼毒死你老婆的？員警不也沒有發現嗎？」

張東升撇撇嘴：「很複雜，我也是運氣好，否則員警恐怕還要調查。」

朱朝陽道：「反正我們已經知道你殺了人，你告訴我具體怎麼幹的，也沒什麼大不了的。」他加重了語氣，「總之，今天你一定要告訴我。普普，你會幫我的。」

普普輕咬著牙齒，猶豫了一會兒，最後也看向張東升：「叔叔，你一定要告訴他，否則，你知道的。」

張東升表情只剩了冰冷，打量著對面兩個小孩，此刻，普普眼中似乎帶著懇求，而朱朝陽的眼中，完全只剩下了咄咄逼人。如果現在丁浩也在場，他恐怕直接要把三人控制住，再逼問相機藏哪去了，最後把三人都殺了，可是他們每次來，都商量好另一個留外面，他實在沒把握下手。幹了兩起神不知鬼不覺，甚至警方都沒調查過他的命案，如今卻被這三個小鬼把握住命運，他覺得真是一種莫大的諷刺。

他深吸一口氣，想著小鬼已經知道了他兩次殺人，對於怎麼殺徐靜的，也沒什麼好隱瞞的，只好道：「我老婆每天早上都會吃一種膠原蛋白的美容膠囊，我把毒藥藏在她的膠囊裡，然後去出差了，半個月後，她吃到了那顆毒膠囊就死了。那時我在外地，所以員警沒懷疑我。」

朱朝陽道：「是什麼毒藥？」

張東升皺皺眉：「氰化鉀，你大概不知道。」

朱朝陽搖搖頭，初中階段確實沒接觸到這類化合物，他接著問：「毒藥你是怎麼弄到的？」

張東升很不情願地回答：「自己合成的。」

「你不是數學老師嗎？」

「我數理化都不太差。」

「這毒藥吃下去多久能死？」

張東升嘆著氣，看著如此「好學」的一個學生，無奈地撇撇嘴：「幾分鐘。」

朱朝陽思索了一會兒，道：「不對，你在撒謊。」

「我沒有騙你，到現在我還有什麼好騙的呢？」

「你老婆在家吃了膠囊，照你說幾分鐘就死了，怎麼會死在路上的？」

「這個嘛……」張東升只能把殺徐靜的所有祕密說了出來，「其實我是把毒藥藏在一個更小的膠囊裡，把更小的膠囊再放進膠囊裡。膠囊的外面那層膜會在胃中分解，沒幾分鐘，但兩層膠囊就不同了，時間會比較久，所以她剛好出門後，在車上猝死了。」

朱朝陽滿意地點頭：「你在出差，你老婆卻是在車上猝死了，難怪員警不查你。不過如果你老婆不是早上吃的膠囊呢？那你怎麼辦？」

「她通常都是早上吃的，不過就算晚上吃了死在家裡，我在出差，也是嫌疑最小的，只要我第一時間趕回來，火化了她屍體，再也不會有人知道了。當然了，她早上出門前吃了膠囊，最後開車過程中猝死，是最好的結果，因為那是交警負責調查的，交警不夠專業，所以我說運氣也很重要。而如果你想用毒藥殺人，如果對方吃了東西很快死了，毫無疑問員警會認為是中毒的，能不懷疑靠近他們食物的你嗎？所以，你不要想了，用毒藥殺人，根本不是你想的那麼簡單。」

朱朝陽思索了片刻，皺起了眉頭，原來這男人殺老婆並不是那麼容易的。而他呢，連靠近這兩個人的機會都沒有，怎麼下毒呢？

過了片刻，他重新抬起頭：「這毒藥只有吃下去才能毒死人嗎？」

「呃……當然了。」

「如果是鼻子吸進去呢？」

「那要在密閉環境下，整個空氣裡都是毒藥，哪搞這麼多毒藥？」

「注射呢？」

「哦……」張東升皺眉看著他，無奈道，「理論上也可以，不過，你想幹麼？」

「注射是不是比吃下去死得更快？」

張東升盯著他問：「嗯……你怎麼知道？」

「我們學過人體循環系統。」

「你到底想幹麼？」

「你把毒藥給我，我自己想辦法。」

張東升頓時一驚，這點他無論如何都不可能答應，瞧這小鬼架勢，真的準備殺人了，如果把毒藥給他，這麼個小鬼殺人不被員警抓到才怪，員警抓了他，百分之百會套出自己。他連連搖頭道：「毒藥我沒有了，扔掉了，這種東西我怎麼會放著等員警來查？」

「沒有了你可以再合成，你說你懂合成毒藥。」

「原料我也沒有了。」

朱朝陽堅定地搖頭：「你騙人，你一定會有辦法的。總之，我不管，你要幫我這個忙。或者你幫我殺了那兩個人。」

「什麼，要我幫你殺人？」張東升差點叫了起來，「你到底想殺誰？」

朱朝陽咬著牙，過了片刻，吐出幾個字：「我爸和他的女人！」

瞬間，身旁一直忐忑不安的普普終於臉色大變：「什麼，還有個要殺的是你爸爸！」

張東升舌頭伸在外面，也呆住了。

# 53

過了半晌，張東升才從驚訝中反應過來，眼神複雜地看著他：「你爸外面有女人，我能理解，你心裡肯定很恨。不過，這是大人的事，你不該去管的。你長大了就會明白這個道理，現在的一時衝動會毀了你一生。這個想法，你永遠爛在肚子裡，不能讓其他任何人知道。」

普普也連忙勸說：「你爸雖然對你不好，但他無論怎麼說都是你爸爸，你就原諒他了吧。」

朱朝陽氣惱地看一眼普普：「你答應過今天無論如何，都會站在我這邊的。」

「是，可是……」普普皺著眉，第一次露出怯懦的表情，「朝陽哥哥，如果你那麼做，你以後一定會後悔的。」

朱朝陽激動地吼道：「我不會後悔的，我絕不會後悔！」

張東升望著他，心裡想著這小鬼怕是瘋了吧。

普普繼續勸著：「你媽媽肯定也不想看到你這樣，她不會同意的。」

「我永遠不會告訴她。」

「可是如果你被抓了呢？」

朱朝陽看向了張東升：「叔叔這麼厲害，你幫我去殺人，一定不會留下證據的。」

張東升冷冷地搖搖頭：「我不會幫你做這種事的，無論你怎麼說，哪怕你現在就拿相機去派出所，我也不會幫你殺你爸爸。我跟你說，我並不是自己怕事，我是為你著想，弒父這種事一旦做出來，必將後悔終生。不管你自己親自動手，還是找別人幫你殺了你爸，這都不是幫你，是害你，害你一輩子。我必須鄭重告訴你，你今天的話，我和普普都不會告訴第三個人，你自己必須全部忘掉，否則，那是心靈上極大的負擔，一輩子的心理障礙，你懂嗎？」

朱朝陽看著一臉嚴肅的張東升，又看了看堅決反對的普普，冷哼了一聲，站起來，直接開門就走。

「喂，你等等。」張東升叫他，他絲毫不理會，衝下樓去。

普普正要追，張東升連忙拉住她，道：「你一定要穩住他，絕不能讓他做傻事。」

「我知道。」

她正要跑出去追趕，張東升依舊拉著她，猶豫了一下，道：「他會不會把相機……」

普普反應過來，道：「不會的，最後我們還要和你換錢，他心情不好，我去勸勸他，我一定會勸好他的，你放心。」

「好，你快去吧。」

張東升放開了普普，心中一陣忐忑，就怕朱朝陽一時衝動，直接把相機交派出所了，但細想應該也不會，直接交派出所害死他，對朱朝陽自己也沒好處，而且他們也拿不到錢了。不過這個年紀的小孩會不會衝動之下不管利害得失呢，也不好說。

他走到窗戶邊，看著普普追到了朱朝陽，兩人站著說了很久，直到朱朝陽臉上重新露出了笑容，他才安下心來。

看來，這三個小鬼真的得早點解決了，萬一這幾個衝動的白痴在此之前犯了什麼事，落入員警手裡，那麼他也得跟著完蛋。

不過這三人實在太有心眼了，永遠不會一起來，而且相機不知被他們藏哪兒了，套不出話，真是相當麻煩。比他殺徐靜一家要遠遠麻煩得多。

Part 54-56

# 好朋友

## 54

朱朝陽衝下樓後，一口氣跑出了幾十米，扶著一棵樹大口喘著氣。

頭頂盛夏的驕陽帶來一陣陣的熱浪，他感覺快要窒息了，身體彷彿要炸開。他狠狠地一拳打在樹上，頭緩緩地靠在了樹幹上。

「對不起。」一個輕輕的聲音傳進他耳朵。

朱朝陽回過頭，看到普普正低頭抿著嘴向他道歉。他深吸了口氣，狠狠地吐出幾個字：「你為什麼不幫我？」

普普看了他一眼，又把頭低下：「我覺得你不應該那樣想。」

「你答應過我，今天你一定會站在我這邊說話！」

「那是因為我根本沒想到你會說要殺了你爸爸。如果你要報復婊子，我同意，可是，他畢竟是你爸爸。」

朱朝陽冷聲道：「他已經不是我爸了。」

普普抬起頭，直直地看著他眼睛：「不管你怎麼想，他永遠都是你爸爸。如果你真殺了他，你會後悔一輩子，這輩子都不會原諒自己的！」

「不可能，他死了，我會很開心，我這輩子都會很開心。」

普普咬了咬牙，突然大聲道：「那是因為你根本沒真正失去過爸爸！」

朱朝陽一愣，看著普普的模樣，她眼眶很紅，不過沒有眼淚，突然間他有種想去圈住她肩膀的衝動。

普普吸了口氣，語調又轉為了平淡：「你覺得耗子怎麼樣？」

「什麼怎麼樣？」

「他平時是不是每天嘻嘻哈哈的樣子？」

「對啊。」

「那你知不知道他經常晚上做噩夢，大叫著醒過來，然後又縮在被子裡一聲不響，雖然他從沒說過，但我早就知道了，他那是在哭。」

朱朝陽臉色變了一下。

普普極為認真地看著他，過半晌，嘆了口氣，用一種複雜的語氣說：「你比我們好多了，你為什麼還想著要變成第三個我們呢？」

「我……」朱朝陽突然間感覺喉嚨腫大得發不出聲。

「那一回小婊子的事，根本不是出自你最開始的本意，是意外。可是現在，如果你真打算這麼做，那就不一樣了。如果你被抓住，你媽媽就剩一個人了。」

朱朝陽嚥了下唾沫，還想堅持：「可是婊子那樣對我和我媽，我爸卻還那樣維護她。」

「你爸是個自私的人，可他還是你爸。」

「哼。」

普普撇撇嘴：「其實你和你媽的遭遇，就當是和小婊子的事扯平了。你沒有被員警抓走，只不過受了大婊子的報復。大婊子也被員警抓過了，她以後不會再來找麻煩了。不管你爸以後怎麼樣，即便他再也不來關心你了，你和你媽媽照樣能夠生活下去啊，為什麼非要報復呢？你成績這麼好，以後肯定能上很好的大學，找到很好的工作，賺好多好多錢，比你爸賺得更多，到他老了，看到你的厲害，他會後悔以前沒好好對你。這樣不是最好的結果嗎？」

朱朝陽低下頭，默默地思索了片刻，長長嘆了口氣，朝普普勉強笑了下：「謝謝你。」

普普抿著嘴微笑：「你想明白了？」

「我再想想吧。」他苦笑一下，道，「你一直站在太陽底下熱不熱？為什麼不過來？」

普普做了個鬼臉：「誰讓你剛才表情像是要吃人的樣子。」

「可是你誰都不怕的呀，你就怕我嗎？」

普普臉紅了下，什麼話也沒說。

「好啦，我們回去吧。」

# 55

「什麼，朝陽找張叔叔，要殺了他爸和大婊子？」丁浩這一次總算知道這是正經事，關掉了遊戲，轉過身認真地聽著普普講早上的事。

「對，」普普點點頭，「大概是婊子三番兩次弄他，他實在氣死了。」

「可是，無論怎麼說，他也不能有殺了他爸的想法啊。」

「是的，我也這麼覺得。」

「你勸過他沒有？」

「勸了，暫時勸住了，不過我看他可能還沒徹底回過神來。」

「嗯……」丁浩皺眉想了想，道，「我們下午一起去找他談談。」

普普鄙夷地瞧著他：「你今天總算能不玩遊戲了嗎？」

丁浩辯解道：「我就偶爾玩一下嘛，兄弟出事了，我這不就打算趕去了嗎？」

普普冷冷地說：「我覺得你應該對那個男人提高一些警覺，現在交易還沒完成，你不要一口一個張叔叔叫得這麼親密，好像他真的是你叔叔一樣。」

丁浩撇撇嘴：「我覺得他沒有我們想的那麼壞，他送了我電腦，給你買了書，他畢竟是老師，還是滿關心我們的。」

普普白了他一眼：「他這是收買人心。」

「應該沒必要吧，他也沒有說讓我們把相機便宜點賣給他啊？」

「總之你小心點，朝陽說這個男人其實很陰險。」

丁浩搖搖頭：「不至於。」

普普鄭重道：「反正你注意著，我們和朝陽的所有事，絕不能透露給他知道，否則他就知道我們不敢把相機交給員警，到時主控權全在他手上了。」

丁浩揮揮手：「放心吧，這點分寸我有，畢竟我是你大哥，閱歷上你和我是不可同日而語的啦，哈哈。」

普普無奈地撇撇嘴。

兩人收拾了一會兒，正準備出門吃飯，外面傳來了敲門聲。

普普趴到貓眼上看了看，發現是那個男人，她思索了一下，打開門，讓他進來。

張東升一手拎著一個全家桶，一手拎著幾瓶可樂，把東西往桌上一放，道：「你們還沒吃飯吧，我給你們買了點吃的，順便帶了幾瓶冰可樂，解解暑。」

丁浩立刻兩眼放光：「哇，哈哈，謝謝叔叔。」

張東升朝他笑了笑，又把目光投向了普普，普普似乎對他帶的東西完全無動於衷，自顧自的在桌旁站著，就像前幾次他來時一模一樣。

丁浩這小鬼還是滿好哄的，知道他喜歡玩遊戲，給他帶了電腦後，他就一直喊他叔叔。只不過這小鬼好像也挺聰明，每次吃他的喝他的玩他的，可當他試探三個小鬼背景情況時，他就開始裝傻充愣了。

普普呢，似乎水火不進，每次買東西過來時，她頂多說句謝謝，此外幾乎都不說話，警覺性很高。

原本一開始他把房子給兩人住，一方面是擔心他們如果自己在外找房住，萬一出了什麼事，譬如房東看兩個小孩租房，報告給員警，就難處理了；另一方面他當時想在房子裡裝監控錄音設備，來了解這三個小鬼的底細。不過正因為看到普普警覺性這麼高，甚至有一次趁他們外出，偷偷進來找相機，發現櫃子上塞了條毛線，看得出這幾個小鬼心眼很多，於是只能作罷。

「普普，你也來吃，別客氣。」張東升看著丁浩狼吞虎嚥的樣子，笑了笑，招呼普普。

丁浩也道：「對，普普，你也吃點，麵包還是容易消化的。」
普普面無表情地看著張東升：「叔叔，你來是因為朝陽的事嗎？」
張東升愣了一下，被普普第一句就戳穿了想法，只好承認：「嗯……朝陽家是不是出了什麼事？」
「沒什麼。」
「可是他都想著把他爸殺了。」
「他只是一時衝動，已經好了。」
張東升無奈地笑了笑：「嗯，那就好，你們再好好給他做做思想教育吧，如果他還是有困惑，讓他來找我，我畢竟是老師，懂得開導人。」
「我知道了。」
見普普一副和從前一樣守口如瓶的樣子，張東升心中氣惱，不過臉上還是掛著笑容，又給了他們幾百元生活費，就離開了。

# 56

下午，普普和丁浩一起去了新華書店見朱朝陽。

一見面，丁浩就親熱地圈住他脖子，帶到一個角落，拍拍他肩膀，道：「好兄弟，普普把事情都跟我說了，我說你也太衝動了吧，怎麼會冒出來這麼可怕的想法呢。再怎麼樣，你還有個家，你還有媽媽，絕對不能再這樣想了啊。」

普普也道：「對，你爸媽雖然離婚了，但他們都還在的，你沒有體會過他們都死了的那種感覺。」

丁浩接口道：「我覺得普普說的挺對，大婊子找人潑了你大便，算是和你推小婊子的事扯平了，你就忍她一回又如何？如果再敢來，你再報警，那樣員警肯定要關她一陣子了。至於你爸，他要維護大婊子就隨他去吧，你不還有媽媽嗎？按我說，你爸護著大婊子是一時的，他早晚會向著你這邊。你看啊，你畢竟是他兒子對不對，他就只有你一個兒子了。以前他不關心你，那是因為他怕大婊子，而且他還有個小婊子，他偏心，只疼小婊子。現在呢，就剩你一個了，他早晚會回心轉意來關心你的。我估計等過了這一陣，他肯定會再偷偷聯繫你，再給你錢，一定比以前多。」

朱朝陽哼了聲：「他最近再也沒打過電話給我。」

普普道：「那是因為他不好意思打給你，連續出了這麼多事，他打電話給你，該跟你說什麼呢？你就等著，過一段時間看看，過陣子，他肯定會趁大婊子不知道，偷偷聯繫你，給你錢的。」

丁浩道：「對了，你絕對不能讓其他人知道你有那種想法，萬一傳到你爸耳朵裡，那他才會真的再不聯繫你呢。」

朱朝陽深深吸了口氣。

普普認真地看著他，抿嘴道：「你怪我沒站在你這邊，其實，我一直站在你這邊。」

朱朝陽抬起頭，和她目光對視了幾秒，又看了眼丁浩，心中一陣暖意。他在學校沒有什麼朋友，幸好，現在有這兩個朋友了。

朱朝陽嘆口氣，默默地點點頭，低聲說了句：「謝謝你們。」

丁浩哈哈一笑：「有什麼好謝的，咱們是好兄弟，對吧。」

「嗯，好兄弟。」他用力地點點頭。

三人一起笑了起來。

# Part 57-60

# 説服

## 57

三人在書店待到了四點才出來，在外面吃了東西後就分別回家了。

前陣子大婊子接連鬧事，周春紅也請了好幾天假在家看著兒子，這幾天都回去補班了。

朱朝陽回到家中，孤零零一人，突然間又感到一陣失落。他真希望能夠每時每刻和兩個好朋友在一起。

孤獨的時候只有奧數競賽題可以陪伴，拿起習題本，看到封面有著他常寫的一行字：「吃得苦中苦，方為人上人」，他笑了笑，翻開書本，認真地投入到數學的世界中。

看了沒一會兒，電話響了，接起電話，傳來了一個熟悉又陌生的聲音：「朝陽，你媽在家嗎？」

朱朝陽聽到爸爸的聲音，愣了下，隨後平淡地回應：「不在，在工作。」

「嗯，那你現在下來吧，爸爸在樓下等你，跟你說點話。」

「哦。」他應了聲，他不知道他爸來找他談什麼，收斂了一番情緒後，下樓去。

樓下不遠處，朱永平正一臉嚴肅地站著，他的賓士車遠遠地停在馬路對面。

看到兒子，朱永平招招手。

朱朝陽來到他面前三米的地方停下了腳步，沒有再上前了。

朱永平看著兒子面無表情的模樣，皺了皺眉，走上前去，想伸手去圈兒子的肩膀，但手伸到一半，又停住了。似乎父子之間多了一層無形的陌生和尷尬。

朱永平咳嗽一聲：「嗯，你這幾天還好吧？」

朱朝陽點點頭：「還好。」

朱永平嘆口氣，停頓了片刻，道：「你阿姨前陣子的事，嚇到你了吧？」

朱朝陽默不作聲。

「其實主要是你妹妹的事，你阿姨一直腦子轉不回來，以後不會了，你不要恨她啊。」

朱朝陽還是默不作聲。

朱永平低下聲音，道：「以前爸爸對你關心不夠，爸爸向你道歉，你不要怪爸爸。爸爸不是不關心你，身處兩個家庭，有時候也是比較難做，等你以後長大了，你就能理解。上次你阿姨這麼瘋，你奶奶也跟她吵過了，嗯……以後有什麼事，你跟奶奶說，奶奶會打電話給我的。我聽方建平說，你們是不是再過個幾天要補課了？」

朱朝陽抿抿嘴，回答道：「下學期初三，學校擔心一個暑假過去都忘光了，所以八月十二號開始補課兩星期。」

「嗯，初三了，要抓緊。」他朝馬路對面的賓士車看了眼，又回過身，圈住兒子的肩膀，伸手從口袋裡拿出一疊錢，塞到他手裡，「這裡是五千元，給你的下學期註冊費，以後你和你媽如果缺錢了，就跟你奶奶說，爸爸會把錢給奶奶的。」

朱朝陽點點頭，朱永平的一番話，讓他心中泛起層層漣漪。

大概真的像耗子和普普說的，他爸過段時間會關心他的。

瞬間，他開始後悔怎麼會有弒父這麼可怕的想法。頃刻間，他所有的報復念頭都消散了。

朱永平又道：「你爺爺看樣子就是這幾個月了，算命的算過他過不了今年，你趁著暑假有空，再去看看。」

朱朝陽順從地點點頭：「我這幾天就過去。」

這時，朱永平手機響了，他的手從兒子的肩膀上抽出來，背過身走出幾步，接起手機，聽了幾句，掛斷了，隨後擺弄了一番手機，走回來笑了笑：「廣告電話真多。」

隨後，他又開始皺著眉，打量了幾眼兒子，道：「兒子，爸爸有件事想問你，如果問錯了，你不要怪爸爸。」

朱朝陽點點頭：「嗯。」

「嗯……」朱永平猶豫了片刻，頗為艱難地把話說出來，「那一天在少年宮，你是不是在跟著你妹妹？」

朱朝陽眼睛突然睜大，望著朱永平，尖聲道：「沒有！爸，你也不相信我嗎？」

朱永平連忙道：「不不，你說沒有就是沒有。我本來以為，如果你跟著你妹妹，或許能提供給員警一些線索，早點抓到害你妹妹的兇手。」

朱朝陽搖搖頭：「我真的不知道。」

「嗯……」他再次遲疑了片刻，支支吾吾道，「那天……你阿姨來這裡找你們的那天，你阿姨說……她說你一見到她就逃，她說你很心虛，咳咳，嗯……那是為什麼？」

朱朝陽極其堅決地看著爸爸：「我沒有逃，我沒有心虛。我經常去少年宮看書，我同學可以作證，員警叔叔也調查過，他們也是知道的，員警也說我是冤枉的！」

朱永平連聲道：「嗯嗯，爸爸就是隨便問問，你別往心裡去。你妹妹畢竟也是爸爸的女兒，爸爸也很想抓到兇手，你不要多想，知道嗎？」

朱朝陽面無表情地點點頭。

朱永平目光在兒子身上停留了片刻，拍拍他肩膀，道：「好吧，你上去吧，爸爸也走了。」

說完，朱永平轉身離去，朱朝陽站在原地，痴痴地望著他。

可是，朱永平剛轉身走出沒幾步，對面他的賓士車後座的門就開了，王瑤急匆匆跑了出來，攔住朱永平就問：「小畜生招了沒有？」

朱永平立刻壓低聲音道：「回去再說！」

「到底招了沒有？」

「回去再說！」

王瑤一把從朱永平手裡奪過手機，朱永平想去搶奪，王瑤背對著他護住手機，點了幾下，手機裡傳出了聲音：「『兒子，爸爸有件事想問你，如果問錯了，你不要怪爸爸。』『嗯。』『嗯……那一天在少年宮——』」

這時，朱永平用力一把把王瑤拽過身來，搶過手機，看都不看就狠狠地朝遠處扔出去。

「啪」，手機在地上跳躍了幾下，撞到路緣上。

王瑤大怒喝道：「你瘋了！」她衝過去要撿手機，朱永平硬生生把她拉住，大怒道：「不關朝陽的事，這件事你不要再折騰了！」

朱朝陽站在原地，痴痴地看著面前這一幕。

王瑤尖叫起來：「這小畜生是不是還沒招？他是不是不承認？你剛才以為我沒看見，你還偷偷塞給他錢了是不是？」她回過頭，狠狠地盯著朱朝陽，「你說話啊，你承認啊，你不是很喜歡錢嗎？只要你承認了，你要錢，我多少都給你啊，小畜生。」

她肩膀整個被朱永平箍著，奮力掙扎著，手從包裡抓出一把鈔票，狠狠地往朱朝陽臉上砸過去：「給你，錢給你，你承認啊，你承認啊！要麼是你殺的，要麼是你指使人幹的，對不對，對不對！我一定找人天天跟蹤你，查出你的罪證，查出你的同夥。就算你不承認，我也會找人弄死你，弄死你！」

她歇斯底里地大叫，引得周圍所有路人都過來圍觀。

一疊鈔票「啪」一聲打在了朱朝陽臉上，他感覺臉很痛，可是他沒有動，就這麼靜靜地立在原地看著。

此時，朱永平一把將王瑤拽過來，朝她甩了一個耳光，怒喝道：「你還要折騰多久！我已經受夠了！不就女兒死了嗎？又不是天塌下來，你年輕得很，大不了再生一個，走！回去！你給我滾回去！」

他把王瑤整個抱住往外拖，王瑤嗚嗚地哭著，嘴裡依舊叫罵著：「小畜生，你別得意，我早晚收拾你！」

朱朝陽站在原地，默默看著朱永平拉走王瑤的身影，直到上車了，車開走了，朱永平始終沒再看他一眼。

周圍人很快起了一陣騷動，有人已經開始撿飄飛出去的錢了。

朱朝陽突然大聲怒吼：「別撿，是我的錢！」他瘋狂地撿起地上的錢，然後瘋狂地往家裡跑。剛剛出來時，天還是亮的，此時，已然黑了。

朱朝陽走到樓下時，停了一下，抬頭看了眼天空，這恐怕是最糟糕的一個暑假了。

整個天幕都灰濛濛的。

# 58

「普普，我看完了。」朱朝陽翻到了書的最後一頁，闔上，那書的扉頁上寫著「鬼磨坊」。

「怎麼樣，你覺得好看嗎？」普普期待地問。

朱朝陽微笑著點頭：「嗯，你推薦的這個故事很有意思，我第一次看故事書，一下子就入迷了。」

普普目光空虛地望著遠處：「如果世界上真有鬼磨坊這樣的地方，就好了。」

「可是鬼磨坊裡的人，每年都會被他們的師父殺掉一個。」

普普平淡地笑著：「他們在外面時，也可能會死掉。至少在磨坊裡，在每年的那一天來臨前，生活都是可以很輕鬆，很自由自在的。」她又苦笑一下，抿抿嘴，「可是這是德國的童話故事。」似乎如果是中國的童話故事，那麼世上就真的會有這樣一座讓她嚮往的「鬼磨坊」了。

朱朝陽嘆口氣：「是啊，生活總是不能自由自在的，總是有很多麻煩的事。」

兩人嘆息一聲，紛紛搖頭，又同一時刻看向了對方，同時笑了出來。但朱朝陽笑了一下後，眉頭緊跟著就鎖了起來。

「怎麼了？」普普關切地問。

朱朝陽低下頭，沉默了片刻，低聲說了句：「這次恐怕真是大麻煩了。」

「又出了什麼問題嗎？」

「我爸也懷疑小婊子是我殺的。」

「什麼？」

「昨天我爸來我家樓下找我，我下去後，他先是虛情假意地跟我說了對不起，還裝模作樣地給我錢。後來他接到個電話，他聽了幾句，什麼話也沒說，就掛斷了，然後跟我說是廣告電話。再接著，他突然問起小婊子的事，問我那天去少年宮，到底是不是在跟蹤小婊子。」

「你怎麼說的？」

「我說沒有。」

「他相信了嗎？」

「我想他沒有信，因為他又接著問我，大婊子那天來我家找我時，為什麼我一看到她轉頭就逃，問我是不是心虛。」

普普緊張地問：「你怎麼回答的？」

「我說沒有，不關我的事，員警也調查過了不關我的事。」

「你爸這下總該信了吧？」

朱朝陽搖搖頭：「我想他還是懷疑的。那個時候他跟我又說了幾句，掉頭走了，這時對面馬路上，大婊子衝了出來，問他我招了沒有，還搶走了他的手機。」

普普不解地問：「大婊子為什麼要搶走你爸的手機？」

朱朝陽面色黯淡地低下頭：「當時我也奇怪，可馬上就知道了，大婊子點開了手機，裡面出現了我爸和我談話的錄音。」

普普眉頭一皺，幾秒鐘後，緩緩睜大了眼睛，恍然大悟：「你爸想套你話，還錄音了？」

「是的，那個時候的那個電話，一定是婊子打的，提醒他要錄音，只要我心虛了，只要我說出來了，他們就有了證據，就會叫員警把我抓走了。」

普普咬著牙：「你爸竟然想讓員警把你抓走？」

朱朝陽嘆口氣：「這還不是最糟糕的，他們臨走時，婊子說要麼人是我殺的，要麼就是我指使別人幹的，跟我脫不了干係，她一定會天天跟蹤我，調查清楚，一定會抓到我的罪證，找出我的同夥，一定要弄死我。」

普普冷聲道：「死婊子實在太可惡了！」

「一開始員警拿了我的指紋和血液，後來就沒再找過我了，他們肯定是排除了我的嫌疑，員警找到的證據，我猜是耗子的。」

普普點點頭。

「員警不知道我有你們這兩個朋友，可是一旦被婊子知道了，她有錢，她會派人查的，她還會派人跟蹤我，如果她知道了還有你們，那麼我們三個都徹底完蛋了。」

普普愣了一下，隨後臉上漸漸失去了所有色彩，似是抹上了一層昏暗，她低下頭，輕聲輕語：「你的意思是……讓我和耗子離開這裡，不再和你聯繫？嗯……那樣……那樣其他人永遠都不會知道了。」

「不是的，」朱朝陽很堅決地搖搖頭，「你們倆是我最最要好的朋友，我只有你們兩個朋友，無論發生什麼，我們都是最好的朋友，我不能失去你們，不能讓你們離開，如果你們離開了，我又只有一個人了，沒有半個朋友，我找誰說話去？那樣的日子我再也不要過了。所以，無論如何，你們都要留在這裡，好嗎？」

普普看著他不容拒絕的表情，過了很久，才緩慢點點頭，又皺眉道：「我也希望能夠一直這樣，和你一起看看書，可是，如果那樣一來，某一天被婊子發現了我和耗子，那麼你……」

「所以，現在必須做點什麼改變這一切了。」

「嗯……能做什麼？」

朱朝陽笑了一下，輕描淡寫地吐出幾個字：「讓我爸和婊子都消失吧。」

「什麼！」普普看著朱朝陽此刻的表情，感到一陣不寒而慄，她覺得面前的朱朝陽彷彿很陌生，彷彿從沒見過。上一回朱朝陽說到殺了他爸時，不是這個表情的，更多是一股憤怒的衝動，可是今天

——似乎不一樣了。

「你覺得怎麼樣？」朱朝陽聲音很平靜，但讓普普有一種害怕的錯覺。

普普使勁地搖搖頭：「不行，朝陽哥哥，無論你爸做了什麼，你可以恨他、怪他，甚至下定決心以後長大了報復他，可是，你不能想著殺了他，絕對不可以！」

朱朝陽看著她，揚嘴淡淡地微笑：「我知道你是為我好，怕我以後回想起來，心理承受不了。不過，你不理解我。」

普普倔強地說：「我理解。」

朱朝陽吸了口氣，苦笑一下，突然換了個話題：「對了，認識你這麼久，我居然不知道你真名叫什麼。」

普普見他突然問了個不相干的問題，有些不解地看他一眼，還是回答了：「我叫夏月普。」

「嗯，怎麼寫的？」

「夏天的夏，月亮的月，普通的普。」

「夏月普，」朱朝陽點點頭，笑道，「很好聽的名字啊，誰給你取的？」

普普略略得意地笑著：「我爸爸想出來的，他說我出生的那天，剛好是夏天，晚上十點多，那天月光普照，我爸又姓夏，所以我就叫夏月普。」

「嗯，那我以後叫你月普，再也不叫你普普了。」

「哦，為什麼？」

「『普普』不是你的名字，是侮辱性的綽號，你已經不在孤兒院了，應該永遠和這個綽號告別。我會告訴耗子，我們以後再也不能叫你普普，必須叫你月普。」

頓時，普普臉上的表情發生了微妙的變化，她眼眶中多了一些濕潤，她使勁眨了眨，笑了出來：

「是耗子告訴你我綽號的事？」

朱朝陽點頭承認，又說：「以後我一定帶你去最好的醫院，找最好的醫生，治好這個病。現在開始，你吃飯不要再躲躲藏藏了，吃完你也不要一個人走了，我一點兒也不覺得那有什麼，你自己也不要再介意了，好不好？」

普普停頓住了，過了幾秒，緊緊抿著嘴笑了起來，她把頭側向了另一面，抬起頭使勁眨眨眼，又用手抹了幾下，重新轉回身，看著他：「好，我叫夏月普，不叫普普了。」

「月普，你爸的祭日是這個月嗎？」

「對。」

「是這個月什麼時候？」

「月底的時候。」

朱朝陽想了想，道：「我十二日開始要補課了，要上半個月的課，到時可能出來的時間不多。相機裡有那個男人的影片，所以照片不能去影印店印出來。嗯……不如我現在帶你去照相館拍照片吧，多拍幾張，你一定要笑，你爸肯定想看到你高興的樣子。」

普普抿嘴笑道：「好。」

# 59

傍晚，周春紅從景區回來，帶著一臉怒氣回到家，見到兒子，她強忍住怒火，關切地問：「朝陽，昨天朱永平是不是來找過你了？」

朱朝陽面無表情地點點頭：「找過我了。」

「他來找你做什麼？婊子也跟來了？」

「你聽鄰居說的吧？」

周春紅咬著牙點頭。

朱朝陽便把昨天朱永平和王瑤的事一五一十、毫無隱瞞地說了一遍。

聽完，周春紅更是大怒：「朱永平這個畜生，連兒子都會懷疑！還想出錄音這種招數！員警都說了不關你的事，他居然……居然跑過來錄音！」她雙眼通紅，大口喘著氣。

朱朝陽連忙給她倒了杯水，扶她坐下，拍著她肩膀，一臉平靜地勸慰道：「媽，你也別氣了，沒什麼大不了的。」

周春紅抬起頭，她從兒子的眼睛裡，讀到了一種從未見過的成熟，但還帶著一絲古怪的陌生感，讓她隱約有點不舒服。

但這個表情在他臉上只出現了那麼一瞬間，隨後朱朝陽道：「媽，我會好好讀書，不會讓你失望，你不要為我擔心，也不要替我生氣了。」

周春紅咽喉一陣抖動，不過她沒有哭出來，深吸了口氣，欣慰地看著兒子：「你自己別多想就好。」

「我不會多想的，媽，你放心吧。」朱朝陽衝她笑了一下，跑回房間拿出一疊錢，道，「爸昨天給了我五千元，婊子的有三千六百元，你收好。本來應該有四千多元的，那時她扔在地上，有好幾百元被旁邊的路人撿走了。」

周春紅接過錢，用力捏皺，痛惜地看著兒子：「朱永平的錢，你拿是天經地義的。可是婊子扔到地上的錢，你不該撿！」

「我不撿走的話，肯定會被其他人撿走的。」

「這些錢就算讓火燒了，你也不能撿！」

「為什麼？」

周春紅看著兒子，畢竟兒子才念初中，人情世故還不懂，也不能怪他，她嘆口氣：「這是婊子扔地上的錢，是侮辱你的錢，你撿了，就是你低她一等了。」

朱朝陽無所謂地笑了笑：「媽，這就是你不聰明了。錢上又沒寫婊子的名字，落在你面前，你不撿，這是跟自己過不去。」他突然冷笑一下，「別說這些錢，就算他們整個廠子給我也是應該的，給我多少錢，我都會心安理得地拿來，這是應該的！」

周春紅嘆息一聲，道：「我聽人說朱永平還要和婊子再生個小孩，哎，要是生出個男孩，恐怕以後朱永平的資產就更沒你的份了。」

朱朝陽不屑道：「我馬上初三了，四年後讀大學，再過幾年就能工作賺錢，我也不擔心。以後我也不會主動跟他聯繫了，也不會去爺爺奶奶家了。」

周春紅眼神複雜地看著負氣的兒子，語調柔下來，勸道：「朱永平雖然對你不好，可是你爺爺奶奶對你還是好的，你快開始補課了，聽說你爺爺上星期又去醫院搶救了一回，怕是時間不多，你這幾天最好還是去看一趟。你去過了，別人只會罵朱永平配不上做爹，不會說你不懂事。」

朱朝陽想了想，點點頭，順從地同意了。

# 60

第二天下午，普普在書店見到朱朝陽後，馬上湊過去低聲道：「耗子來了，他說要和你再談談。」

朱朝陽四周看了圈，問：「他人呢？」

「你昨天說婊子和你爸都開始懷疑了，絕對不能讓他們知道耗子的存在，所以我讓耗子在最後面的那個書架等我們。」

「耗子知不知道他在小婊子身上留下了證據？」

普普搖搖頭：「我昨天告訴他了。」

「他害怕嗎？」

「他應該有點怕的。」

朱朝陽點點頭：「原本我們商量著不告訴他，怕他心裡徒增害怕。不過事到如今，是應該讓他知道情況的嚴重性，才能讓他提高警惕。走吧，我們去找他。」

兩人像做賊一樣小心地打量四周，然後裝作若無其事的樣子走到了最裡面一排書架。

丁浩正在看漫畫書，見兩人來，立刻放下書，擺出一副嚴肅的表情，走上前悄聲道：「朝陽，有件事我必須和你談談。」

「你說。」朱朝陽淡定地看著他。

「昨天普普告訴我，你還是想著那件事。」

朱朝陽輕鬆地搖搖頭：「不是想著，上一回是想著，這一次是下定決心去做。」

「你考慮過這樣做的後果嗎？」

「沒有什麼後果，未滿十四歲是不用承擔刑事責任的。」

「不，我不是說這個，」丁浩想了想，努力組織勸說的語言，「你……你要殺了你爸，這樣做的結果是，你心裡永遠都會背著這件事了。」

朱朝陽平靜地搖頭：「我不會。」

「你肯定會！」丁浩把目光投向普普，「普普，你說是吧？」

朱朝陽突然打斷他：「耗子，以後不要叫她普普了。」

丁浩不解地問：「那叫她什麼？」

「叫她夏月普。」

「夏月普是她名字呀，這和普普有什麼差別嗎？都叫了她好幾年了。」

「有差別！『普普』是在孤兒院別人起的侮辱性綽號，你們已經離開孤兒院了，再也不會回去了，所以，要忘記這個名字，徹底和孤兒院說再見。」

普普的臉色動了動，也對丁浩說：「耗子，我以後就叫夏月普了。」

丁浩無奈地撇撇嘴：「好吧，可我以後還是可能會叫錯的，我都叫習慣了。」

朱朝陽道：「我會提醒你的。」

丁浩瞧著他們倆，突然嘿嘿笑出了聲：「你們倆現在關係不一般呀。」

普普臉上泛出一抹紅暈，抿抿嘴，瞪著他：「白痴，別岔開話題，你不是來找朝陽談事的嗎？」

丁浩一臉無辜道：「可剛剛明明是朝陽岔開話題，說到你名字去了，你怎麼反過來怪起我了？」

「我……」普普撇撇嘴，「反正你是最笨的一個。」

「好吧好吧，」丁浩酸酸地道，「我最笨，行了吧，朝陽永遠最聰明，這下你滿意了吧？」

朱朝陽連忙勸著：「好啦，耗子，你一點都不笨，而且你心地特別好，今天你過來，就是想勸我放棄這個想法，對嗎？」

「對，你真的不能一錯再錯，沒有人會殺自己爸爸的，這和你不小心推下朱晶晶完全不同。」

朱朝陽嘆了口氣，道：「其實我也不光是為了我自己。月普，你知道《鬼磨坊》的最後，克拉巴德為什麼要殺了他的師父嗎？他的師父對他還是不錯的，讓他當繼承人，願意把一切都留給他。」

「嗯……如果他不殺了他師父，他師父雖然不會殺他，但會殺了其他幾個徒弟和他心愛的女人。」

朱朝陽道：「他為了他的兄弟和心愛的女人，他必須這麼做，他必須殺了師父，他沒有其他的選擇。」

丁浩看著兩人說著他完全聽不懂的東西，不解地問：「朝陽，別岔開話題行嗎？我是認真地和你在說。」

朱朝陽嘆口氣：「我知道，但現在的情況是，婊子和我爸都對我產生了懷疑，他們說這件事和我脫不了干係，不是我幹的就是我找別人幹的。如果婊子找人調查我，一直查下去，遲早有一天會知道我有你們這兩個朋友。到時不光我會被抓走，還會拖累你們兩個。她叫夏月普，再也不是孤兒院的普普了。你也不想再見到死胖子院長，對吧？如果這些事都暴露了，你們再回到孤兒院，那結果會怎麼樣，想想都好可怕。」

普普臉上抽動了一下。

丁浩也煩惱地皺起雙眉：「可是那樣一來，你……如果你殺你爸爸，你會——」

朱朝陽打斷他：「我不會怎麼樣，我心裡不會感到半分難過。我已經沒有爸爸了。我只有一個媽媽和你們這兩個朋友，你們是我最重要的朋友，也是唯一的朋友。」

他又接著道：「並且我想好了，如果婊子和我爸都消失了，那麼按照繼承法，他們夫妻的財產先平分，一半歸婊子娘家，一半歸我和我爺爺奶奶三人。我爺爺奶奶只有我一個孫子，沒有其他子女，最後這些錢都是我的了。我有錢了，我會想辦法給你們錢，讓你們有個安定的生活，再也不用為錢擔心。那個男人幫了我後，也有了我的把柄，到時他的三十萬元就算不給也沒關係了。你喜歡打遊戲就儘管打，以後等我大學畢業了，能獨立支配財產了，我開公司，請你當副經理，這樣多好。」

丁浩噗哧笑了出來：「普普，不，月普是老闆娘嗎？」

普普一聽用力扭他手臂，他急忙討饒。

朱朝陽也是害羞地笑了笑，避開不談，道：「這麼說，你是同意了？」

丁浩停下了開玩笑，眉頭再次皺起，道：「我總覺得這事情太大了，不可能實現的。」他把目光投向了普普，「你怎麼看？」

普普面無表情地停頓了一會兒，淡淡地說：「如果被婊子查出了我們倆，朝陽完蛋了，我們也完蛋了，我們要被送回孤兒院，我死也不會回去的。」

聽到普普的意見明顯已經站在了朱朝陽一邊，丁浩糾結了很久，道：「我想只讓婊子消失就行了，你爸畢竟是你爸。」

朱朝陽搖搖頭：「如果婊子出事了，我爸肯定百分之百要懷疑到我了，只能兩個人一起出事。」

「可是如果兩個人一起出事了，員警也會懷疑到你吧？」

朱朝陽又搖了搖頭，道：「不會，他們出事的那天我在學校上課，員警不會認為是我幹的，而且我一個小孩，員警也不會認為我能雇兇殺人。」

丁浩想了想，不解地問：「你在學校上課？那誰去幹？」

「那個男人，要那個男人去幹，我們三個小孩，根本沒辦法殺死兩個成年人，那個男人已經殺了三個人了，員警完全沒抓他，他一定有很多別人不知道的殺人辦法，他肯定有辦法把事情做得別人完全看不出的。」

「可是……可是我們用相機跟他勒索錢，他沒辦法只能給，現在用相機威脅，讓他殺人，他會答應嗎？」

朱朝陽冷聲道：「不答應也要答應。」

「如果他說他沒有能力辦到呢？」

「我已經替他想好了辦法。下個星期三是小婊子的生日，我今天早上去我奶奶家，聽她說我爸和婊子兩人會在那天去上墳。現在是夏天，他們上墳一定是趁一大早天氣涼快的時候去，這季節大清早根本沒人上墳，到時叫男人在墓地下手，一定會成功。下星期開始我們學校要補課了，那時我正在上課，他們倆出事了，根本不關我的事。」

「這……」丁浩瞧著朱朝陽說著計畫的模樣，眉宇間透著一股讓他都感覺害怕的冷酷。

朱朝陽看了他們倆一眼，道：「只剩下最後一件事，我們必須說服那個男人，必須威脅他。那個男人肯定是不願幫忙殺人的，到時你們一定要態度鮮明地站在我這邊，不能讓他感覺到能勸服我。而且我們一定要非常強硬，逼迫他必須幫忙，威脅他如果不同意，我們三十萬元不要了也要把相機交給員警！」

Part 61-64

# 威脅

# 61

接下來的幾天，朱朝陽和普普依舊如過去一樣，每天在書店碰面，彼此談著過去、現在和將來的事。日子似乎很平靜，兩人經常在笑，不過在這份平靜背後，他們偶爾也會流露出一些焦慮感。

普普問朱朝陽什麼時候去找那個男人，他表示要愈晚愈好，愈晚給那男人思考對策的時間愈少，到時用最強硬的態度，迫使他別無選擇。

這叫破釜沉舟。

到了星期天，明天朱朝陽就要去學校補課了，這是最後的一天。

他和普普約定了一早在盛世豪庭社區門口碰頭，隨後一同按響了那個男人的門鈴。

張東升見到兩人，照舊擺出了一副親切的笑臉，但他發現今天這兩個小鬼臉上一臉凝重，他微微感覺出兩人情緒不對勁，試探性地問了句：「怎麼了？你們好像不高興？」

「沒有不高興，」朱朝陽面無表情地說，「今天我們是來和你做倒數第二次交易的。」

「倒數第二次？」張東升疑惑道。

「對，最後一次是把相機還給你，這一次是需要你幫我們去做一件事。」

「哦，什麼事？」

「殺兩個人。」

當這句話平淡無奇地從朱朝陽嘴裡說出來時，張東升頭髮都豎起來了。

「你……你還抱著那個想法？」張東升吃驚道，隨後連忙擺出了一副語重心長的樣子，「朝陽，叔叔必須好好跟你談談了，你這個想法是極其不應該有的，不管——」

朱朝陽打斷他的話：「叔叔，我今天來不是聽你說教的，這件事我已經想得很清楚了，沒有轉圜的餘地，你——必須——幫我——殺兩個人。」

張東升咬住牙齒，鼻子重重地吸了口氣，把目光投向了普普，用責怪的語氣說：「你們不是勸好他了嗎？又發生了什麼事！」

普普站在原地，不動聲色地停頓片刻，道：「叔叔，這件事你必須幫他。」

「什麼！」張東升眉毛挑起，「你居然也贊同他殺他爸？你知不知道你這是害了他！」

普普瞬間低下了頭。

朱朝陽立刻道：「叔叔，你不用再想著鼓動他們說服我了，這件事我們三人已經商量定了，不會更改。所以，你必須做。」

張東升怒道：「不用說了，你一個小孩要教唆我殺人，這種事我不可能幹！」

「你已經殺了三個人了，再多殺兩個也一樣。」朱朝陽臉上透出一抹殘忍的冷漠。

張東升頓時拳頭狠狠一握，雙眼像充滿火焰一樣徑直投向朱朝陽。

朱朝陽目光很直接地迎向了他，異常冷靜地道：「你要麼今天把我們倆直接殺死在這裡，但耗子不在房子裡，他在外面，你殺死我們再趕過去殺他是不可能的，就算你覺得你把我們倆抓住，就能逼問出耗子在哪也沒用，我們已經告訴過他，如果不是我們去找他，而是你，那就意味著我們被你抓了，他不會跟你走的，他只會找員警，告訴員警所有事情！」

張東升看了他一會兒，吁口氣，皺眉道：「我不會再殺人，我家裡的事是逼不得已，我以後再也不會殺人，不會害你們，也不會幫你們害人。」

「如果你不願意幫我殺人，那麼三十萬元你留著吧，我們不要了！我今天就把相機交給員警。反正你不幫我殺了那兩人，我也快活不成了。」

「嗯？」張東升眼睛微微一瞇，道，「你也快活不成了，什麼意思？」

「我告訴你吧，我為什麼必須殺了他們。我爸和他老婆有個小孩，一個多月前，那小孩在少年宮被人推下去摔死了，結果我那天剛好在少年宮看書，婊子說人是我殺的，員警找了我，他們證明這事情跟我一點關係都沒有，可是婊子不信，她好幾次找上門了，打我和我媽，甚至雇了人潑了我和我媽大便，還有家門口也被他們用油漆潑了。她放話，一定會派人弄死我，會三天兩頭找我麻煩。你說，如果他們不死，我還能活嗎？」

張東升摸了摸下巴，這是他第一次知道朱朝陽家的情況，他思考了一會兒，道：「這事情員警不管嗎？」

「管，員警來了好幾次了，可是她雇人潑我大便，員警又不能把她拉去坐牢。所以她一而再，再而三地來弄我。」

「那你爸呢？」

朱朝陽冷哼一聲：「他只護著婊子，甚至我被潑大便，員警去調查，他還是護著婊子，把她藏起來了，還叫我跟員警去說算了。」

「嗯……這件事確實是你爸的不對，但不對歸不對，你總不該為這個原因想著殺了他。你要知道，社會上離婚的情況很多，許多人離婚後，對前妻和以前的小孩不聞不問，徹底斷絕關係的也大有人在，甚至當仇人看的也有。你爸不過是對他的新家庭偏心、護短，但你也不應該有那種想法。」

朱朝陽冷聲道：「那你告訴我，除了殺了他們倆，還有什麼辦法能讓我以後日子不受他們騷擾？如果那婊子鐵了心要弄死我呢？」

「她不過是嚇唬嚇唬你，不可能的。」

「他們很有錢，我媽很窮，沒錢，根本鬥不過他們。如果有人三天兩頭走在你背後，朝你潑大便，這是不是比死還難受？」

「嗯……我覺得這事還是找員警，一次性解決比較好。」

「我跟你說過了，這件事員警管不了，雇人潑大便，我又沒證據是她幹的，就算查出是她指使人幹的，最多關一兩天就出來了，又不會坐牢。」

「嗯……或者你可以找你爸爸好好談一談，畢竟，他老婆總是聽他的吧，他老婆認為小孩是被你推下去的，你爸不會信的，讓你爸好好說服她。」

「哈哈。」朱朝陽笑了起來，「我爸他也信是我殺了他小孩。」

張東升一愣，眼神複雜地望著朱朝陽。

「所以，叔叔，這件事對我來說，比錢更重要。你可以不給我錢，只要你殺了他們，我同樣會把相機還你，把所有我們經歷過的事，忘得一乾二淨。否則，我今天一定會把相機交給員警。你可以考慮一下，但我最後期限是今天中午前。」

張東升嘴角抽動了一下：「你這還是一時衝動。」

「不，這件事我想了好幾個星期了，不是一時衝動。我知道你不想做，但你別無選擇。」朱朝陽露出了咄咄逼人的眼神。

張東升咬牙冷笑道：「好啊，你不用威脅我，我不會幹的。你大可以把相機交給員警，讓我被員警抓走，我也會跟員警說，你想殺了你爸和他老婆，到時，你家裡人會怎麼看你？」

朱朝陽笑了起來：「非常好，我也希望你這麼說，我嘴上說殺人，是犯罪嗎？哼，就算我真的殺了人，我不滿十四歲，能怎麼樣？讓員警告訴我爸，我想殺了他和他老婆，正好讓他們害怕，他們以後就不敢再來找我麻煩了。反正我現在處境已經是這樣了，沒辦法更糟糕。不過你現在生活得很好，可一旦相機落入員警手裡，你就活得不好了！」

張東升鼻子哼了聲：「好吧，那你去吧，我就在這兒等員警來。」

朱朝陽咬咬牙：「很好，我也說到做到。」

他轉身就走，開了門，走到了外面。

張東升牙齒緊緊咬住，面無表情地看著他。

普普冷冷道：「叔叔，他真的會去的，我懂他。」

聽到朱朝陽下樓梯的腳步聲了，似乎愈走愈快。

張東升皺眉站起身，走到門口，咳嗽一聲，道：「那個……你先回來吧。」

## 62

張東升喊他回來，可聽著腳步聲不但沒有停頓，反而更快向下離去。

他又叫了兩聲，此時朱朝陽已經開了一樓的鐵門，走出了建築外。

張東升惱怒地咒罵一句，只好奔了下去，在樓下幾十米外的地方追上了朱朝陽，把他扳過身，一臉煩躁地看著他：「回去再談談怎麼樣？」

「沒什麼好談的，你勸不了我，我已經想了幾個星期了。」

「我和你再溝通一下。」

「不需要。」

張東升怒道：「那我們再商量一下總可以吧？」

「你同意了？」

「你聽我說——」

「那就算了。」

「好好，」張東升極度不情願地道，「這不是一句話就能辦成功的事，我們再合計合計怎麼做，你覺得呢？」

朱朝陽面無表情地點點頭，跟著他重新上了樓。

坐在椅子上，張東升抽出一支菸點上，道：「你要我殺了他們，他們是誰我都不認識，怎麼殺？你不要以為殺人很容易，我老婆和我岳父岳母，是同個屋簷下生活的親人，平時接觸很多，相對容易辦到。我和你爸及他老婆，我們彼此是陌生人，他們肯定對我有警覺心，怎麼可能給我下手的機會。再者說，殺人總不能在光天化日之下吧，我又怎麼能和他們倆有私下接觸的機會？」

朱朝陽冷聲道：「原來你擔心的是這個。這好辦，平時機會不多，這次機會來了。三天後，也就是下週三，他們會去給他們的小孩上墳。上墳的地方我知道，是東郊大河公墓，那裡位置很偏僻，旁邊都是山，大熱天的，墳地上不會有其他人，這季節上墳，一定是大清早去的，在墳地上神不知鬼不覺，這是最好的機會。」

張東升冷冷地看著他，他本來是想表示不是他不願幫忙殺人，而是能力限制，辦不到。他根本沒想到朱朝陽不但有殺人的想法，甚至在哪殺人都替他想好了。

他皺著眉道：「可我對他們倆來說是陌生人，他們倆去上墳，看到我一個陌生男人走過去，能不起戒心嗎？我又不會武術，更不是什麼特種兵，我一個人就算拿上刀啊什麼的，也殺不了兩個人啊。」

朱朝陽冷笑道：「你不是會下毒嗎？」

張東升搖搖頭：「我怎麼讓他們吃下毒藥？」

「有辦法。」

「什麼辦法？」

普普突然接口道：「我可以幫你讓他們吃下去。」

「你？」張東升吃驚地看著她，「你也要去幫著殺了他爸？」

普普點點頭：「對。」

「你這是害了他，他遲早會後悔，會恨你。」

朱朝陽連忙道：「不可能！她是我朋友，是我最好的朋友，我永遠不會後悔，更不會怪她，一切都是我想出來的。」

普普動容地看著朱朝陽。

張東升流露出震驚的表情望著他們倆，難以想像朱朝陽到底是用了什麼法子說服普普幫他殺他爸，更想不到，這兩小鬼不光在哪殺人想好了，更是連怎麼殺人都想好了。似乎是設計了好久，今天吃定自己了，不給自己任何理由拒絕。張東升頓時感覺到一種冰冷的寒慄。

他咬牙道：「他們出事前這陣子，一直在折騰你，你說如果他們倆死了，員警能不懷疑你嗎？」

朱朝陽搖搖頭：「不會懷疑我的，因為下個星期三我在讀書，我們學校要補課。」

「什麼？你自己不去，只叫我去？」

朱朝陽點點頭：「對，如果我去，就像你說的，員警會懷疑我。可員警根本不知道我和你的關係，完全不知道你。」

「可員警會知道你有這兩位朋友。」

「我和他們倆的關係，誰都不知道！」

「員警肯定會來調查你，到時你會吐出來。」

「怎麼應付我都想好了，絕不會吐出來！」

「你一個孩子，員警很容易發現你回答的漏洞。」

「不光只有你一個人會在員警面前演戲，我也會！我那天在上課，只要一口咬定不知道，員警憑什麼懷疑我！」

張東升咬著牙齒說不出話了。

朱朝陽道：「叔叔，如果你幫我做成這件事，我們有你的祕密，你也有我的祕密，那樣我們之間就可以完全信賴，我們也不會再拿著相機威脅你了。」

張東升冷哼一聲，道：「這件事我和普普兩個也做不了。」

「為什麼？」

「普普力氣太小，到時如果有突發意外呢？我應付不過來，還有殺了人後要處理屍體，普普哪來力氣抬？除非你們還能說服丁浩也一起去，他個子大，能抬得動人。」

張東升早就看出來了，三個人中，朱朝陽和普普最歹毒，反而是丁浩這個個子最高大的稍微善良點，上一回他就強烈反對朱朝陽殺他爸，現在要他去幫忙殺朱朝陽爸爸，他肯定不會答應，也不敢答應。只要他說不去，那麼張東升也有理由拒絕殺人，說是因為丁浩不願去，他和普普兩人辦不成。

普普點頭道：「好，就如你說的，耗子，還有我，都跟著你一起去。」

「嗯？耗子也同意一起去殺人？」

普普很肯定地答覆他：「他一定會去的。」

朱朝陽道：「叔叔，你不用再想找其他藉口了，三天後，成功了，我會把相機還你，如果你不肯做，那麼我一定會把相機交給員警。希望這是最後一次威脅你。」

張東升的香菸已經燃盡了，可他似乎毫無察覺，他手指捏著菸頭，停駐半空，眉毛皺起，一動不動。足足過了一刻鐘沒說話。

朱朝陽和普普也是同樣沉默地望著他。

他一直在猶豫，是不是該現在就動手把兩個小鬼直接弄死，再去找丁浩，並拿回相機？

但他考慮再三，放棄了，朱朝陽這小鬼今天顯然是有備而來，一開始就直接說了今天弄死他們也沒用，他沒有任何把握殺了他們後能再殺死丁浩並拿到相機。

朱朝陽這小鬼說他現在的處境已經無法更糟糕了。而自己殺了徐靜一家後，現在徹底換了一種生活。如果不按這小鬼的話做，那麼自己好不容易爭取來的生活馬上會煙消雲散，而自己被抓到肯定是死刑。

相反，如果真幫朱朝陽殺了兩個人，那麼肯定能徹底取得小鬼們的信任了。彼此都有把柄，也不怕他們再拿相機威脅自己。徹底了卻這些事是遲早的。

當然，這麼做也有風險，如果他爸及其老婆一同被害的案子曝光，儘管那天朱朝陽在上課，沒有犯罪時間，但員警也會去向這位「利益相關人」詢問調查的，張東升對這麼個小鬼在員警面前能否演戲過關，沒有半點信心。他演砸了的話，必然會把所有事吐出來。

所以，如果真要去做，必須不能讓他爸及其老婆被害的命案曝光，也就是說，毀屍滅跡，旁人看來只是失蹤了，不是被害。對於失蹤案，員警向來不重視，自然不會去調查朱朝陽了。

而且，聽朱朝陽說，他爸及其老婆是去大河公墓上墳，那樣下手似乎挺輕鬆的。殺了人後，往山上的空墓穴裡一埋，被人發現命案也是幾個月甚至幾年後的事了，到時三個小鬼肯定也被他處理乾淨了，這起案子更不可能懷疑到他。

權衡再三，張東升最後點點頭，暫且同意下來。

離開那個男人家後，朱朝陽愁眉不展道：「現在還有個問題。」

普普問：「什麼？」

「那男人要耗子也一起去，該怎麼說服耗子？」

「他會同意的。」

朱朝陽搖搖頭：「他不會同意的，他膽子其實很小。」

普普目光平直地看著前方：「這一次，他不同意也得同意，這關係著我們三個人的未來。」

# 63

「什麼！」丁浩瞪大眼睛，「我也要一起去殺人？」

「笨蛋！」普普一把拉過他，低聲斥道，「你在公園裡這麼大聲說出來，是不是想讓全人類都聽見啊！」

丁浩惶恐地掃視一圈四周，他們在兒童公園的一個偏僻角落，沒有人朝他們看。他轉回身，搖了搖頭：「我不去，要去你們自己去。」

普普怒道：「這個計畫你不是已經同意了嗎？」

「我是勉強同意了，但只是說讓張叔叔去殺人，我可沒答應我也要去。」

「你就是決定不會幫忙了？」

丁浩倔強道：「對，這件事打死我也不幹。」

「好，很好！」普普盯著他，「你這個自私鬼，好吧，你不去就不去，我也跟你這個自私鬼絕交！」

丁浩瞪眼瞧著她，一臉的委屈和憤怒：「我以前在孤兒院怎麼幫你的？我幫你打架打了幾回？王雷罵你放屁精，是不是我把他牙齒打掉下來的，我還被關了整整兩天禁閉，這些你都忘了嗎？還說我是自私鬼……」

「哼，你不是自私鬼，就是膽小鬼。」

丁浩臉漲得通紅：「這……不是打架，這……這是……這是殺人。」

朱朝陽連忙制止住兩人的爭吵，低頭嘆息道：「對不起，都是我不好，這是我的主意，害得你們吵架，都是我不好。」

普普和丁浩誰都沒說話。

朱朝陽誠懇地看著他，又道：「耗子，這次是我求你，你能不能幫我？」

丁浩對朱朝陽倒是發不出脾氣，只是搖了搖頭：「這個……我真幫不了，我沒做過。」

「你害怕就直接說，膽小鬼！」普普叫道。

「哼。」丁浩把頭別過去，不理她。

「好了，月普，別說他了。」朱朝陽勸道，「耗子，這次事情因我而起，如果不是我當初推下了小婊子，根本不會有這麼多事。但事到如今已經別無他法了，如果不除掉他們，早晚會查出我們三個，到時我要進少管所，你們要被送回孤兒院，你想想，這是不是最糟糕的情況了？」

丁浩緊閉著嘴，默不作聲。

普普冷聲道：「我這輩子都不會回去了，要回你回吧。那個死胖子的噁心我受夠了！」

「耗子，你怕不怕回孤兒院？我是你兄弟，月普是你結拜妹妹，如果……如果可以的話，你能否再好好想想？」

普普道：「你不滿十四歲，就算殺人了也沒關係，大不了進少管所，那兒總比孤兒院好吧？」

朱朝陽道：「那男人不是說要你幫他一起殺人，他說比如後面抬屍體什麼的，需要你這樣一個幫手。」

丁浩握著拳頭，低著頭，一動不動。

普普道：「你到底要怎麼樣才會答應？我都一起去了，你是男的，怎麼比我女的還膽小？」

丁浩吃驚地抬起頭：「你也去？」

普普理所當然道：「對，小孩最容易偽裝，別人對我不會有警覺心。」

「你去做什麼？」

「你到時看著就行了，反正我比你要做的事難得多。」

朱朝陽道：「耗子，你想想，這件事不去做，我們三個都會完蛋。去做的話，如果失敗了，暴露了，最倒楣的是那個男人，我們是小孩，不會被槍斃，最多就是進少管所，比你們的孤兒院總要好。如果做成了，那我就有錢了，我會照顧你們，等我們長大了，一起開公司，等你到時找了老婆，我們四個人一起打麻將。」

丁浩思索了一會兒，突然白了他一眼：「照你這麼說，月普好像已經是你老婆的樣子了。」

普普朝他猛地踹出一腳，他連忙躲開。

朱朝陽道：「這麼說，你是答應了？」

「反正我說好了，具體的那個殺——」他似乎不敢直接把「殺人」兩個字說出口，「那個殺……我不幹，我絕對不幹！我就負責最後幫幫忙，抬一下。」

朱朝陽激動地抱住他：「好，那就說定了，只要過了這一關，那我們三個以後就完全大吉大利了！」

普普瞅著丁浩，撇嘴笑了笑：「算你還有點良心。」

# 64

下午，普普和丁浩回到樓下，就見旁邊停著那個男人的紅色寶馬車。

與此同時，車門開了，張東升走下車，看了他們一眼，平靜地道：「我等你們很久了，走吧，上樓說。」

進了門，張東升這一回並沒說一些家常話，而是直截了當地切入主題：「朝陽的事完全不可行，弒父是天理難容的，想都不能想，更別提去做。我知道你們倆肯定也反對他的，他這是一時衝動，少年人熱血沖頭的一時衝動，你們要好好勸他，一定要把他勸回來。」

普普道：「叔叔，這件事我們倆也是贊成的。」

張東升望著他們：「你們倆怎麼會贊成他弒父的？你們是不是他朋友？你們知不知道這麼做只會害了他？」

丁浩道：「張叔，其實他也不光是為了——」

普普連忙重掐他的背，制止住他，瞪了他一眼，冷聲道：「閉嘴！」

張東升稍稍一思索，試探地問：「其實這件事還另有隱情，他還有另外的目的，對嗎？」

丁浩自覺失語，低下頭，默不作聲。

普普停頓片刻，道：「沒錯，他還有一個原因，為了錢。」

「為了錢？」

「沒錯，你覺得朝陽家是有錢人嗎？」

「嗯……看他衣服，好像……不是特別有錢吧。」

普普道：「他爸媽是離婚的，他跟了他媽媽，他媽媽很窮，沒有錢。可是他爸爸超級有錢，比你還有錢得多了。」

張東升苦笑一下：「我根本不算有錢，當初就因為我老婆的這輛車，你們以為我是有錢人，想要三十萬元吧？如果我真有那麼多錢，早拿給你們了。」

普普道：「他爸的小孩上個月摔死了，現在他爸和他爸的老婆如果也死了，那麼朝陽就是繼承人了。」

張東升愣了下，他根本沒想到現在的小孩會有這麼深的想法。到了他這個年紀，他才想到謀財害命，繼承遺產，區區十幾歲的小孩就會這麼想了？

普普補充一句：「這是向你學習。」

張東升咬了下牙齒。

普普繼續道：「除非你能拿出上千萬的錢給他，否則他既有仇恨，要自保，又有錢的原因，你怎麼可能勸說得動他？」

「可是這麼做真的不對。」

「你也這麼做了。」

「我可沒有弒父，我老婆一家和我，本質上沒有血緣關係。」

「他爸已經不是他爸了，相比你的情況，他和他爸的關係比你能想像的更糟糕。」

張東升煩惱地閉上了眼睛。

普普道：「如果你幫了這個忙，事成後，錢可以不要你的，我們直接把相機還給你。可是，如果你不願意幫忙，就算你今天說服了我們倆也沒用，朝陽他不聽我們的，他有自己的主意。他會做出任何事的。如果他自己貿然行動被員警抓了，再供出你的事，你也不願意吧？」

張東升沉默了好久，隨後把目光投向了丁浩：「耗子，對付兩個人我辦不到，我需要你一起做，你敢嗎？」

丁浩低著頭，「嗯」了聲。

張東升苦笑著自語道：「一旦去做了，你就會和我一樣，再也不是清白的了。」

丁浩臉上出現了猶豫的神色。

普普立刻道：「耗子，我也一起去的。」

丁浩點點頭，望向張東升，道：「張叔，放心吧，我決定了。」

直到此時此刻，張東升覺得這件事再無挽回的可能了，他苦澀地看著他們倆，只好道：「好吧。」

# Part 65-69

# 行動

# 65

星期三這天是朱晶晶的生日，朱永平反覆勸說王瑤，今天給孩子上墳，就讓事情到此為止吧，不管員警以後能不能抓到兇手，都不要再提了，日子總是要過下去，他也已經戒了菸，備孕半年，明年重新要個孩子。他才剛滿四十歲，王瑤也只有三十多歲，都算年輕，重新要個孩子一點都不困難。

一個多月來，丈夫的反覆耐心勸說，各種包容，各種順從，王瑤心中自然也是感動。

他們倆相識在周春紅懷孕期間，那會兒朱永平正開始做生意，借了不少錢買了一些地皮，又用地皮跟銀行貸款造冷凍廠，朱永平那時做生意時，看著很闊綽，但相識一陣後，知道這是打腫臉充胖子，其實他是個借了很多錢的「負翁」。

王瑤長得很漂亮，追求的人很多，朱永平對她是一見鍾情，瘋狂展開攻勢。她最後選擇朱永平倒不是為了他的錢，那時他的錢都是借銀行的，都是空的，甚至她得知他已經結婚有小孩時，一度要分手。不過朱永平保證盡快離婚，他用盡各種花招要和她結婚。

後來，朱永平果真同前妻在朱朝陽兩歲時離了婚，沒多久就和她結婚。結婚後，正值中國房地產持續十幾年的大漲，朱永平一開始借錢買下的地皮和廠房價值節節升高，他能向銀行貸更多的錢，生意規模也更大了，到現在，淨身價已上千萬了。

不過朱永平這些年對王瑤始終一心一意，一切都寵著讓著，別人說一物降一物，朱永平雖然對前妻一家不上心，王瑤卻似乎是他命中註定的剋星。

也許，這就是愛情吧。

朱晶晶出事已經一個多月，時間的沖刷加上丈夫的安慰，王瑤心中也開始逐漸平靜下來。雖然她深信朱晶晶的死跟朱朝陽脫不了干係，不過她苦於沒有證據，員警也抓不到朱朝陽的把柄，好在朱永平倒是在她要求下，多次發誓保證，不再和前妻一家往來了，她暫時把這份仇恨壓在心底，想著朱朝陽徹底沒了爹，算是另一種變相的報復。

今天天上一朵雲彩都沒有，看來又將是個燥熱的天氣。

朱永平和王瑤早上六點多，趕在太陽徹底出來前，就到了大河公墓給小孩上墳。

大河公墓是這幾年新開的一片墓地，每個地方的公墓，大都是位置偏僻、周圍無人居住的地方，大河公墓也不例外。

車子一路駛來，只有快到公墓的路上遇到過幾個老農在地裡幹活，到了公墓後，整片墓地上，一眼望去，一個人都沒有。

下了車，王瑤提了個籃子，朝上走，走著走著，眼淚就忍不住要流出來。朱永平咳嗽一聲，勸道：「別哭了，看一眼，早點回去吧。」

王瑤強忍著點點頭。

兩人來到朱晶晶的墳前，王瑤痴痴地站著，長久注視著女兒的墳，一動不動。朱永平輕嘆一聲，俯下身收拾紙錢。

這時，朱永平看到十幾米外，兩片墳區中間的路上，走上來一男一女兩個小孩。男的個子快接近成年人了，女孩還是個小學生的模樣，他們倆低著頭，手裡拎著裝紙錢的籃子，來到了相隔幾十米外的一座墓前。

朱永平並沒有太在意，繼續把摺著的紙元寶一個個拉開來。

過了幾分鐘，朱永平還在拉著紙元寶，這時，剛才那個小女孩朝他們跑了過來，臉上帶著求助的表情：「叔叔，我們不知道怎麼回事，火點不起來，您能幫我們一下嗎？」

「哦，你們沒帶打火機吧？」朱永平從口袋裡摸出一個打火機，交給對方，誰都不會對一個小女孩產生懷疑的。

「不是，我們有打火機，可是火一點就滅了，點不起來。」她嘛著嘴說。

「你們肯定是點上面了，點火要點在中間，這樣才能著。」他手在空氣中做了個示範。

小女孩煩惱地說：「我們試了好多遍，就是不行，叔叔，能不能麻煩你幫我們點一下，我哥太笨了，根本弄不來。」

朱永平看著對方一臉天真的表情，想起了朱晶晶，笑了笑，道：「好吧，我去幫你們點。王瑤，你來弄下紙錢吧，我過去一下。」

跟著小女孩走在後面，朱永平問：「你們也是來上墳的？」

「對啊，是我媽媽的墳，我媽媽今天生日。」

瞧著這麼小的孩子就死了媽，而且也是在生日的這天來上墳，朱永平不禁產生同情，道：「怎麼就你和你哥來，你爸爸沒一起來嗎？」

小女孩低頭輕聲說著：「我爸……他上個月出車禍，也……也死了。」

朱永平腮幫子抽動了下，忍不住問：「那你和你哥哥現在跟誰一起生活？」

小女孩抿了抿嘴：「沒有人，我們就自己生活。」

「自己生活？你們有親戚嗎？」

小女孩低聲道：「我爸還欠了人錢，親戚不要我們，家裡東西都被人搬走了。」

「嗯……那你們以後怎麼辦？」

小女孩失落地搖搖頭：「不知道，我會做糯米果，做了一些，想去賣賣看。叔叔，要不您嘗嘗我做的糯米果？」

她返回身，從兜裡掏出一顆用保鮮膜包著的糯米果子。朱永平不知所措地停頓了一下，本能地心想小孩子該不會是來騙錢的吧，畢竟社會上騙子太多了，不過騙子大熱天的誰到這沒人來的墳地？女孩似乎看出他的顧慮，道：「叔叔，您吃吃看嘛，不要錢的，我就怕我做得不好吃，賣不出去。您吃吃看，太甜還是不夠甜。」

朱永平感覺自己懷疑對方是個小騙子，是個很卑鄙的想法。他微笑一下，接過糯米果，剝開放嘴裡，咬了幾口嚥下去：「嗯，你做得真好吃，甜度剛剛好。」

「哈哈，那我就放心啦，肯定能賣得出去。」小女孩樂觀地笑了起來。

來到那座墳前，看到墳碑上寫著一個女人的名字，貼著一個中年女人的照片。一旁站著那個小女孩的哥哥，看樣子哥哥比女孩大了好幾歲，不過他臉上看不到任何樂觀開朗的神色，只是低著頭，默默地看著墳發呆。

因為不認識，朱永平也不知該安慰什麼，便蹲下身，幫他們整理紙錢，點起火來。幾分鐘後，朱永平點好火，站起身，他突然感覺一陣暈眩。他以為是蹲久了，站起來腦子缺氧，強自在腿上用了下力，但十幾秒過後，他感覺腿部出現了一陣抽搐，他依舊在強自忍著，沒表露出來。

再過了幾秒，他突然感覺真的要摔倒了，他心中想該不是得了高血壓什麼的吧。他覺得眼前一陣發黑，連忙道：「扶我一下。」說完就要坐下去了，旁邊的大男孩趕緊扶著他坐下。小女孩看了眼，連忙朝王瑤奔去，叫道：「阿姨，叔叔生病了，暈倒了。」

「啊？」王瑤剛剛還瞥見朱永平在幫他們弄紙錢，說著話，一轉眼沒見，突然看到人暈倒了。她急忙跑了過去，坐在地上的朱永平大口喘著氣，整張臉變得通紅。

「永平，永平！你怎麼了，哪裡不舒服？啊呀。」

她突然感覺脖子一陣刺痛，本能地回過頭，看到那個小女孩已經跑到了幾米外，手裡握著一根針管，針管已經空了，冷漠地看著他們。

「你幹什麼？你做了什麼？」王瑤還沒徹底反應過來。

那個大點的男孩也跑了過去，縮在了小女孩的身後，不敢朝他們看。王瑤倒下去的時間比朱永平快得多，因為她是直接注射進脖子的。王瑤剛發作，躲在後面樹林裡的張東升就跑了出來，看著這一幕，他搖了搖頭，隨後毫不猶豫地道：「耗子，你抬女人，我抬男人，我們得趕緊把人弄到後面的穴裡埋起來。」

他們後面二十幾米外的地方是一片挖好的空穴，給以後的墓葬用。張東升和丁浩拉著兩人的屍體，很快到了空穴旁，那裡還放著兩把折疊鏟，顯然這是張東升帶來準備著的。

張東升把兩具屍體推進一左一右兩個空穴裡，穴不大，不到一米長，半米寬，挖出來是準備以後放骨灰罈的。

他把兩具屍體折疊著分別往穴裡塞下去。一邊吩咐丁浩：「把他們的手錶、項鍊、戒指，還有錢全部拿出來。」

「嗯……為什麼，還給朝陽？」丁浩不解地問。

「偽造搶劫，別廢話，快動手，被人發現了我們都完蛋。」

飛速地把他們身上所有東西都拿下來交給他後，張東升拿出一把匕首，又把兩人的衣服褲子割破，連內衣褲都不剩，全部掏出來，扔進他帶來的一個蛇皮袋裡。

「這是幹什麼？」丁浩問。

「埋這兒過幾個月就算被人發現，屍體也爛光了，身上什麼物品都沒有，員警要查兩人是誰都很難。好了，這裡沒你們事了，你們先到林子後躲起來，我還有些事要處理。」

普普道：「我幫你。」

張東升果斷道：「不，你們不能看，會嚇到你們的。」

這一次，普普倒沒有堅持，跟丁浩一起跑到了樹林裡。他們看到張東升用匕首朝兩個穴裡弄了幾下，隨後飛快地蓋上土。

兩個穴都不大，而且土都是挖好的，就堆在穴外，是鬆的土，張東升毫不費力就把土填了進去。五分鐘後，張東升拿著蛇皮袋跑回了樹林，道：「剛才沒人過來過吧？」

剛剛張東升蓋土時，自然也時刻警惕地觀察周圍，但公墓裡價格高的那些墓都有高高的墓碑，兩座墓間都種著一人高的柏樹，視線遮擋著，看不到公墓下方的情況。而普普和耗子站在樹林裡，地勢更高，相比他能看得更遠。

丁浩今天整個人都像丟了魂似的，雙眼茫然。普普則依舊很冷靜地回答他：「沒有，一個人都沒來過。」

張東升看了眼手錶，道：「六點四十了，你們先在這兒等我，我下去到他車裡拿點東西，造成搶劫的假象，待會兒我們從樹林後照原路出去。」

他又看了眼丁浩，拍拍他：「好了，事情結束了，別想了。」

丁浩低著頭勉強應了聲。

普普道：「叔叔，他們倆的東西，你要還給朝陽嗎？」

「當然不，這些東西我要銷毀。」

「可是，剛剛看到有好多錢，還有手錶項鍊，應該挺貴的。」

張東升笑了笑：「他爸確實挺有錢的，這些東西比你們要的三十萬元還貴。」

普普露出了微微吃驚的表情。

張東升道：「不過你們不要貪這些東西了，這裡的現金我過段時間會還給你們，手錶項鍊什麼的，不用去惦記著了，我不會還給你們，更不會自己要，而是等過了這一陣，徹底銷毀。總之，這件事後，我幫了你們，你們也該把相機還我，我們扯平了。從此以後，我們三個，加上朝陽四個，誰都不能再談以前的事，半句都不能談，想都不能想，好嗎？」他特意盯著丁浩，堅定地道，「一切都過去了，放心大膽地生活，做一個乾乾淨淨的人。」

丁浩注視著他，狠狠點頭：「好，我一定不去想了！」

普普也點點頭：「我也不會的。」

「好，我們都需要一個徹底乾淨的生活，如果你們能做到，說明你們成熟了。這次事後，我不會直接把三十萬元交給你們，怕你們亂花，但我承諾可以照顧你們的生活，負責你們需要的花費，直到你們以後長大工作，怎麼樣？」

兩人對視一眼，同時感激地看著張東升，道：「謝謝叔叔！」

## 66

「喂，喂，」方麗娜輕叫兩聲，又伸手碰了碰同桌，「喂。」

「啊，怎麼了？」朱朝陽這才回過神來。

她悄悄湊過來：「剛才下課你出去那會兒，是不是又被老陸叫去訓話了？」

「嗯？沒有啊，我沒去過辦公室，我就上了個廁所。怎麼，老陸又有事要找我？」

方麗娜搖搖頭：「沒有，我猜的，我以為你被她叫去訓話了呢，要不你怎麼半小時就看著這一頁，筆都沒動過呢？」

朱朝陽尷尬地笑一聲，不知怎麼應答。

「嗯……」方麗娜又思索了會兒，低聲道，「你是不是有心事？是不是你爸爸的事？」

「啊，我爸……」朱朝陽頓時緊張地看著她。

方麗娜同情地看著他：「暑假你家裡的事兒，我爸都跟我說了，放心，我不會告訴任何人的，嗯……王阿姨，確實對你太過分了。」

朱朝陽勉強笑了下：「我習慣了。」

「你可千萬別想不開啊。」

「不會的啦。」朱朝陽嘴角動了下，把頭轉向書本，動筆去解題目。

夜自修一結束，朱朝陽連忙騎上自行車，以最快的速度往家裡衝，到了家樓下，他左顧右盼卻沒見到任何人，心中一陣害怕。

這時，傳來一聲輕微的咳嗽。他轉過頭，這才注意到不遠處一棟建築的陰暗角落裡縮著普普，她幾乎和黑暗融為一體了。他急忙停好車，看了眼四周，隨後飛快朝普普奔去，帶她穿過幾條小路，到了一個靠牆的隱蔽處，確定沒有人後，著急問：「怎麼樣了？」

普普抿著嘴，看了他片刻，道：「一切結束了。」

朱朝陽立在原地，臉上表情發生著豐富多彩的變化，看不出是喜是憂是悲是樂，過了好久，他大口喘著氣，似乎情緒劇烈波動著：「都死了嗎？」

「死了，埋掉了，以後再也沒有人知道了。」

朱朝陽抬起頭，仰天望著天上的繁星，出神了幾分鐘，重新看著普普：「告訴我，是怎麼做的？」

普普將早上的事原原本本複述了一遍。末了，朱朝陽長嘆口氣：「終於結束了。」

普普道：「叔叔問我們什麼時候把相機還給他。」

突然聽到普普也管那個男人叫「叔叔」，朱朝陽微微驚訝了一下，略略不安問：「你也叫他叔叔了？」

普普想了想，不以為然道：「我覺得他不是太壞。」

朱朝陽謹慎道：「我覺得還是要防著他一些。」

「嗯，放心吧，現在我們和他扯平了，他不會對我們怎麼樣了。」

朱朝陽思索了一下，點點頭：「但願如此吧。」

「那麼你打算什麼時候把相機還他呢？」

朱朝陽考慮了一會兒，說：「等過幾個星期吧，完全風平浪靜了，我就過去把相機還他，還要謝謝他這次的幫助。其實，我最需要謝的是你，真的，月普，我很感激你。」

面對他明亮的眼神，普普臉色微紅地低下頭：「沒什麼的。」

「耗子呢，他害怕嗎？」

「早上我瞧他挺緊張的，還怕他弄出岔子呢，好在最後沒什麼。回來後，他現在又在家裡玩遊戲了。」

朱朝陽咯咯笑著：「只要有遊戲玩，他就什麼都無所謂了。」

普普道：「是啊，要是回孤兒院，哪能玩遊戲，所以他也根本別無選擇。」

「好啦，現在開始，我們都開始全新的生活，以後我們再也不要提過去的事啦，包括孤兒院，讓它們統統見鬼去吧。」

普普臉上露出溫和、由衷的笑容：「對，都見鬼去吧。」

「對了，你說他們倆埋在墳上面的空穴裡？」

「是啊。」

朱朝陽想了想，道：「嗯……我想再去看一眼，算是最後一眼。」

普普思索了會兒，緩緩點點頭，同情地看著他：「嗯，不管怎麼說，他都曾是你爸爸，也許你過些天，心裡會愈來愈不好受的。也許……也許會恨我……畢竟……畢竟最後是我做的……」她聲音逐漸小得像蚊子。

「不可能的！」朱朝陽極其堅決地搖頭，認真地看著她，並抓住了她肩膀：「你永遠不要這樣想，你是我最重要的人，我永遠不會恨你。我也永遠不會後悔，不會不好受的，你放心吧！我知道，你不想這麼做的，你是在幫助我，做了你不想做的事，我很感動。與其說是你，其實是我親手殺了他們，歸根到底，還是他們親手殺了他們自己。我只不過再去看最後一眼。你不要告訴耗子和那個男人，讓他們擔心，我知道他們都不想再提及這件事了。我這個星期天休息，一個人去看最後一眼，算是徹底做個了斷了。」

「嗯。」普普重重地點點頭。

與普普分手後，朱朝陽獨自緩緩走向回家的路，他嘴上有淡淡的微笑，可眼睛裡又含著淚在哭。

他走到樓下，抬頭望著黑色的天空，用只有他自己聽得到的聲音唱起一首歌：「我是你的驕傲嗎……」

# 67

星期六晚上，周春紅看到兒子房間門關著，門底縫隙透出光亮，知道兒子還在讀書。兒子念書極其用功，每次都是年級第一，所有任課老師都對他讚譽有加，尤其是數學老師，說朝陽現在的能力，不光初中數學早學完了，高中奧數題都開始做了，如果發揮正常，初三的全國數學競賽頭等獎不是問題。如果他拿了全國第一名，高中肯定能保送進全市最好的效實中學。

每每想起她這麼一個文化程度不高、收入有限，還離了婚的普通婦女，能培養出這樣一個優秀的兒子，她心中就充滿了欣慰和自豪。別人都覺得朱朝陽是個寶，偏偏只有親爹朱永平不上心，只寵著他現在的家庭，想到這兒，她忍不住冷哼一聲，心中迸發出要給兒子更多關愛的想法。

唯一的缺憾就是兒子個頭像她，長不高吧。近兩年兒子也時常表露出個子矮的苦惱，大概是青春期來了，誰都會額外注意自己的外在。周春紅從冰箱裡拿出純牛奶，倒了滿滿一杯，給兒子送去。她轉開門，看到兒子正背著她坐在椅子上，低頭奮筆疾書，連電風扇也沒有開，赤裸的後背上掛滿了汗珠。

「朝陽，喝杯牛奶，休息一下。」

她剛發聲，朱朝陽突然全身一震，極度緊張地轉過身來，看見是他媽，吐了口氣：「媽，你進來怎麼一點聲響都沒有，嚇我一跳。」

周春紅歉意地笑著：「是你太用功了，沒聽到。你在做題目？」她瞅一眼，看到了一本筆記本上滿是文字，「你在寫作文啊。」

朱朝陽輕聲地應了下，悄悄把筆記本闔上了。

「那，你把牛奶喝了，補鈣。」

「嗯，放下吧，我等下會喝的。」

「你怎麼不開電風扇？這天多熱啊！椅子都被你坐濕了。」

「風扇太吵了。」

「以前你也沒覺得吵啊。」

「這次作業很多，我還有很多題沒看。」

周春紅點點頭，又問：「這幾天你在家，有沒有接到過你爸電話？」

朱朝陽微微一愣，道：「沒有啊，一直沒打過電話，怎麼了？」

周春紅撇撇嘴，很是不屑的樣子說：「你奶奶今天打了我電話，說朱永平失蹤了，你說好笑不好笑？」

「失……失蹤了？」

「對啊，說他這幾天跟婊子兩個人都失蹤了，廠裡人找不到他們，有幾件要緊的事也拖著辦不了，說兩個人手機都關了，你奶奶還問我能不能聯繫到他們。」

「嗯……幹麼要問你？」

「就是說咯，朱永平跟婊子去哪裡鬼混我怎麼曉得？真是好笑，管他們去哪鬼混都不關我的事。」

朱朝陽想了想，問：「他們失蹤幾天了？」

「好幾天了，好像說是星期三開始就聯繫不到他們了。」

「他們那天幹麼去了？」

「誰曉得呢。」

「該不會出什麼事了吧？」

「管他出了什麼事，反正你爸也不關心你，我說，你也別去關心他，到頭來什麼事也沒有，還惹得被婊子嘲笑。」

朱朝陽點點頭。

周春紅道：「好啦，你也早點寫完作業睡覺，明天你難得休息一天，初三後，休息更少了，不要累著。」

「媽，我知道了，你出去吧。」

周春紅剛走出房門，就見朱朝陽連忙又把門關上了，她微微感覺奇怪。

到了半夜，周春紅一覺起來上廁所，發現兒子房間的燈還亮著，她看了眼手錶，竟然都已經一點了，隱約還能聽到兒子快速寫字的沙沙聲。她忍不住站門外說了句：「朝陽，早點睡了，明天寫一樣的。」

「哦，我馬上睡。」

很快，見他房間的燈關了，周春紅這才繼續回去睡覺。

# 68

大河公墓下面的停車道上，停著幾輛警車，離這幾輛警車相隔不遠，還停著一輛賓士。

葉軍下車後，朝那輛孤零零的賓士車看了幾眼，隨後跟著最開始接到報案的民警一同上去。

屍體發現處位於公墓最上方一帶，那裡是一片挖好的空穴，為以後的墳預備的，兩具屍體分別埋在相鄰的兩個穴裡。屍體已經被挖出，正放在一旁，上面搭著臨時的簡易遮陽棚。現在是最熱的八月正午，屍體散發出陣陣的惡臭，所有員警都顧不得悶熱，戴上了口罩。葉軍朝屍體看了會兒，受不了氣味，走到一旁，等了十多分鐘，那個最受苦受累的法醫老陳從棚子邊跑了出來，摘下口罩，大口呼著氣，連聲道：「受不了，真受不了，這季節出命案，簡直要了公安的命。你說這些個歹徒，冬天殺人也就算了，這季節幹活，也……也太心狠手辣了。」

葉軍朝他苦笑：「沒辦法，誰讓你領這份工資的。」

陳法醫朝他打趣：「其實最難聞的是剛過來那會兒，你在旁邊站上幾分鐘就慢慢習慣那味道了，你要不要去體驗一下？」

「免了，我聽你的結論就夠了，怎麼樣，什麼結果？」

「一男一女，兩個人都是被人用刀捅死的，臉上也被刀劃花了，完全無法辨認容貌。死的時間倒是不久，估計沒幾天，不過這季節你知道，半天功夫就開始爛了。另外，兩名死者身上所有物件，連同內衣褲都被人剝光了，所有證明身分的東西都沒有，看來這次光是認定死者身分的活，就得不少日子。」

葉軍搖搖頭：「兩名死者身分嘛，我猜用不了多久，你瞧。」他手指著山下的停車區。

「什麼？」

「那輛賓士車，孤零零停著，這荒郊野地的，旁邊又沒人住。」

陳法醫點點頭：「看來八九不離十。」

「我剛給交警打了電話，讓他們查車牌了。」

過了會兒，葉軍手機響了，他接聽完畢，微微皺起了眉，遲疑道：「說不定，這次要牽出個大案了。」

陳法醫理所當然道：「殺人毀屍，而且殺了兩個人，本來就是大案。」

葉軍哼了聲，道：「你猜得出那車是誰的嗎？」

「誰的？」

「朱永平的。」

「誰是朱永平？」

「朱晶晶她爸。」

「啊？」陳法醫微微張著嘴，「死的該不會是朱永平和他老婆吧？」

葉軍朝棚子遠遠看了眼，道：「我回想了我見過的這兩人的形態，和這兩具屍體有點像。」

# 69

當天晚上派出所的案件記者會上，幾位偵查員彙總了今天的情況。

命案是今天一早由一群送葬者發現的。今早九點不到，一戶包括親友和葬禮幫工在內的七十多人的送葬隊伍，包了兩輛大巴士來到大河公墓，為一過世的親人下葬。下葬前，按照風俗，先放鞭炮，然後和尚要做半小時的法事，這期間，閒著無聊的一些親友在公墓裡隨意走動聊天。當時有幾個人走到了公墓最上一片的空穴處，無意中發現一個穴裡冒出半隻赤腳。剛開始幾人以為誰家居然沒把死者火化，偷偷埋了，後來走過去細看，感覺不太對勁。於是招呼了其他人過來看，大家看到後，越發覺得不對勁，隨即報警。

經過今天的調查確認，死者確為朱永平和王瑤，兩人自從上週三早上去給女兒上墳後，失蹤至今，當天早上即出現手機撥不通的情況，他們家在上週六也報過人口失蹤警。結合初步驗屍情況判斷，兩人在上週三早上上墳時就已經遇害。

今天是星期三，案發至今已整整一個星期，其間雖然都是晴天，但寧市靠海，中間免不了下過幾場雷陣雨，即便從沒下過雨，這種露天犯罪現場經過一個星期也早就面目全非，加上今天早上發現屍體的一群送葬者踩踏，足跡這一塊的犯罪痕跡是不用指望了。

經法醫初步判斷，兩人均是被人用匕首捅死，同時用匕首毀容，包括身體部分也遭到匕首的劃戮，並且兇手將兩人屍體埋入空穴中，顯然是準備毀屍滅跡。

初步定調是搶劫殺人案，因為死者身上的錢財、首飾、珠寶、衣物均被兇手拿走，兇手甚至還到過死者的賓士車內。據永平水產的工廠工人透露，朱永平車裡一直放有數條名菸和一些財物，而現在，車內空空如也，找不出任何值錢的東西。當然，警方少不了對車內外指紋進行一番採樣。

整個刑警隊今天對大河公墓進行了搜查，未找到作案工具。另外由於案發過去了一個星期，現場痕跡都已損毀，所以也找不出兩名死者具體是在大河公墓哪個地點遇害的。

於是，擺在刑警隊面前的這起雙人命案，就成了典型的無頭案。只知道案發時間和被害人，除此外的情況，一無所知，甚至兇手有幾人也無從判斷。

葉軍低頭抽著菸，聽著其他同事對案件的看法。看得出，大家對破這起命案都不樂觀。在場的有老刑警，也有年輕員警，他們或多或少接觸過命案，也知道，並不是所有命案都能破得了。他們所在的鎮工廠眾多，外來人員流動大，地理位置靠海，有幾片沙灘，幾乎每年都會在沙灘上發現被人掩埋的屍體，有的甚至是碎屍案，這些案件經常是放了幾個月後，最後連被害人是誰都調查不出，更別提什麼時候遇害，什麼時候被人埋在海灘上的。大部分這類無頭案都成了塵封的卷宗，靜靜躺在檔案室裡。這次也差不多，無非知道了被害人和遇害時間。但案發現場找不到任何線索，公墓位於山坳，幾公里內沒有監視器，公墓附近自然也沒有人居住，平時除了送葬者，根本不會有人去公墓。倘若不是朱永平半隻腳沒被土蓋進去，露在了外面，今天的送葬隊也根本不可能發現，這起命案恐怕至少要過個把月甚至半年、一年才會曝光。

不過葉軍心中還有個疑問，一個多月前朱晶晶在少年宮被害，現在朱永平夫婦也被害，也就是說，他們一家三口都死了。雖說今天對案件的初步定調是搶劫殺人案，但會不會並不是表面看到的這麼簡單？

短時間內一家三口發生兩起命案，全家被害，這兩起命案之間，會不會存在一定的關聯呢？

# Part 70-72
# 約定

# 70

暑假的補課只有他們這一個年級，相比正常的開學，學校裡只有平時三分之一的學生，顯得空落落的。

在這個假期當口，學生們的心思自然也放不進學習，老師們心中也不想暑假加班，夜自修時，辦公室裡通常只有一個老師值班。於是每天晚上的夜自修，少不了各種竊竊私語，寫情書、扔紙條、笑罵，應有盡有。聲音鬧得大了，引來老師的一番巡視，等老師走後，學生間的又一輪嬉鬧重新開始。

每天晚上都亂糟糟的。方麗娜成績處於中游，她對學習的興趣也不大，只是爹媽天天念叨著要她向同桌學習，煩死了。不過也僅煩死而已，她對朱朝陽沒有任何惡感，不像班裡另幾個成績拔尖的女生，把朱朝陽視作眼中釘肉中刺，因為她和朱朝陽差距太大了，她相信就算朱朝陽中風癱瘓躺床上，考得也比她好，差距太遠的時候就沒什麼好比較了。

相反，朱朝陽經常把作業給她「借鑑」，甚至考試時也會把試卷隨手「拉長」，不過她知道朱朝陽可精著呢，每次試卷擺放的角度只能讓她一個人看到，根本不給坐他後面的幾位「死對頭」瞧見。

今天是星期三，晚自修開始後，方麗娜放一本大大的習題集在桌上，手裡還拿著枝筆，裝模作樣地思考題目，不過這本習題集下面還壓了本言情小說。如此過了一節課，她愉快極了，到了夜自修第二節，她才意識到今天的作業隻字未寫，只能轉而向同桌借鑑。

她轉過頭時，發現朱朝陽正整個人伏在桌上，奮筆疾書。她透過朱朝陽腦袋和桌子間的空隙偷看，原來朱朝陽不是在做習題，他同樣是將一本習題集放上面，底下壓著一個本子，他正在那本子上拚命寫字，寫了很多字。

「嘿。」方麗娜叫了他一聲。

「嗯，怎麼了？」朱朝陽迅速地把本子縮回到習題集下，握著筆，一臉思考的模樣對著習題集寫下一道題的答案後，才微微轉過身，看著她。

方麗娜一臉怪笑地看著他：「你在寫什麼？」

「做題目啊。」

「嘻嘻，」她露出一雙智慧的眼睛，「題目下面呢？」

「嗯……什麼？」

「別裝了，你在下面那本子上寫什麼，我看看？」

「嗯……寫作文。」

「作文？」方麗娜一臉不相信的表情，「今天沒排作文吧？」

「我自己練練筆。」

方麗娜搖搖頭，低聲笑道：「不可能，我知道你在寫什麼。」

朱朝陽微微一皺眉：「寫什麼？」

「情書。」

「咳咳，沒有，你別亂說。」

「而且我看到了寫給誰的。」

朱朝陽緊張地問：「給誰？」

方麗娜抿抿嘴，露出一副不可思議的表情，得意地單邊翹著嘴笑著：「我真沒看出來，你目光這麼毒辣，嘻嘻。」她湊過去壓低聲音問：「你怎麼會喜歡上葉馳敏的？」

朱朝陽立刻脖子一縮，咧嘴道：「你說我喜歡那個變態？」

「不至於吧……你居然說她是變態？」

朱朝陽把頭一梗：「我一直都這麼說。」

「那是以前，可是現在……你喜歡她，還說她是變態？……該不會你喜歡變態？嘻嘻。」

朱朝陽咬牙道：「你在說什麼啊，我自殺也不會喜歡那變態。」

方麗娜微微皺眉道：「難道你不是寫給她的？可我剛剛明明看見你寫了她的名字。」

朱朝陽皺著眉，低聲道：「你還看到了什麼？」

方麗娜輕鬆地笑著：「別緊張嘛，我就瞟了一眼，就看到了她名字而已啦。那你告訴我，你是寫給誰的，我不說出去。而且嘛……要不我幫你把情書送給你想送的人？」

朱朝陽搖搖頭：「我沒在寫情書，你別亂想。」

「那你在寫什麼？」

「寫日記。」

「寫日記？」方麗娜不解道，「暑假不用寫週記啊。」

「我自己練練筆，每天寫點日記，提高一下作文成績。」

方麗娜失望地吐口氣：「真白激動一場了，你太讓我失望啦。嘿嘿，不過如果你連作文都上去了，你就是國數英物化生通吃了，葉馳敏幾個以後還想設計讓你考試發揮不好，就更沒戲了。放心吧，我不會把你這個核心武器透露出去。嗯……對了，今天的作業借我看看。」

朱朝陽馬上把幾個本子奉上，誰知他剛把本子交給方麗娜，班主任老陸出現在門口，並且盯著他，筆直朝他走過來。

他和方麗娜都愣在了那裡。

老陸走過來後，低頭說了句：「你先出來一下。」

朱朝陽一驚，馬上向方麗娜要回了作業，又把那本日記本塞進書桌一堆書的最中間，跟著老陸出去。幾分鐘後，他重新回到教室，兩眼通紅，一句話也不說，收拾起書包來。

其他同學紛紛朝他那兒看，有好奇的，有幸災樂禍的。

方麗娜一臉緊張又愧疚地道歉：「就這個事老陸又不讓你上課，要你回家了？太過分了吧。」

朱朝陽搖了搖頭，道：「不是這事。」

「那……」她目光示意了下後面，悄聲道，「又是她們害你？」

朱朝陽還是抿著嘴搖搖頭。

很快，他把書包塞滿拉上了拉鍊，重新拿出了幾本作業，交給方麗娜：「明天你幫我交，你想抄就抄吧，沒關係。」

「你要幹麼去？老陸要把你怎麼樣？」方麗娜瞬間義憤填膺。

朱朝陽用手擦了擦眼角的淚水，湊過去低聲說：「我爸死了，家裡要我快回去，你別說出去。」

方麗娜表情整個呆滯了，驚訝地看著朱朝陽，隨後點點頭：「你快回去吧，我不會告訴別人的。」

# 71

回到家時，屋裡擠著不少人，除了周春紅的親哥和親妹兩家人外，還有方建平等幾位水產廠的老闆們。眾人見朱朝陽滿眼通紅，顯然哭過，不禁紛紛唏噓，安慰了他一陣，隨後方建平跟他說了具體情況：

「今天白天，派出所在大河公墓發現了你爸和王瑤的屍體，據說是遭人搶劫殺害。具體案件情況公安會查，現在最重要的是收拾好情緒，趕緊去廠裡。你是朱永平的獨子，按普通人的觀念，你是繼承人，但按法律，王瑤家的親屬也有同等繼承權，所以得趕緊先占住工廠，可不能讓他們趕了先，把重要財產通通轉移走。」

講完了輕重緩急，朱朝陽也馬上收拾好情緒，和其他人一樣，他也表示絕不能讓王瑤娘家把工廠占了。溝通一番後，眾人當即出門，趕往永平水產。

到了廠裡，那裡有更多的人，有朱永平的親屬，包括朱朝陽的奶奶，朱永平沒有兄弟姐妹，其他親戚都是叫來幫忙的，還有一些朱永平的生意夥伴和旁邊工廠的老闆，此外，銀行、派出所及鎮政府的人都在。

所有人都守在一棟辦公樓的內外。方建平跟在場大多數人都認識，打了招呼後，叫上朱朝陽、朱朝陽的奶奶、周春紅，外加幾位旁邊工廠的老闆一起進了朱永平的辦公室，幾人關上門來商量。

朱朝陽在眾人的談話中，了解了他爸的大致財產情況。除了工廠外，他爸還有兩部車子、一套別墅、三套市區的房子，其他現金和投資就不清楚了。負債方面，借的全是銀行貸款，共借了大概一千五百萬元。之所以方建平這麼清楚，是因為朱永平的貸款都是旁邊幾家工廠擔保的，對這筆貸款，銀行倒不擔心收不回，因為這是資產抵押，又有商戶聯保，像方建平等幾個擔保人，資產比朱永平還大，所以今天只是派了員工過來看看，並不是凍結資產。

很快進入財產處置的正題。周春紅不用說，自然希望兒子分到的財產愈多愈好，朱朝陽奶奶是個軟弱善良的老人，知道兒子噩耗後，今天一直在反覆拭淚，但說到接下來的財產分配，老人家可不糊塗，完全站在了孫子這邊，畢竟王瑤娘家人分走財產後，和朱家就再無關係了，只有朱朝陽是朱家的。按照繼承法，對於突然留下的這筆資產，王瑤的父母、朱永平的父母和朱朝陽五個人都享有繼承權，朱永平是獨子，爺爺奶奶分的財產自然早晚都要給孫子，老人對財產看得很淡，表態他們倆有養老金，財產都歸孫子。

王家人肯定也想多分錢，不過王瑤是隔壁縣的人，他們估計明天才能趕到。

一說到王家人要來分錢，周春紅就氣不打一處來，忙問著方建平幾人有什麼法子，不讓他們占便宜。

方建平等人顯然早就商量過了，提出一個方案。

朱永平的財產中，工廠、房產、汽車這些都是固定資產，都沒辦法轉移。但除此之外，朱永平的其他資產，都是可以提前轉移掉的。

首先，要把工廠的有關資料、財務章、帳目都控制起來，到時王家人要分財產，讓他們上法院起訴，他們不知道總共有多少資產，而且他們是外地人，來這裡起訴，註定是很被動的。

其次，朱永平除了固定資產外，手裡還有個很值錢的東西，那就是工廠裡的存貨。

方建平幾人知道，朱永平上個月剛收進一千多萬元的魚，凍在冷庫裡，還沒賣出。魚是他們水產加工業的原料，是硬通貨。現在他們幾個旁邊工廠的老闆，想用半價收了這批魚，這錢不進工廠的帳戶上，而是私下轉給周春紅。儘管半價賣掉硬通貨很不划算，但事急從權，這筆錢是完全給他們的，不用分給王家。

方建平當場就拿出了一份協議，說如果覺得沒問題就簽了，他派人今天連夜把貨都拉走。朱朝陽覺得協議沒問題，唯獨擔心工廠這麼多人，會不會有人告訴王家說當晚廠裡的貨就被人拉光了。

對此，方建平有經驗，他拿出了提貨單，蓋上永平水產的章，對外就說這批貨是他存放在永平水產的。他們水產行業遇到進貨太多時，常會租用旁邊工廠的庫房存放，現在朱永平出事，他當然要第一時間把貨拉回去了。有蓋了章的租賃憑據，還有提貨單，再加上以前業務往來的租賃手續，他們對這套流程很熟，保管沒問題。他明天一早就會把貨款轉到周春紅帳上。

方建平廠子規模比朱永平的大得多，專做出口，他是鎮上有頭面的人，不可能為了坑他們幾百萬元把臉丟掉，他說的話自然沒人懷疑可行性。於是朱朝陽在協議上果斷地簽了字。

最後林林總總地算下來，朱永平這家工廠到時賣出，估計不會超過兩千萬元，還掉銀行一千五百萬元的欠款，實際所剩也不多，加上幾處房產、車輛和其他資產，最後大致計算了一下，朱朝陽一家實際能分到一千多萬元，王家頂多拿走幾百萬元。

財產怎麼處理的問題，在一干人的商量下敲定，方建平等人連夜拉貨，當然了，以後王家上法院起訴財產分配時，方建平等人還會給朱家提供各種幫助。剩下各項善後工作，自然得一步步來。

總之，這是朱朝陽感覺天翻地覆又對未來新生活充滿期許的一個長夜。

# 72

今天的調查依舊毫無進展。

大河公墓旁有路過的老農前幾天就注意到孤零零停著的那輛車了，不過並沒留意車子是哪天來的，開車的是誰，更沒留意最近有什麼可疑人員經過。

公墓附近本就地處偏僻，八月大熱天的，誰沒事來公墓溜達啊。所以朱永平夫婦的這起命案，註定是找不到目擊者的。此外，警方對附近進行了較大範圍的搜查，始終沒找到作案工具。這下連物證也沒有。

專案組一晚上開會討論，對這起命案的偵查極不樂觀。別說這起沒人證沒物證的案子，上個月少年宮姦殺女童的案子至少物證翔實，DNA都有，可案子辦到現在，漸漸成了死案。

夏季本就是最不適合工作的季節，員警也是人，炎炎夏日，滿地頭跑一圈問別人是不是見過可疑人員，在得到一個又一個失望答案後，只過一天，鬥志就被消磨光了。

專案組也探討了朱晶晶案和朱永平夫婦案子是否可能有關聯，但大部分員警認為不具關聯性。因為兩起案件除了受害人是一家子外，犯罪過程、犯罪手法都大相逕庭。

朱晶晶案中，兇手殘暴變態，竟然敢在少年宮這樣人流密集的公共場所姦殺被害人，還留下DNA訊息，沒被抓到其實很大程度上歸功於運氣，因為如果當時有人剛好走進六樓男廁所，那麼兇手就會被當場抓獲。

可朱永平案中，兇手是謀財，不光身上的財物，包括車內財物也都被洗劫一空，但這次兇手卻聰明地帶走了一切犯罪工具，半點證據都不曾留下。

當然，現在全區周邊的黃金店、典當店都下發了協查通知，如果有人拿了朱永平夫婦的首飾珠寶來賣，第一時間報警。但葉軍知道，這類案子靠這樣抓獲兇手的機率微乎其微，通常兇手不會在本地銷贓，而是帶到外地。帶到了外省，就算以後查到了線索，要找出兇手也極其困難。

回到家時，他感到身心俱疲。七月、八月連出兩起重大命案，卻毫無破案的希望……老婆給他倒了杯參茶，他躺在沙發上，喝了口茶，忍不住掏出菸，正要點上，老婆阻止了他：「孩子在房間做作業，你就別抽了，滿屋子都是菸味，她都跟我說了好幾次了。」

葉軍強忍著菸癮把香菸塞回去，道：「她怎麼自己不跟我說？」

「還說呢，」老婆抽抽嘴，「孩子都這麼大了，你還老罵她，她最怕的就是你。」

葉軍幹刑警多年，時常早出晚歸，有時候遇著案子，幾天幾夜回不了家，甚至半夜接到重大案件也只能摸黑出門，回到家中遇著工作不順心，脾氣大得很，動不動就把自己當年當兵的那套拿出來，女兒最怕他發火。

他自知理虧，不過還是冷哼了一聲，強自道：「我也不是平白無故就去訓她，她做得不好，自然要訓，你看看我們派出所抓回來的小兔崽子，不都是家裡不管教的？」

他站起身，朝女兒房間走去，打開門，看到女兒正在做功課。

「嗯……爸。」葉馳敏聽到剛才門外的對話，抬頭忐忑地看著她爸。

葉軍應了聲，還是如往常一樣，板著臉，擺出嚴父的模樣，走過去翻了下她的作業，道：「不是說你們暑假補課時要模擬考的嗎，考了沒？」

「嗯……考了。」

「分數出來了沒？」

「出……出來了。」

「你怎麼沒拿給我看，是不是考得不好？」

「我……我本來想等下做完習題拿給你看的。」葉馳敏從書包裡拿出幾份試卷，小心翼翼地遞過去。

葉軍翻開她的試卷，看了一遍，目光落在了最後那份數學試卷上，數學卷總分一百二，卷上的得分只有九十六。

「怎麼錯這麼多？」他放下試卷，手指指著鮮紅的九十六。

「是……這次數學特別難，其他……其他同學也都考得不高。」

「你考第幾名？」

「班上前十。」

「年級呢？」

「這次年級沒排過。」

「你們班那位朱朝陽考幾分？」

「他……他……」葉馳敏心中一慌，她爸總拿這學霸來說事，可她無論怎麼努力，就是考不過對方，因為對方每次都滿分，她就算華羅庚（註：中國當代著名數學家。）附體，也沒辦法在滿分一百二的卷子上考出一百二十一吧，她能怎麼辦？以前有次她還謊報了朱朝陽的分數，報得低了，結果她爸去學校一查，發現她撒謊，回家後狠狠臭罵了她一頓，險些要揍她。所以她在她爸面前根本不敢撒謊，只好如實交代：「他……他考滿分。」

葉軍忍不住道：「你怎麼也不能差別人這麼多吧？」

葉馳敏停頓一下，過了幾秒，眼淚就如蘭州拉麵般滾了出來。

老婆連忙跑進屋，抱怨道：「你怎麼又把女兒弄哭了，別每天跟審犯人一樣的。模擬考，又不是中考（註：中國的高中招生考試。），沒考好下次努力來過就行了。」

葉軍哼了聲，自覺語氣重了些，見女兒哭成這樣，也是心有不忍，便沉下氣道：「算了，別哭了，下次考好就行了。」

「還說呢，你別管了，你早點洗漱了睡去吧。馳敏，別哭了啊，沒事的。」

葉軍剛想起身離開，突然想到件事，便又回過身：「我還有事跟馳敏聊聊，你先出去吧。好了好了，爸爸跟你道歉，別哭了啊。」

老婆又安慰了一陣，葉馳敏才不哭了。葉軍催促一陣，說要談談心，不會把女兒弄哭，才把老婆趕出去。之後關上門，先說了一些學習上無關緊要的事，把女兒安慰好了，才轉入了他的正題：「你們班的朱朝陽是不是請假了？」

葉馳敏點點頭。

「他昨天請假的？」

「嗯，他昨晚夜自修突然被陸老師叫出去，後來就請假回家了。爸，你怎麼知道？是不是出了什麼事？」葉馳敏臉上現出了好奇，不過她可不會讓她爸知道，她是真心希望朱朝陽出了什麼事。

「嗯，他家裡出了些事，你也不要跟別人說。」葉軍語焉不詳。

「哦。」

「對了，上個星期他請過假嗎？」

「沒有啊。」

「他每天都來上課？」

「是啊，他從不請假的。」

「他夜自修也天天上的？」

「嗯。」

「他上個星期三也是準時上課的?沒有遲到什麼的?」

「沒有,他總是最早來,不知道他哪來這麼多精力。」

葉軍沒留意到女兒流露出一絲不屑,繼續問著關心的事:「你能不能肯定他上個星期三沒請過假?」

「肯定。」

「你能肯定他那天也沒遲到嗎?」

「肯定,上個星期三有一門化學的模擬考。」

葉軍奇怪地看著女兒:「你怎麼那麼肯定?」

「我……他就坐第一排,我坐他後面第三排,天天看見的。」

「哦。」葉軍想了想,又道,「你有沒有見他最近和什麼人來往?」

「沒有,他從不跟人來往,學校裡沒人跟他做朋友。」

「哦?為什麼?」

「反正他看上去很孤傲的樣子,只知道死讀書,死讀書是沒用的。」

葉軍沒注意聽女兒的畫外音,又道:「你覺得他最近有沒有什麼地方和以前不太一樣?」

「哪方面?」

「任何方面,你想到的都可以說。」

葉馳敏想了想,搖搖頭:「想不出,他跟以前一樣,每天還是一個人,也不說話,也不和別人交流,就在那邊埋頭寫作業,他們都說這樣子書讀得再好,以後也是個書呆子。」

她正想多跟她爸灌輸一些書呆子以後沒用的價值觀,暗示別再拿這沒用的學霸來跟她比了,誰知葉軍卻點點頭,一副深思的樣子站起身,準備出去了,似乎根本沒領會她的畫外音。

她連忙問：「爸，是不是朱朝陽做了什麼違法犯罪的事，被你們抓了？」

葉軍一驚，抬頭：「沒有啊，你為什麼這麼問？」

「那你怎麼問了這麼多他的事？好像他犯事了一樣。」

葉軍笑著敷衍一下：「沒什麼，隨便問問，你早點睡吧。以後你多向別人學習，有不懂的找懂的同學問，虛心一點，知道吧。」說著就離開了。

葉馳敏失望地撇撇嘴，這麼多畫外音，爸爸居然一句都聽不懂！

# Part 73-76

# 死亡

# 73

接下來的幾天，朱朝陽都請假在家。

他是獨子，大部分人的觀念裡，他該繼承一切財產，當然，從法律上說，朱永平的財產是夫妻共有資產，王家人要拿屬於王瑤的那部分，但王瑤那部分財產該是多少，就沒人說得清楚了。因為財產要扣掉上千萬元的銀行貸款，並且大部分是固定資產，能變現多少不知道。

主控權已經牢牢掌握在朱家這邊了，因為朱家是本地人，第一時間控制了印章、帳單、產權證，原本銀行要接手保管的，但方建平等幾人向銀行提出了全額擔保，銀行不擔心這筆借款收不回來。政府層面上，無非是工廠人員工資、工廠的善後，但工廠的合同工總共也沒幾個，朱永平也沒有欠其他自然人的外債，所以處理起來也很簡單。

當然了，工廠最後還要賣給方建平這幾個同行老闆，到時自然也會像賣存貨那樣，做陰陽合同，把價格壓低，方建平等人私下另外給朱家一筆錢。

這幾日，朱朝陽在親戚的帶領下，展開了一系列的「財產爭奪戰」，他的作用只是以獨子的身分站場，自有人替他說話。他們和王家吵了很多次，派出所員警也來調解了很多次，但所有產權都被控制在朱家手裡，王家到現在一分錢都沒拿到，他們又是外地人，對一幫本地人束手無策。員警每次調解，也只能建議他們走法律途徑，朱家也是讓他們上法院起訴去，法院判給多少，就給多少，否則一分錢都不給。

幾天過去後，王家無功而返，只能著手後續的起訴事宜。

朱家這邊，朱永平的葬禮卻不能如期進行，因為屍體還在員警那邊放著，案件還處於前期偵查階段，要等過段時間才能還給家屬。

這天下午，朱朝陽跟著周春紅回到家，在樓下時，他瞥見普普在一旁坐著，他跟周春紅撒了個謊，說去買個甜筒吃，隨後朝另一邊的一條小弄堂裡走去，普普心領神會，悄悄跟在後面。

兩人在弄堂出來後的一條小街上碰了面，朱朝陽邊走邊問：「你等了我很久嗎？」

「還好，我坐在那兒看書，沒覺得久。對了，員警是不是找過你了？」

朱朝陽一愣，隨即繼續若無其事地往前走，低聲道：「你怎麼知道的？」

「張叔叔猜到的。」

「哦？」

「他在新聞上看到，墓地裡的屍體被人發現了。他問我你是不是去過墓地，動過屍體了。」

朱朝陽眉頭微微一皺：「你怎麼說的？」

「我沒告訴他你星期天去過公墓，我說我不知道。」

「哦。」朱朝陽放心地點點頭，又問，「他怎麼會猜到我去過公墓了？」

「他說按他設想，屍體埋在那裡，過個把月都未必能被人發現，所以他擔心是不是你去動過了。」

朱朝陽一驚，問：「如果動過了會怎麼樣？」

普普張大嘴：「你真動過屍體？」

朱朝陽隨即搖頭，道：「我去看過，沒動過屍體。」

「他說如果動過屍體，可能會留下你的腳印和其他痕跡，不過他後來又說，腳印什麼的倒也問題不大，那幾天下過幾場雷陣雨，肯定沖掉了。他最擔心的是你去公墓時，會被路上的監視器拍下來。」

「公墓那兒有監視器？」

「他說公墓附近沒有，但外面的主幹道上肯定有。」

「可我是坐公車的，下車後進山那段路我是走去的，中間也沒遇見過人。」

普普想了想，道：「他說進山那段路沒有監視器，那應該沒問題。」

朱朝陽停下腳步，思索了幾秒，又繼續向前走：「嗯，應該沒問題的，否則員警早把我抓走了。」

「你剛才說員警來找過你了？」

「對，不過沒什麼大不了的，不光是我，我媽和我家親戚都找過了，問了一些我爸和婊子前陣子有沒有聯繫過我們的問題，還問了上週三那天我們在哪兒。我在上課，我媽在上班，都是清白的。」

普普放心道：「那就好了。」

朱朝陽道：「你放心吧，你和耗子還有那個男人，跟我爸一家不存在任何關係，員警不會懷疑到你們。只要過了這陣子，一切都煙消雲散，一切都會好起來的。等風平浪靜後，我們光明正大一起玩兒，也沒人會懷疑了。」

普普笑了笑：「希望快點過去吧。對了，張叔叔讓我來問你，什麼時候把相機給他？」

朱朝陽思索了一下，道：「過幾天吧，等員警徹底不來找我們了，我就過去把相機還他。他幫了這個忙，以後用相機威脅他也沒用了，我會把相機還他的。你和耗子最近怎麼樣，他害怕嗎？」

普普撇嘴道：「他一碰遊戲就什麼都忘了，不過我有一點點擔心……因為我和耗子現在沒住那兒了，我們搬到了張叔叔家住。」

朱朝陽停下腳步，皺眉道：「為什麼？」

「那次事情後，他又問了我們家裡的情況，耗子不小心說溜了嘴，我想現在相機對他也構不成威脅了，就把我們從孤兒院逃出來的事告訴他了。第二天他又過來，說我們這樣下去不行，要去讀書，他說讀書需要戶口，還需要學籍，他想辦法先給我們上個外地的戶口，再想辦法弄學籍，他說弄假戶口，把身分洗白需要一筆不少的錢，所以他準備把這套最小的房子賣掉，讓我們先住他家，順便給我們補課，就算趕不上開學，也能跟上讀書進度。」

朱朝陽眼神複雜地看著她：「我們現在對他已經構不上威脅了，你有沒有想過他為什麼這麼好心？」

「我知道，他怕我們在外面混，萬一哪天把事情捅出去就不好了。」

朱朝陽感到這話彷彿也是在說他，臉不由紅了一下，連忙道：「不過他願意幫你們，也是好的。」

「你覺得我和耗子都住進了他家，會不會有危險？」

朱朝陽搖搖頭：「不會了，現在我們對他構不成威脅，而且前陣子我們去找他那幾回，看得出，他很不想再殺人了，多一事不如少一事，我想他算得明白。」

普普放下心，點點頭：「其實他這個人，可能真沒我們一開始想的這麼壞，他怎麼說都是個老師。他說發生過的事都過去了，以後誰都不要再提，徹底把這些事忘了，好好生活下去。」

朱朝陽點點頭，感嘆道：「我也希望快點過去。」

普普道：「那好吧，我先回去了，過幾天我再找你，選個時間把相機送回去。他還說你爸那兒留了些東西，這些東西他不能還給你，等過些時間風平浪靜了他會去找地方丟掉，留著的一些現金他可以分幾次還給你，他也怕你亂花錢。」

朱朝陽感激地看著她：「謝謝，沒有你的幫助，我真不知道會怎麼樣。」

普普微笑著搖搖頭。

「對了，你爸的祭日是哪天？」

「明天。」

「你要把相片燒給他嗎？」

「對啊。」

「我和你一起去吧？」

普普停頓了一下，目光有些濕潤，笑著搖搖頭：「不用了，這幾天你一定很忙，這樣對你不方便。等明年。」

朱朝陽望著她，緩緩點頭：「好，說定了，明年。」

# 74

暑假的補課很快結束了，再過幾天，就將正式開學，也意味著最重要的初三來了。

補課的最後幾天，朱朝陽沒去過學校，一直請假在家。

周春紅也請了一個星期假，處理著各種事宜。

儘管他們家的財務狀況迎來了天翻地覆的改變，不過周春紅是個本分人，不會守著財產坐吃山空，她說這些錢都存著，給兒子大學畢業後買房買車，多餘的部分到時讓兒子自己打理。

一個星期後她回到了景區上班。這一天，朱朝陽再次見到了普普，約定了明天早上把相機還給那人。

深夜，朱朝陽獨自在家，伏案寫了整整一個晚上後，他停下筆，活動了一下痠痛的手臂，將手裡的筆記本闔上，長長地嘆了一口氣。

隨後，他把筆記本端正地放在了書架上，又把書桌收拾一空，把所有參考書疊成了一堆，拿出了那本印刷粗糙的《長高祕笈》，蓋在了這堆書的最上面。

他躺在椅子裡，閉眼思索了一陣，睜開眼，從抽屜裡拿出了相機和兩張記憶卡。其中一張，自然是相機原來的記憶卡，另一張則是他今天下午剛去電腦城買的。

他把新的那張記憶卡放進相機裡，相機塞入書包，把舊的記憶卡小心翼翼地放進了書包的另一個小袋。

做完這一切，他皺了皺眉，目光看著窗外，木然地望了好久，臉上出現了遠超他年齡的表情，嘆息一聲，上床睡覺。

明天是最關鍵的一天。

月普、耗子，但願一切順利，你們永遠是我最要好的朋友。

第二天早上，他背著書包，如約來到盛世豪庭，走到樓下鐵門處，按響了門鈴。

張東升走到監控門鈴前，看了眼畫面裡的朱朝陽，他眼角露出了一絲微不可察的笑意。他轉過身對另外兩間臥室喊：「耗子、普普，朝陽來了。」隨後按下了開門鍵。

朱朝陽剛到門口，丁浩就把門開了，熱情地迎他進來：「好兄弟，幾個星期沒見面了！」

「坐吧。」張東升友好地招呼。

朱朝陽坐下後，和丁浩聊了些近況，不過他們誰都沒提那件事，彷彿那件事從來都不曾發生過。

說了一會兒，朱朝陽道：「叔叔，相機我拿來了。」

他將書包放在一旁位子上，從裡面拿出了相機，遞過去。

張東升打開相機，相機還有電，他看了一遍，影片果然在裡面，他滿意地點點頭，問：「這段影片你們只放在相機裡？有沒有另外存到電腦裡？」

朱朝陽搖搖頭：「沒有存過。」

張東升將信將疑地朝三人分別看了眼：「從來都沒存過電腦裡？」

「沒有。」朱朝陽肯定地回答。

丁浩道：「叔叔你放心吧，我能肯定，沒存過電腦裡。」

普普也道：「我們沒有必要騙你，現在也沒有保留影片的必要了。」

張東升點下頭，抽出相機裡的記憶卡，一下摁斷，扔進了垃圾桶，輕鬆地笑起來：「好吧，那麼從今天開始，一切都是新的了，過去的一切都過去了，包括我，也包括你們。」

丁浩露出了由衷的笑容，普普嘴角稍稍翹了下，只有朱朝陽，勉強歪歪嘴，似乎笑不出來。

張東升看著他，想了想，安慰道：「已經發生了，你後悔也沒用，忘了吧。」

朱朝陽道：「我沒有後悔，只是最近發生了太多事，嗯……」
「慢慢會過去的。」
「嗯，我會忘掉的。」
張東升拍了下手，道：「好吧，接下來朝陽你安心生活著，耗子和普普我會想辦法給他們弄上戶口，再弄上學籍，重新開始上學，不過需要些時間，恐怕開學是安排不上了，不過最遲年底前我肯定會搞定。」
丁浩哈哈笑著撓頭，很滿意這個結局。
張東升又道：「我們四個人也算某種意義上的同舟共濟了，經歷這麼多，今天徹底告一段落，中午我買點東西慶祝一下，怎麼樣？」
丁浩連忙道：「好呀，我要吃披薩。」
張東升朝他笑道：「你只要少玩遊戲，學普普一樣多看看書，以後想吃什麼都沒問題。不過現在，我會變一樣好東西給你們。」
普普努努嘴：「是不是冰箱裡的蛋糕？」
張東升故作驚訝：「你昨天看到我藏進去的吧？」
丁浩笑道：「其實我也知道啦，就是沒說出來。」
朱朝陽看著他們的模樣，也不禁跟著笑。
張東升的「驚喜」被識破，無奈搖搖頭，從冰箱裡拿出了一個大蛋糕，掀開保麗龍盒，一個插滿巧克力和水果的漂亮蛋糕出現在他們面前。
丁浩咂著嘴：「叔叔，你太棒了！」
「再來點飲料吧，朝陽不喝碳酸飲料的，對吧？橙汁呢？你們倆依舊可樂？」

「隨便，您快點吧。」丁浩迫不及待地先叉了個草莓放嘴裡。

張東升笑著搖搖頭，倒了一杯橙汁和兩杯可樂，放到他們各自面前，他自己倒了杯葡萄酒，杯底敲了敲桌子，道：「咱們先乾一杯。」

「好呀！」

丁浩一口就喝了大半杯冰鎮可樂，普普也喝了三分之一，朱朝陽喝得很慢，喝一口後，手伸到嘴邊，咳嗽一聲，又接著喝，又咳嗽一聲，隨後道：「我去小便。」他又喝進一大口，鼓著大嘴朝廁所走去。

張東升瞧了他一眼，又看了看他的杯子，他那杯也喝了三分之一。

「現在切蛋糕啦，你們想吃哪塊？」

張東升正切著蛋糕，朱朝陽已從廁所出來了，他依舊笑著問：「朝陽，你喜歡巧克力還是水果？」

「我昨晚拉肚子了，現在還不敢吃。」

「那好吧，只能下次補償你了。耗子，這塊先給你。」

丁浩接過蛋糕，吃下幾口後，突然皺起眉：「哎呀，糟糕了，看來我也要拉肚子了，我也肚子痛。」

普普不屑道：「誰讓你總是吃這麼多這麼快。」

「我痛死了，你還要說我呢。」丁浩瞪了她一眼，可是沒過幾秒，他就痛得更厲害了，他捂著肚子，痛得呀呀叫。

「耗子，耗子！」普普覺得他叫得有點誇張，轉過頭去看時，他竟直接從座位上滑了下去，臉上都開始猙獰了。

朱朝陽趕緊和普普一起去扶他。

張東升也連忙跑過去，把他拉到位子上，急聲問：「怎麼了，是不是急性腸胃炎？」

「他怎麼痛得這麼厲害？」普普焦急地弄著已經在抽搐的丁浩，可是這時，她眉頭微微一皺，忍了幾下，隨後，她臉上也露出了痛苦的表情。

張東升道：「肯定是腸胃炎，我去拿藥。」

他轉身裝作去桌子下拿藥，卻拿出了一個遙控器，按了下，門鎖上傳來了一聲「咔嚓」。

這時，朱朝陽朝自己座位走了幾步，突然也痛苦地叫出聲，隨後摔倒在地，開始呻吟。而丁浩，已經只剩抽搐了。

普普緊跟著滑到了地上，瞪大眼睛，驚慌地看著此時緩緩轉過身，臉上沒有一絲表情的張東升，突然想起了朱朝陽爸爸死前的樣子，頓時驚醒，嘶啞地喊著：「你……你要殺了我們！」

張東升沒有回答，只是漠然地立在原地，看著他們三個從掙扎到抽搐，再逐漸一動不動。

等了足足五分鐘，他吐了口氣，冷聲道：「一切都是你們逼我的。你們以為到此結束了？你們畢竟是小孩，不懂一個道理，有些祕密是永遠不能讓別人知道的，那樣永遠睡不著一個好覺。」

他平靜地走上前，翻開丁浩的眼睛，瞳孔已經放大了，身體還熱呼呼的。等半夜出去把三個小鬼丟到海裡，今天終於做個了結了。他心下感覺一陣久違的輕鬆。

他正想去拿袋子裝屍體，突然間，卻感覺胸口一下刺痛，他還沒回過神來，又感覺到了一下刺痛，一下，兩下，三下，四下。

他本能地低下頭，驚訝地發現，胸口血流如注，血液噴了出來，他回過頭，在他最後的目光裡，看到了手拿匕首的朱朝陽站在身後。

那把匕首，就是朱朝陽和普普第一次來他家，在桌子下找到，被朱朝陽搶來放書包裡帶走的。滿手是血的朱朝陽愣在原地，看著張東升徹底倒下，四肢逐漸從抽搐，變為一動不動，可還是睜著一雙充血的大眼，彷彿死不瞑目，一直瞪著他。

過了好一會兒，朱朝陽才回過神來，望著躺在地上的丁浩和普普，最後，他的目光全部集中到普普臉上。

他蹲下身，看著普普的臉，輕輕地叫喚：「月普，月普，你醒醒……」

普普沒有回答他。朱朝陽伸出手，慢慢地握住了普普的小手，手心傳來一絲溫度，讓他有一種前所未有的暖意。

「月普，你醒醒，我們一起出去，好不好？」他的手抓得更緊，另一隻手伸上前輕輕撩撥她細細的頭髮。

「月普，月普，你起來好不好？起來，起來啊……」

突然間，淚水在他眼中翻滾，頃刻後，變成了號啕大哭。

普普始終一動不動，她再也不會動了。

朱朝陽低下頭，在普普的額頭上淺淺地親了一下，這是他第一次親女孩子。

他就這樣痛哭流涕地看著普普，過了好久，才停歇下來，用力吸了下鼻子，緩緩站起身，目光迷茫地看著周圍。

他從口袋裡摸出了一團紙巾，紙巾黏糊糊的，吸滿了橙汁。他把匕首放在一旁，走到桌前拿起了那瓶橙汁和他的那杯橙汁，進了廁所，將手裡這團吸滿橙汁的紙巾扔進了馬桶，將杯子裡和瓶子裡的橙汁也都倒進了馬桶，沖掉，塑膠瓶和空杯子都用水沖了一遍。

接著他返身回到客廳，把空杯子放回桌上，拿起桌上的那瓶可樂，給空杯子裡倒上了大半杯可樂。然後他從垃圾桶裡撿出了被張東升摁成兩截的記憶卡，又拿著空的橙汁瓶，走到了陽台的窗口，朝外看了眼，確認下面沒人後，他把空瓶連同摁斷的記憶卡一起拋了出去。

他再次回到客廳後，拿出了書包裡藏著的原先舊的那張記憶卡，塞回了相機。隨後他撿起匕首，走進廁所，打開自來水，拿下一條毛巾，用力搓著匕首，包括匕首的把手，洗了一陣後，他用毛巾裹著匕首，回到了客廳，用匕首從張東升身上沾了些血，又把匕首的把手放進丁浩手裡握了幾下，拿出來後，又往張東升手裡握了握。

他站在原地，緩緩閉上眼睛，咬緊牙齒，用毛巾拿著匕首，在自己的胸口和手臂上劃了幾刀，那幾刀都不深，不過也馬上流出了血，浸紅了薄薄的T恤。

做完這些，他把匕首扔到了丁浩的手附近，把毛巾、蛋糕、椅子都推翻在地，地上顯得一片狼藉。他深呼吸一口，跑到了門邊，轉動門鎖，卻發現門打不開。

他看了看，今天門鎖比以前多裝了個東西，那東西上有個發光的紅點，他想到剛剛張東升按了什麼東西後，門鎖上傳來一聲「咔嚓」，想必是遙控開關控制的。

他來到桌子旁查看，馬上尋到了桌下的一個遙控器。他剛要伸手去拿遙控器，卻中途停住，思索片刻，沒有去碰，而是跑到了廚房，爬到窗戶上，拉開窗戶，大聲哭吼著朝外面呼救：「救命啊，救命啊，殺人了，救命啊！」

# 75

保安聽到呼救聲，抬頭看到窗戶上趴著一個滿身是血的小孩，連忙報警。同時，幾名保安也一齊衝上樓救人，卻發現打不開門，敲門也聽不到裡面的任何回應。最後是員警用工具強行把門撬開的，一開門，所有人都被眼前的景象驚呆了。

客廳裡滿地是血，一片狼藉，血泊中躺著三個人，一個成年人，兩個小孩，三人都已經死了。

隨後他們在廚房找到了原先那名呼救的孩子，他同樣全身是血，受了好幾處刀傷，不過他沒有死，只是昏過去了，在眾人的救援下很快甦醒過來，但神智不清，嘴裡說著不清不楚沒人能聽懂的話，員警連忙送他去了醫院，同時增派大量警力封鎖現場。

送到醫院後，醫生檢查了一遍，說這孩子身上是些皮外傷，沒有大礙，除了人受了驚嚇外，其他沒什麼。包紮處理完傷口，暫時留醫院打消炎針，觀察一下。

今天葉軍正在外頭，接到消息說盛世豪庭發生重大命案，死三個，只活了一個，他感嘆今年夏天真是倒了血楣，後來他得知唯一一位生還者是朱朝陽時，確認再三，是朱永平的兒子朱朝陽，他頓時兩眼放光，心中思索一遍，先是朱晶晶，後是朱永平夫婦，接著是今天的三人命案，這三件大事都和朱朝陽連在了一起。

葉軍第一時間趕到醫院，醫院專門開了個獨立病房，裡面好多員警圍著朱朝陽。

朱朝陽兩眼布滿血絲，滿身汙血，身上多處包著紗布，依舊抽泣著，但眼淚已經乾了，表情木然，全身癱軟倚靠在床上，身邊一名女警正在一個勁地安慰他，給他擦臉，餵他喝水。

員警們圍在他身邊，都焦急地等他開口說話，因為他是唯一生還者，只有他知道發生了什麼事。

足足過了半小時，見他情緒逐漸穩定下來，葉軍忙開口問：「你怎麼樣了？我叫人通知了你媽媽，她正從景區趕過來。你現在能說話了嗎？」

朱朝陽張張嘴，試圖發出聲音，過了好一會兒，才艱難地開口，一張臉布滿了絕望：「殺人犯……他要殺我們，普普被他殺死了，唔……被他殺死了……，普普、耗子，他們……他們都死了……」

「到底發生了什麼事？」

「他……他要殺我們。」

「你們和他什麼關係？他為什麼要殺你們？」

朱朝陽喘著氣，不清不楚地說著：「我們……我們有他殺人的一段影片，我們知道他殺人了，他……他要殺我們滅口，他下毒殺我們。」

「下毒？」葉軍皺著眉，疑惑道，「他下毒殺你們？」

「他……他下毒，普普和丁浩，都被他毒死了！」

「另兩個孩子，男的叫丁浩，女的叫普普？」

朱朝陽默然地點頭。

「你說的殺人影片是怎麼回事？」

朱朝陽斷斷續續地說著：「我們……我們去三名山玩，用相機拍影片，不小心……不小心拍到了殺人犯把他岳父岳母推下山的畫面。」

葉軍神色陡然一震，他記得上回嚴良找他時，隱約懷疑張東升岳父岳母的死不是意外，難道真的是一起謀殺？

葉軍急問：「影片在哪？」

「相機裡，相機還給他了，在他家裡。」

「你們有這樣一段影片，為什麼之前不報警？」

「因為……因為……」朱朝陽吞吞吐吐著，艱難地說，「不能報警，影片裡也有耗子和普普，你們會把他們抓走的。」

葉軍眉頭一皺：「我們為什麼要抓走他們倆？」

「他們……他們是從孤兒院逃出來的，他們再也不要回去，可是……可是他們現在死了，我真不要這樣啊！」

葉軍滿臉疑惑，見他說的話沒頭沒腦的，他一頭霧水，只能繼續耐心地問：「你們有他這段殺人影片，最後怎麼會被他知道的？」

「我們……」朱朝陽低下頭，「我們想把相機賣給他換錢。」

所有員警都不禁咋舌，這三個孩子手握別人的犯罪證據，不去報警，反而用犯罪證據勒索殺人犯？

葉軍繼續問：「所以你們今天帶著相機去找他，他要殺了你們滅口？」

朱朝陽緩緩地點頭。

「那麼，最後他是怎麼死的？今天在他家到底發生了什麼事？」

朱朝陽臉上露出了恐懼的表情：「他……他對我們下毒，耗子和普普都中毒了，我們發現他下毒，我們……我們一起反抗，他要殺了我們，耗子從桌子下找出一把刀，我和普普死命抱住他，耗子把他……把他捅死了。後來他們……他們倆也中毒死了，哇……他們也死了……」他傷心欲絕，頃刻間再次大哭起來。

張東升下毒殺人，最後又被個子最大的那個叫丁浩的男生捅死了？葉軍心中一陣錯愕。

過了好久，再次把朱朝陽安慰下來，葉軍忍不住問：「你沒有中毒嗎？」

朱朝陽搖搖頭：「沒有。」

「他是怎麼下毒的？另兩個中毒了，他沒對你下毒？」

朱朝陽乾哭著說：「他給我們每人倒了杯可樂，可樂裡肯定有毒。普普和耗子都把可樂喝了，我剛喝進一大口，想起來上個月買的《長高祕笈》，說不能喝碳酸飲料，會影響鈣吸收，我就沒嚥下去，馬上跑到廁所裡吐掉了。出來時，看到耗子和普普都捂著肚子，說肚子痛，普普說可樂有毒，他就站那兒笑起來。我很害怕，連忙衝到門口想開門逃走，可是門鎖轉不開，他見我沒中毒，就跑過來拉我。耗子從他桌子下面拿出一把匕首，要跟他同歸於盡，我和月普一起拖著他，耗子把他捅死了。可是耗子和月普馬上就躺地上，我怎麼喊他們，他們都不動了，他們再也不動了，哇……」一瞬間，他的情緒再度崩潰了。

看著他身上的幾處刀傷，員警們大約也能想像出早上的驚心動魄。旁邊的員警連忙拍著他，使勁安慰，又過了好一陣，才逐漸平復下來。

大致聽明白了今天的經過，葉軍接著問：「你說的丁浩和普普，他們是從孤兒院逃出來的？」

朱朝陽點點頭。

「哪家孤兒院？」

「不知道，就是北京的孤兒院。」

「北京的孤兒院？」葉軍皺起了眉，道，「那他們倆和你是什麼關係？」

朱朝陽嘴巴顫抖地道：「他們是我最最要好的朋友，我唯一的朋友，唯一說話的朋友。」

「你們怎麼認識的？」

「丁浩是我小學同學，普普是他結拜妹妹，他們一起來找我的。」

「你們是從什麼時候開始接觸的？」

「上個月。」

「上個月什麼時候？」

朱朝陽回憶了一下，道：「暑假剛開始的時候，具體哪天我記不得了，我要看看日記才知道。」

「日記？」

「我每天寫日記，所有事我都記在日記裡。我記不得了，我好累，叔叔，我想睡覺，我不要待在這裡，我要回家，我要回家！」他的情緒又一下子失控，乾哭了幾聲，咳嗽起來，咳得滿臉通紅，但片刻後臉色又慘白得失去一切血色，眼皮耷拉著，似乎很累很累了。

員警們很理解，一個孩子經歷了一早上的恐怖遭遇，能撐到現在已經是極限了。

「老葉，先讓孩子休息，睡一覺，等他醒了再問吧。」其他員警建議。

葉軍點點頭，雖然他急於想弄清所有事情的來龍去脈，但現在孩子身心俱疲，他也不忍心繼續問下去。

葉軍讓人照顧好他，讓他先睡一覺。他來到外面，安排了一下工作，讓人等周春紅趕到後，讓她帶刑警去家裡拿朱朝陽說的日記，既然他每天寫日記，那麼從他那本日記裡或許能了解整件事的來龍去脈。

# 76

晚上，手下一名刑警走進辦公室，道：「葉哥，朱朝陽還在醫院睡著，中間醒了幾次又睡了。看來這孩子確實被嚇壞了，只能等明天再問。周春紅也在醫院守著孩子，她帶我們去了她家，從書架上找到了這本日記，桌子上還有本朱朝陽說的《長高祕笈》，一起拿回來了。」

他遞上兩個本子。

一本很薄，印刷粗糙，封面上印著「長高祕笈」四個大字，一看就是內容東拼西湊的盜版小冊子，騙小孩的。想著朱朝陽這年紀了還不到一米五的個子，難怪他會買這個看。

葉軍翻開大致看了一下，書雖然才幾十頁，不過看得出已經被翻了很多遍，裡面一些地方還像對待教科書一樣做了重點標記，看來這是朱朝陽讀書的習慣。其中有一條長高不能喝碳酸飲料的禁忌，打了一個五角星。

另一本是個筆記本，每一頁都凹凸不平，因為上面都寫了很多字。封面上用自來水筆寫著五個端正的大字「朱朝陽日記」，翻開裡面，紙張有點泛黃，似乎有些時間了，第一篇日記是從去年的十二月開始的，隨後幾乎每天都寫，日記內容五花八門，有寫考試的，有寫日常生活雜事的，還有像在學校受了欺負等等也都寫了進去，篇幅不等，少的只有幾句話，多的有上千字，整整記了大半年，最近的一篇是昨天晚上剛寫的。

葉軍對前面那些學校瑣事不關心，準備去找月普和耗子出現後的篇幅，這時，陳法醫和一位刑偵組長走了進來。

他連忙放下本子，急切地問陳法醫：「你那邊現場處理得怎麼樣了？」

「張東升是被匕首捅死的，匕首上有他自己和現場那名叫丁浩的男童的指紋。男童和女童身上沒什麼外傷，均是中毒身亡，我初步判斷是氰化物中毒，具體有待進一步鑑定，張東升家中暫時沒找出藏著的毒藥，毒藥這東西很小，恐怕他也會藏得比較隱蔽，我們正打算對每個角落重新認真搜查一遍。」他表情有點古怪，「不過嘛，毒藥暫時沒找到，我們意外找出了其他東西。」

葉軍好奇地看著他：「是什麼？」

「一個是桌子上留著的一個相機，裡面果然還有一段犯罪影片，影片拍的是他們三個小孩，不過在離他們幾十米外的地方，還拍到了張東升，拍得很清晰，當時張東升把兩個人從山上推下去了。那是七月三號的事，當時張東升帶了他岳父岳母去三名山，那天他岳父岳母從山上掉下去摔死了，景區派出所出具的調查報告上寫的是事故，說他岳父有高血壓，登山後坐在了城牆邊緣拍照，不小心暈厥，順帶著把他岳母也帶下去了。如果沒這段影片，誰都不相信這不是意外，而是謀殺，甚至就算調查他，也沒有任何證據能證明這是謀殺，誰知道這三個小孩把這段給拍下來了。」

葉軍微微瞇起眼，他又想起了嚴良，嚴老師在徐靜死後找過他，說懷疑可能不是單純的事故。現在已證實張東升殺了岳父岳母，那麼徐靜恐怕也是他幹的吧？

陳法醫打斷了他的思路，繼續道：「還有一些東西，你做夢都想不到。」

「什麼？」

「張東升家的櫃子裡，找到一包東西，是朱永平和王瑤的。」

葉軍瞪大了眼睛：「朱永平和王瑤的東西怎麼會在他家？難道他們倆也是張東升殺的……」

陳法醫道：「這我就不知道了，張東升和朱永平夫妻之間壓根不認識，他們之間的聯繫點是朱朝陽。朱朝陽肯定是知道這件事的，不過他為什麼沒來報警呢？還是說……這其中他也參與了，想想就可怕，還是你自己問吧。」

葉軍緊緊鎖著眉，慢慢點點頭。

「還有件事，你會更吃驚的，朱晶晶那案子不是查不出嘛。當時廁所窗玻璃上採集到一些指紋，今天我發現，丁浩和普普的指紋都在這上面，她嘴裡的陰毛和丁浩的在纖維結構上相似，我明天送去做DNA比對。」

葉軍的表情彷彿被刀刻住了。

「朱朝陽這小孩肯定藏了很多祕密，聽說他還沒醒，我建議就算他醒了，也別放他回去，你肯定有很多事想問他吧。」

葉軍整個人都愣在了那裡。

張東升岳父岳母被殺案、朱晶晶被殺案、朱永平夫婦被殺案，這些案子居然在今天都連繫在了一起！

旁邊的刑偵組長補充道：「從今天的情況看，張東升是準備殺三個孩子滅口的。我們今天破門後發現，門是被電子鎖鎖上了，遙控器放在桌子下面，所以朱朝陽說他跑去開門時，打不開，最後只能站在廚房窗口喊救命。那把匕首造型很特別，我們特地問過，是徐靜的大伯去德國旅遊時空運回來送給他們新家鎮宅用的。按朱朝陽說的，當時丁浩是從桌子下拿到匕首的，我想張東升本意是桌下放這把匕首作為殺人的備用方案，如果沒毒死，就用匕首殺人，結果他去追朱朝陽時，被丁浩拿到匕首，幾人纏鬥，反而把他自己也害死了。」

葉軍緩緩點頭，道：「丁浩和普普這兩個人的身分要抓緊時間核實，把他們幾個的關係徹底弄清楚，這樣整件事的來龍去脈才會完全清晰起來。」

兩人走後，葉軍獨自留在辦公室，心中各種情緒交織著，從目前的情況看，朱朝陽肯定是知道朱晶晶和朱永平夫婦這兩起命案的，甚至……他直接涉及了這兩起命案。

之前問他時，他都說不知道，肯定是在撒謊。

難道……難道……真的是弒父？

一想到這個，葉軍不禁一陣毛骨悚然。

他吸了口氣，翻開了面前的日記本，很快找到了朱朝陽和丁浩、普普第一次碰面的日記，那一天是七月二日，日記寫了很長。

看了幾頁後，他渾身冒起一層雞皮疙瘩。

# Part 77-86
# 祕密

# 77

兩天後，葉軍在派出所見到了突然到訪的嚴良。

「嚴老師？」

嚴良站起身，臉上透著複雜的情緒：「葉警官，又來打擾你了。我接到親戚電話，說張東升被人殺了，家裡除了他之外，還死了兩個陌生的小孩，你是否方便透露，到底發生了什麼事？」

葉軍嘆了口氣，將他帶到自己辦公室，給他倒了茶，隨後關上門，低聲道：「嚴老師，當初你猜想的是對的，徐靜一家確實是張東升殺的。」

「真的？」他乾乾地吐出兩個字，雖然懷疑過張東升，可他希望不是，是巧合，是他猜錯了，他怎麼都不希望自己學生真的是殺人兇手。

葉軍唏噓一聲，道：「我拿到一台相機，裡面拍了一段影片，拍到了張東升在三名山將徐靜父母推下去的整個過程。而張東升後來殺徐靜的事，因為徐靜已經火化，所以找不出證據，不過有一名證人的口供。」

嚴良沉默了半晌，抿抿嘴：「張東升三天前在家被人殺了，遇害的還有兩個小孩，又是怎麼回事？」

「一連串很複雜的事，涉及九條人命。」

聽到九條人命，嚴良臉上也不禁悚然變色。

葉軍繼續道：「我這兒有一個孩子寫的日記，看完您就知道是怎麼回事了。」

他將日記複印後的一疊資料交給嚴良，自己則在一旁點起菸，望向窗外，陷入了沉思。

嚴良翻開第一頁，那是第一篇日記。

二〇一二年十二月八日 星期六

我每次寫日記，總是堅持幾天就斷了。許老師說不要把日記當作文，日記是給自己看的，不要在意篇幅，要當成每天的習慣，一日三省吾身，會讓我們一生受益。短期內還能提高作文水準。如果我作文分數再提高一截，那就無敵了。這一次我一定要天天堅持，養成習慣，不管多晚都要寫一點。好吧，今天就寫這些。

朱朝陽，晚安！

嚴良看到最後一句，問了句誰是朱朝陽，知道就是日記作者後，他不禁莞爾一笑。瞧這筆跡和措詞，可以看得出，日記作者年紀不大，字裡行間充滿了童真。

他又繼續往下看，大部分是流水帳，記錄了每天家裡、學校發生的瑣事，還有一些心裡的小祕密。不過貴在堅持，這位叫朱朝陽的作者在此後果然天天堅持寫日記。

篇幅有長有短，大概視他的時間而定，譬如考試的那幾天，他會短短寫上幾行，視自己正常發揮等；過年的幾天裡，他有時會寫「今天過年，不想寫，不過為了習慣，還是寫上一句」這樣的話；另有一些篇幅很長的，甚至有上千字，大都說他在學校受了欺負，被人收保護費等。

嚴良從這些字裡行間得到的資訊是，日記作者是個初二男生，學習用功、自制力很強，不過個子矮小，他總是感慨不長個，沒有一個女生喜歡他，而且在學校似乎經常受人欺負。大概是個性格內向、不合群的孩子，因為他在日記裡從沒寫過有什麼朋友，提到的名字幾乎都和被欺負有關。另外有幾篇日記提到他的家庭，他父母離異，與母親生活，母親在景區上班，隔幾天回家一趟，平時自力更生。

他花了一小時多把前面這部分看完，他看得很仔細，像他這個年紀卻有機會窺視一個初中生的生活，他自覺有些不好意思，卻又彷彿把他的思緒帶到幾十年前。

那個年代和現在雖然完全不一樣，包括孩子的接觸面也遠沒現在的廣，不過一樣的是，不管哪個年代的十幾歲少年都有著青春期煩惱，各種深藏心底的祕密和想法。

嚴良看著日記裡的朱朝陽在學習上鋒芒畢露，不禁想起了他的初中時代。他初中也是數理化全才，不過那時是八〇年代初，社會大環境並不看重讀書，學校的女生只喜歡文科生，那時候的文藝青年很吃香，像他這樣的理科高材生是很孤獨的。

某種意義上他與朱朝陽的孤獨有幾分相似。

他笑了笑，思緒拉回現實，隨後，他翻開了七月二日的那一頁，從那一頁開始，每篇記載的內容就明顯比前面多了，幾篇翻下來，他表情也從剛剛的莞爾變成了深深的凝重。

# 78

二〇一三年七月二日 星期二

發生了好多事。

今天見到了丁浩和他的結拜妹妹普普，耗子是我小學最要好的朋友，五年沒見了，以前我們一樣高，現在他很高，如果早幾年拿到《長高祕笈》大概就不會這樣了，我犯了好多禁忌，尤其是不能喝碳酸飲料，以後絕對不喝了！

他想在我家住幾天，我很樂意，每天一個人很無聊。可他後來才告訴我，四年級時他不是轉學了，而是他爸媽殺人被槍斃，他回老家了，之後去了北京的一家孤兒院，普普是他在孤兒院認識的，也是殺人犯小孩。他們是從孤兒院逃出來的，早上在路邊被救助站的人抓走，他們半路逃下車，找到我家。

我開始很擔心他們住進家裡，後來看他們也不壞，應該不會偷我東西。後來說到普普爸媽的事，耗子說她爸殺了她媽和她弟弟，判了死刑。可普普堅持說她爸是被員警冤枉的，被逼承認殺人。她還問我有沒有照相機，下個月是她爸祭日，她要拍照片燒給他。

下午我接到爸爸電話，讓我過去，我擔心我出去後，他們會在家裡偷東西，不過他們聽到我要出門，就說到外面等我回來。

我爸和幾個叔叔在賭錢，婊子母女去動物園了。可沒一會兒，婊子居然回來了，說相機電池壞了，提前回來。那時我躲在後面，還是被她看見了，小婊子還問我是誰，我爸怕影響她心理成長，說我是方叔叔的侄子。

後來方叔叔說我衣服太舊，要我爸帶我去買衣服，結果婊子兩個也不知廉恥地跟去了。去之前，我爸偷偷給我五千塊錢，讓我不要讓婊子知道，我看到她們不要的相機，想給普普拍照片，問我爸能不能給我，我爸這次倒是直接把相機送我了。在商場我剛看了雙鞋子，小婊子就要我爸趕緊過去，我爸就被她叫過去了，小婊子還對我吐口水。這肯定是婊子教的，我一輩子都會記住她們今天的表情！

我只好一個人坐公車回家，那時我真沒用，在車上哭了，回想真是好笑，我為什麼要哭，莫名其妙。

回來耗子和普普看出我哭了，以為我後悔留他們住，說要走。我不想他們誤會，把今天的事告訴了他們。普普很氣憤，要幫我報復小婊子，說要把小婊子扔進垃圾桶，還要脫了她衣服扔進廁所，讓她哭死。普普說這件事不用我出面，她和耗子去做，這樣就查不到我了。可我不知道小婊子在哪個小學讀書，想想不現實，還是算了。

我們聊了一晚上，他們說孤兒院管太嚴了，要關禁閉，所以逃出來。逃走前，耗子偷了院長錢包，有四千多元，我想來有點害怕，幸虧沒把五千塊錢的事告訴他們。

後來才知道耗子是慣竊，爸媽死後，他一個人在老家經常偷東西，有回終於被抓到，揍了一頓，當天晚上他又拿石頭砸了人家店，結果又被抓到，送孤兒院去了。耗子說這筆帳遲早要跟店老闆算，到時把他往死裡揍。在孤兒院也是，他經常偷老師的錢逃出去打遊戲。他還是打架王，孤兒院裡沒人打得過他，他的目標是做社團大哥，所以他在手臂上刻了「人王」兩個字，要做人中之王。

普普爸爸死後，她住叔叔家，有天她和同學吵架，同學罵了她爸，她打了對方，當天晚上那個同學被人發現在水庫淹死了，大家都說是她把人推到水庫裡的，員警把她抓走，最後沒證據又放回來，可同學家長一直上門鬧事，嬸嬸不要收養她，就把她送去孤兒院。

那時我很氣憤，這些成年人這樣冤枉她，太壞了。誰知她笑了起來，我問她笑什麼，她搖搖頭，過了一會兒突然說，其實，人就是她推下去的。那個人，就該死！

我嚇了一跳，想不到她小小一個人，竟然殺過人！她看出我的擔心，讓我放心，我是她朋友，她不會對朋友做任何不好的事，包括以後誰欺負我，她和耗子都會幫我。

我想她那時大概年紀小，不懂事吧，看她遭遇挺可憐的，現在她是我朋友，我肯定會替她保守這個祕密。

現在他們在我房間睡下了，我媽房裡放了錢，所以我要睡這間。今天的日記是最長的一次，發生這麼多事，我心裡很煩，只有他們倆能陪我說話，我把他們當作真朋友，他們可千萬別偷我家東西。

看完這一篇，嚴良輕輕閉起了眼睛，他眼前浮現出一個內向好學卻經常受欺負的小孩，碰見了兩個「問題少年」。

一個是荷爾蒙太旺盛的「暴力男孩」，經常偷竊，想做社團大哥，手臂刻著「人王」，打架王。一個是小小年紀就因為爭吵把同學推下水庫淹死的小女孩，大概是成長經歷的緣故，從小就有著超出年齡的成熟和陰暗，甚至被員警帶走調查都不承認推了同學，這個小女孩的心理，想想都令人不寒而慄。

兩個少年，父母皆判死刑，其中一個還深信爸爸是被員警冤枉的，特殊的成長環境造就了心理上的歧路。偷東西、打架、紋身、把同學推進水庫、偷院長錢包、出逃孤兒院、逃離收容所。在初中這個最叛逆的年紀，一個內向的小孩遇到兩個有著很不尋常經歷的問題少年，嚴良忍不住替朱朝陽後來的命運擔憂。

# 79

二〇一三年七月三日 星期三

我很怕，我不知道到底該怎麼做，卻又不能告訴任何人。

早上我帶他們去三名山拍照片，在山上我們打開錄影功能玩，才過一會兒，一對爺爺奶奶掉山下去了，他們的女婿在呼救。

下午回來後，我們把相機連上電腦，看了那段影片後才知道，早上兩人不是掉下去的，是被他們那個女婿推下去的。

我趕緊打一一〇報警，是一個阿姨接的，我剛開口說半句，普普直接把電話按斷了。她說不能報警，影片裡把她和耗子也拍進去了，報警的話，員警會調查影片裡的人，知道他們是從孤兒院逃出來的，肯定要把他們送回去。後來一一〇阿姨打電話回來，普普騙她按錯了，她把我們罵了一頓。

可是這是人命關天的大事，怎麼可能不報警？

我想等過幾天他們走了再報警，可是我又擔心他們被查出來送回孤兒院後會記恨我，等過幾年他們從孤兒院出來，會不會來報復我？耗子是打架王，他很記仇的。

後來普普說要找到殺人犯，我問她幹什麼，她居然說要把相機賣給他，跟他勒索一筆錢，他們倆沒錢了，需要一筆錢過生活，她看到殺人犯開寶馬車，肯定有錢，她還說拿到錢後會平均分給我。

我覺得她太瘋狂了，要去勒索一個殺人犯。我要這錢幹麼？我連校規都沒有違反過，卻要被她拖去犯罪？這不可能，我堅決不同意。可耗子覺得她主意挺好，也贊成這麼做。

我勸了他們很久就是不聽。

晚上在書店時，我又遇到了爸爸帶著小婊子，爸爸故意裝作沒看見我，我氣死了。普普在旁邊看著，她說只要我同意把相機賣給殺人犯，她和耗子一定會幫我報復小婊子，想怎麼揍都可以。

我還是不同意。

我現在很無力，他們正睡在隔壁，我愈想愈恐怖，我很後悔昨天把他們倆留下來。

我不知道該怎麼辦，報警我怕耗子過幾年會回來報復，不報警難道留著一個有犯罪證據的相機一輩子？更不可能去勒索殺人犯。

嚴良凝視著這一篇，過了好一陣，才嘆息一聲。

儘管日記文字粗糙幼稚，可他依然能感受出，日記的主人，這位朱朝陽，那個時候的矛盾。一個好學生面對這種突發事件，一定會選擇報警。而兩個從孤兒院逃出來的問題少年，因擔心被送回去，拒絕報警，這還能夠理解。可是他們卻想到了勒索殺人犯，這樣的主意已經遠遠超過這兩個孩子的年齡了。他越發為朱朝陽後面的命運擔憂了。

# 80

二〇一三年七月四日 星期四

我該怎麼辦，再沒有更糟糕的一天了。

我怕他們又要說服我去勒索殺人犯，就帶他們去少年宮玩以拖延時間。到了少年宮，普普看到小婊子也來少年宮了，要替我報仇。我覺得不恰當，少年宮人太多了，如果被人看到我了，告訴我爸我就慘了。

耗子卻說沒問題，一切包在他們身上，我偷偷跟在後面看著就行。

他們兩個先進去，我怕被小婊子撞見，遠遠跟在後面。普普在六樓找到小婊子在學書法，讓我到樓梯口等著，她和耗子在廁所外守著，只要小婊子一個人去上廁所，就把她拉進去揍一頓。

我擔心他們把人打傷了，丁浩保證過不會出事。

可還是出事了，小婊子被他們拉進廁所沒幾分鐘，他們就跑出來，把我拉到二樓，說小婊子不小心掉一樓去了。

後來他們才告訴我真話，耗子把小婊子拖進男廁所，小婊子罵他們又吐口水，把耗子惹火了，他拔了陰毛要塞小婊子嘴裡讓她噁心，結果小婊子把他手咬破了，他一怒之下把小婊子抱上窗戶推了下去。

我罵他幹麼要把人推下去，他也後悔了，普普說現在怪耗子也沒用，如果小婊子死了，沒人知道是他們幹的，她叫我先下去看看小婊子是死是活，他們躲在二樓窗戶上看我信號。

我在樓下擠不進人群，反而是他們在樓上看清小婊子死了，示意我先走，他們下來去後門會合。

後來回了家，誰也不再提這事，我很害怕，雖然人是他們殺的，那這算不算是我指使的？可我的本意根本不想讓她死啊，最多讓她哭一場出口氣就行了。可我如果這麼說，有人會信嗎？爸如果知道我和他們是一夥的，我就死定了。

普普又說起了勒索殺人犯的事，她說出了這麼大的事，他們不能留寧市了，要勒索到一大筆錢，然後跑到其他城市去。我現在想來想去，也只有這個法子了。如果他們被抓到，我說什麼都洗脫不清。可是怎麼找到殺人犯呢？能順利拿到錢嗎？

我心裡很亂。

看到這篇，嚴良的一顆心沉了下去，原本僅是一次出於家庭仇恨的報復行為，本意只是打她幾下，把她弄哭，結果卻演變成了一起命案。

最後變成命案大概也不是丁浩和普普的本意，不過看到一個初中生竟想到拔下陰毛塞對方嘴裡這麼讓人噁心的招式，他產生了一種強烈的難受感。

僅僅因對方不服輸，不低頭，咬傷手，就一怒之下把人推下樓，這丁浩的心理該是多麼暴躁？難怪是孤兒院裡的打架王，這性格大概是長期習慣用暴力解決爭端而形成的吧。

他也理解朱朝陽在事發後的擔憂，畢竟是一起來的，如果他們被抓後，他說他本意只是弄哭朱晶晶，恐怕沒幾個人信，他爸也不會信。

從他日記的字裡行間可以看出，他骨子裡是個缺乏父愛，卻又異常渴望得到父愛的孩子，每每總是失望多過期許，他害怕朱晶晶案子被查出，過去那些雖少但畢竟還是有的父愛之門也將永久對他關閉，這才是他害怕的根源。

嚴良甚至有點害怕繼續看下去了。

## 81

二〇一三年七月五日 星期五

只知道那個殺人犯的車是寧市的，可寧市這麼大，怎麼才能找到他呢？

想來想去都想不出辦法，我媽過幾天就回來了，丁浩和普普到時該上哪去？煩透了。真怕他們被抓。

二〇一三年七月六日 星期六

真找到殺人犯了，也不知是好是壞。

早上陪普普上街，在東面的小超市意外遇到殺人犯。我早不記得他長什麼樣了，普普認出來的。見他要上車，普普跑上去拉住他，說看到他殺人。殺人犯馬上瞪起眼睛，嚇了我一跳，丁浩說打架是家常便飯，叫我不用怕，有什麼他頂著。殺人犯倒沒真動手打我們，罵了一句就要走，普普警告他，我們有一段他殺人的影片，如果他走了，我們馬上交給員警。他停下來，盯著我們看，我很害怕，他們兩個都很鎮定，叫我回去拿相機。

我把相機拿回來，在路上點開相機給他看了，他臉都綠了，說要帶我們找個地方，談一談。上車前，普普讓我把相機先拿回去藏好，說他拿不到相機就不敢把我們怎麼樣，否則有危險。

後來殺人犯把我們帶到一個咖啡廳，問我們想幹什麼。普普說把相機賣給他，殺人犯問多少錢，我們走到一邊商量，丁浩說要三萬元，普普問我我一年要花多少錢，我說一萬多元，她覺得他們要拿到足夠生活到成年的錢，包括以後租房的錢，一人十萬元，共三十萬元。我說太多了，他不會給的，我不要錢，全給你們。她謝謝我，但還是堅持要三十萬元，說他的寶馬車就值幾十萬元了，現在要的是他的命。

普普跟殺人犯說三十萬元，殺人犯一下子怒了，我很害怕，不過普普和丁浩一點都不怕他。殺人犯最後答應了，他要一些時間籌錢，給了我們他的手機號碼，讓我們後天打他電話。

出來後，普普讓我們快跑，跑了好多條街才停下，她怕殺人犯跟蹤我們。丁浩說跟蹤就跟蹤，還怕他？普普罵他是笨蛋，殺人犯如果想殺我們滅口，肯定帶刀，丁浩不是他對手。我很擔心以後和他交易會不會有危險。普普說肯定有危險，但只要相機不落入他手裡，他就不敢把我們怎麼樣。下次去，我們就過去兩個人，還有個留外面，這樣他不敢對兩個人怎麼樣，因為還有個人會報警。

我覺得普普的主意聽起來可靠，不知道最後能否順利。

二〇一三年七月七日 星期天

普普說明天她和我一起過去，丁浩留家裡，因為他四肢發達，頭腦簡單，特別容易衝動。是啊，如果他不衝動，那時打一頓小婊子就好了，根本不會死人。我很怕他們被抓到，如果爸爸知道我和他們是一夥的，一定恨死我了。希望明天一切順利，他們拿到三十萬元，到外地好好生活下去吧。

普普很聰明，她比我小兩歲，但感覺她什麼都知道，怎麼提防殺人犯使壞，怎麼成功拿到錢，她都想好了。而且她對我很好，我想大概我和她經歷相似吧，我爸爸寵小婊子，她媽媽也寵她弟弟。

以前沒有朋友，現在有這兩個朋友，一個能幫我出頭，一個和我有那麼多共同語言。

二〇一三年七月八日 星期一

今天去了殺人犯家，他肯定在耍詐，電話裡讓我們把相機帶過去，我們沒有照做，普普說先拿到錢再還他相機，才能保證安全。去了他家，他又說錢沒準備好。明明沒錢，卻讓我們帶上相機，肯定有鬼。

他家一看就很有錢，他卻自稱上門女婿，錢不歸他管，暫時拿不出這麼多錢，過陣子就有了。

普普問他沒錢為什麼要我們帶相機。他說他怕我們保管不好，讓他保管，他先給一部分錢。這肯定是個騙子。

後來普普讓他先給一部分錢，他又推託了，怕我們亂花被人發現。普普說要租房子，他問我們為什麼租房，普普什麼都不告訴他。他也沒辦法，後來他先給了普普一些生活費，說他家空著一套小房子，給我們住。

普普答應他了，讓我保管好相機，不要被人跟蹤，不要讓殺人犯知道我的資訊，只要我和相機都安全，那麼她和丁浩也都安全。普普很周全，而且她特別細心，她想到在他們的櫃門上塞一條毛線，如果以後毛線位置變了，就說明殺人犯趁他們不在家，進來搜過東西。

可是從現在開始，普普和丁浩都住殺人犯的房子，我一個人很害怕，他們可千萬不要出事啊。

二〇一三年七月九日 星期二

今天員警找了我，問了小婊子的事，還知道我那天去了少年宮，就走在小婊子的後面。

我當時真不知該怎麼回答，普普跟我說過，如果員警來問，一定要咬定不知道小婊子怎麼死的，也不能承認是在跟蹤她，如果我說溜嘴了，她和丁浩就會被抓。其實我更擔心的是我爸知道我參與了這事，間接害死了小婊子，那就慘了。

我只能騙員警說我是去少年宮看書，和小婊子只見過一兩次，走在外面根本不認識她。不知道員警相信了沒有，還抽了我的血，讓我把手按在一個東西上，那時媽媽剛好回來，知道員警查我，和員警吵了一架，回到家又是哭，我看了好難受。

如果沒這些事該多好，我好後悔那天去了少年宮。

下午普普來找我，聽我說了這事，她叫我不用怕，只要我沒說溜嘴，員警就查不出。為防員警注意到她和丁浩，她以後不找我了，約定每天下午去新華書店見面。

二〇一三年七月十日 星期三

今天婊子找上門，說我害死了小婊子，還把媽媽打成重傷，爸居然為了幫婊子，打了媽耳光，這筆仇我記下了，我大學畢業後一定要把這筆帳原原本本算回來！

婊子還說一定要弄死我，有本事就來吧，我才不怕。普普也在旁邊看到了，她說明天和我商量。

二〇一三年七月十一日 星期四

普普說耗子也知道了婊子打傷我媽，耗子願意替我報仇，他可以守在婊子家門口，如果婊子一個人出來，他就衝上去把她暴打一頓逃走，普普問我怎麼看。我當然很想把婊子打死，可一旦耗子去打婊子被抓到，那麼小婊子的事也曝光了，我想還是先忍著吧。

普普也覺得埋伏揍人很危險，她問婊子是不是知道我和小婊子的事有關，我也不知道她到底知道多少，可她昨天來找我時，我一見她轉頭就跑，可能更加深了她的懷疑吧。

普普說如果婊子還要糾纏下去，就不是想著揍她報復了，而是做另一件事。她突然問我，如果婊子死了我會不會很開心。

我看著她的樣子，感覺一陣害怕，問她要幹什麼，她說如果婊子一直糾纏，說不定會調查到她和耗子，他們絕不能被抓走，如果逼不得已，她看過我的政治課本，寫著未滿十四歲的人不用承擔刑事責任，她說她和耗子都不滿十四歲。

我趕緊勸她打消這個念頭，我絕不會把他們倆供出來的，我不說，沒人知道小婊子是他們倆殺的。她說只是開個玩笑，我想他們倆也沒本事真的殺死成年人吧。

普普還說殺人犯昨天找了他們，說要出差去，交易暫時做不了，等過段時間。希望他不要耍花樣。

從七月十二日開始到七月二十六日，日記裡就沒什麼大事發生了，每天朱朝陽和普普在圖書館見面，大都記了一些看了什麼書，兩人聊了什麼之類的，開始幾天，日記大都是寥寥數語，但後來篇幅逐漸加長了。

因為嚴良看到，朱朝陽在日記裡吐露心聲，他喜歡上了普普，所以他對普普的記載特別詳盡，甚至今天普普看的是哪幾本書都一一記下，可他又不敢告訴普普，怕一旦告訴了她，她不喜歡他，以後兩個人肯定會疏遠。他更擔心普普喜歡的是耗子，那樣一來，他只能把這份喜歡，默默放心裡珍藏了。

但從七月二十七日開始，又有新的事發生了。

## 82

二〇一三年七月二十七日 星期六

婊子是畜生，她就是靠賣賺錢的！

她找人潑了我大便，媽在景區上班也被人潑了，家門口到處是紅油漆。葉叔叔帶我去廠裡抓她，爸竟然還要護著婊子，所有人都在說他，他還在護她！還要我不要追究了，給我一萬塊錢。

哼，在他心裡，婊子是最重要的，我比不上一萬塊錢。

我恨他們，我恨死他們了！

二〇一三年七月二十八日 星期日

昨天下午來的是耗子，他說普普去買東西了，他過來是要告訴我，前天晚上他們看到電視，殺人犯的老婆死了，殺人犯正在醫院哭。新聞說是開車時猝死，殺人犯這段時間都在外地出差，普普覺得他老婆不可能是自己死的，肯定是被他殺的，普普說她會去找殺人犯，問出他人在外地是怎麼把他老婆殺了的，提防他用這招對付我們。我不想讓普普去冒險，我去問。

今天我去時，殺人犯始終不承認他殺了他老婆。後來有人按門鈴，他很緊張，要我冒充他學生，我不答應，除非他告訴我。他只好承認人是他殺的，是下毒，把毒藥放在膠囊裡，膠囊再放進他老婆每天會吃的美容膠囊裡，那樣吃下去不會立即發作，過一會兒消化了膠囊，就中毒了。

下午見到普普，她說知道殺人犯是下毒就沒什麼好擔心了，我們每次最多去兩人，相機也不帶，就不會怎麼樣。她很謝謝我早上一個人替她冒險，我很開心看到她的笑臉，她平時真的笑得太少了。我趁機問她有沒有喜歡耗子，她說不可能，她只把他當哥哥，耗子也把她當妹妹，她說她喜歡聰明的人。

我不知道我算不算聰明的人。

後來又跟她說了昨天婊子的事，她問我想怎麼樣，我想把大便潑回來，可是一時找不到好方法，她說她一定會替我想辦法。

七月二十九日後的幾天裡，沒有發生大事，每天朱朝陽和普普在書店見面，商量著如何報復王瑤，但總是想不出好法子。

二〇一三年八月六日 星期二

我爸也開始懷疑我了。

爸來看我，給了我五千塊錢，說以後會關心我。可後來，他又問了我小婊子的事，問我那天是不是在跟蹤她。我當然說沒有。

後來婊子衝了過來，搶了爸的手機，他們倆差點打起來。婊子點開了手機，裡面傳來了我和爸的對話。原來他是來錄音，想套我話的。

婊子還說，不是我幹的，就是我找人幹的，肯定和我脫不了干係，她一定會派人調查，追查到底的。

哎，我不知道這樣的日子什麼時候能是個頭。

他也不是我爸了，我不想要這樣的爸爸。

二〇一三年八月七日 星期三

我把我爸調查我的事告訴了普普，還有婊子的話。看得出，她也很緊張，她最擔心婊子派人調查我，那樣一旦查出她和耗子，都完了。

她問我對我爸還有感情嗎？我實話告訴她，沒有了，他已經不是我爸了。婊子折騰了這麼久，他始終護著婊子，我真恨不得他們倆都被潑大便。

普普說她會想辦法替我報復他們一頓的。

二〇一三年八月八日 星期四

我不想再去爺爺奶奶家了，可媽說我爸不會做爹，我還是要做好孫子的。我只好早上去看了下爺爺，爺爺躺床上不能下地一年多了，大家都說過不了今年，哎，爺爺以前對我還是很好的。奶奶也愈來愈老了，不知道我以後工作了，她還能不能享受到我的孝順。

奶奶知道爸和婊子做的事，她說爸做得不對，但又說他也是左右為難，下個星期三是小婊子生日，他們倆那天去上墳，上完墳就把所有發生的事都放一邊，重新好好過生活，現在就我一個兒子了，肯定會對我好。我是不指望的，奶奶總是幫著她兒子說話的，爸的所作所為，徹底讓我失望了。

下午見到普普，把奶奶說的也告訴了她，她說我爸就算想對我好，婊子也會攔著的，這是不可能的。我想也是這樣。

她還問了他們去哪裡上墳，說墳地上肯定沒人，到時耗子去潑婊子大便。我很想出這口惡氣，可又擔心耗子被抓，她說我爸不可能跑得過耗子，讓我放心，他們倆不會冒險的。

祝他們潑大便順利！

之後的幾天，並沒有發生什麼大事，朱朝陽從十二日開始去學校暑期補課了。但十四日的日記，再次讓嚴良跌破眼鏡。

二〇一三年八月十四日 星期三

婊子死了，爸也死了，他們在搞什麼！怎麼會這樣！

夜自修出來，普普在路上攔下我，告訴我他們都死了。我質問她明明是去潑大便，怎麼會死人的！她跟我道歉，說她是騙我的，她知道告訴我真話，我肯定會反對。她擔心婊子派人跟蹤調查我，早晚會查到他們，所以要殺了婊子。她用相機威脅殺人犯，說服他幫他們用毒藥殺人！她原本只是想殺了婊子的，但殺人犯在墳地上突然把我爸也毒死了，事後跟他們說，如果不把兩個人都殺死，肯定會查到。

為什麼要這樣子？我真不想要這個結果！

怎麼辦，雖然我爸對我不好，可他終歸是我爸啊！

我要不要去派出所舉報他們？

可是普普，我不想普普出事，我真的好難受。

我想明白了，這是殺人犯在反過頭威脅我們。只要我們也殺人了，那樣相機就對他不構成威脅了。一定是這樣的！

我恨他，我恨死他了！

我也恨我自己，為什麼，為什麼！

後面的幾天，日記篇幅都不長，記了些他內心的各種波折。

二〇一三年八月十八日 星期日

今天我獨自去了公墓，看到了爸和婊子被埋的地方。

我說不出什麼心情，一個是我最想她死的人，一個是我一點都不想他死的人。

為什麼是這樣的結局？

我是不是沒有明天了？這樣的生活就要一直下去了嗎？

是不是遲早都會被發現的？如果被人發現這裡埋了兩個人，該怎麼辦？

我擔心自己，也擔心耗子，更擔心普普。

我在墳前跪下了，希望爸爸能夠原諒我，這真不是我想的。

二〇一三年八月二十一日 星期三

爸爸和婊子終於被人發現了，早晚員警會找我的吧，我該怎麼說？是坦白，還是按照普普教我的應對？她說上週三我在上課，所以事情和我沒關係，只要我說不知道就行了。

我真不想繼續撒謊了。可是如果我告訴員警叔叔實話，那麼普普和耗子就會被抓走了。我不能害他們，我不能眼睜睜看著普普出事啊。

我到底該怎麼辦？

後面的兩天，都只有寥寥數語，一筆帶過，只寫了幾句他的想法而已。

二〇一三年八月二十四日 星期六

普普晚上來找我，讓我把相機還給殺人犯。這次，她沒有稱呼殺人犯，而是叫他張叔叔，說張叔叔其實沒我們一開始想的那麼壞，他畢竟是老師，對他們還是挺關心的。

張叔叔準備把那套小房子賣掉，拿錢給他們辦新戶口，換上新的身分，再想辦法安排上學，做一個新的人。他們現在已經和張叔叔一起住了。

他們能做新的自己，那麼我呢？

希望一切事都塵埃落定吧。

我答應過幾天家裡的事弄定了，我也一同過去一趟，大家約定，再也不提過去了。

二〇一三年八月二十七日 星期二

明天就去把相機給張叔叔，這個東西放在身邊，我每天都提心吊膽。

現在員警叔叔沒再過來了，大家也都漸漸不再提爸爸一家的事了，明天把相機還了，他們有了新身分，我也要開始新生活。

馬上就要開學了，一切都會是新的，包括我，包括普普和耗子。

好想做一個全新的人啊。

## 83

嚴良花了整整三小時，把這疊列印的日記翻到了最後一頁，他緩緩閉上眼睛，在了解了這三個小孩的故事後，他感覺胸口很悶，呼吸不過來。

「嚴老師，你也一定想不到這三個小孩和張東升之間發生的這些事吧？」坐在對面的葉軍看著他問。

嚴良唏噓一聲，點點頭，道：「最後張東升是怎麼死的？」

「最後一篇日記後的第二天，也就是八月二十八日，朱朝陽帶著相機去了張東升家，準備把相機還給他，而在這之前，普普和丁浩已經住進了張東升家。現在三個孩子全到齊了，相機也在了。」

嚴良抿著嘴，緩緩道：「於是張東升這一回可以把人滅口，把證據毀滅了。」

「對，朱朝陽作為唯一一個倖存者，他想開門逃跑，結果門開不了，他只能跑到廚房窗口喊救命。我們破門進去時發現，門鎖上額外加裝了一把遙控電子鎖。調查得知，這把鎖是張東升前陣子在網路上購買後自己安裝的，應該在普普和丁浩住進他家前就裝好了，目的就是為了等人和相機都到齊的這一天動手。這把電子鎖只能用遙控器開，可見他是等著機會下手，一網打盡，絕不讓其中任何一個有機會逃出去。」

葉軍又接著道：「朱朝陽情緒穩定後告訴我們，張東升當時還反覆問了他們影片是否還有備份，三個孩子都保證說沒有，他很高興，說要慶祝一下四個人的新生活，他準備了一個蛋糕給他們吃，給三人都倒了可樂，他自己倒了葡萄酒。法醫已經查證，蛋糕是沒問題的，問題出在可樂，三個孩子杯中的和瓶子裡剩下的可樂，都驗出了氰化鉀。根據朱朝陽的口供判斷，徐靜應該也是誤服了氰化鉀喪命的。她每天會吃一種美容膠囊，連續吃了幾年。張東升把毒藥放進了徐靜的膠囊裡，然後他去麗水支教，製造不在場證明。這樣徐靜哪天吃了膠囊，哪天就會中毒死亡，而他第一時間趕回來火化了屍體，完全找不出證據來證明他犯罪。此外，朱永平和王瑤體內也檢出了氰化鉀。我們當時看到屍體，上面被捅了多刀，壓根沒想過其實真正死亡原因是中毒，想必也是張東升在下毒殺人後，補刀偽造案發經過的。」

嚴良心中一陣悲痛，張東升把他縝密的思維沒有用到該用的地方，而是放在了犯罪上。一起起構思精密、不留任何證據的犯罪，一次次誤導警方，甚至警方從頭到尾都沒懷疑過他，一般人是決計辦不到的。

張東升把最好的才華用在了犯罪這條路上，可悲，可嘆。

他沉默了一陣，思緒回到當前，又問：「普普和丁浩都喝了可樂中毒死了，朱朝陽為什麼沒事？」

「您忘了他不喝碳酸飲料，那本《長高祕笈》救了他一命。我們在他家見到了那本祕笈，只不過是本印刷粗糙的盜版書，這孩子對身高很在意，他在盜版書裡像課本一樣做滿了筆記。幸虧這一條，他喝了一口可樂後，想起不能喝碳酸飲料，就跑去廁所吐了，又上了個廁所，出來後就看到了毒發的丁浩和普普，此時張東升也原形畢露，朱朝陽遇見危險，忙逃向門口，張東升去追他，丁浩趁機找到桌下的一把匕首和張東升搏鬥，雖然他是成年人，但三個打一個，最後他被普普和朱朝陽拖住，被丁浩捅死了。朱朝陽在搏鬥中也被割了幾刀，好在都是皮外傷，否則四個人全軍覆沒，這一連串事情的真相恐怕永遠不知道了。」

嚴良皺眉冷哼：「他多麼嚴謹的一個人，前面幾次命案即使知道是他幹的，也沒證據指控他，對他而言，眼見就將大功告成，最後卻功虧一簣，被他想殺的孩子捅死了，真是一種諷刺。」

「儘管氰化鉀發作很快，但人死前的爆發力是很強的，我想他也絕沒想到小小的對手會在死前殊死一搏，和他同歸於盡。」

嚴良唏噓一聲，問：「現在一切差不多都水落石出了，朱朝陽你們準備怎麼處理？」

葉軍皺起眉，道：「還沒定呢，不過也差不多了，大致來龍去脈報到了市裡。早上，市局和分局的上級及我們所長開了會。市局的馬局長意見是教育為主，不管是朱晶晶還是朱永平夫婦，這兩起案件和朱朝陽都沒直接的關係，他的核心問題是包庇罪。前面幾次員警調查中，他謊稱不知道，掩藏了丁浩和夏月普，就是普普的真名。但他所犯的包庇罪，其實從他的成長和生活環境來看，也情有可原。第一次丁浩把朱晶晶推下樓，如果他說出兩人，那麼朱永平會怎麼看這個兒子？這是他無法承受的壓力。第二次朱永平和王瑤遇害，他事先並不知情，當突然遇到這麼大的事，一個孩子能不害怕嗎？他自然也不敢說出來。平心而論，就算成年人遇到他這樣的處境，恐怕也會犯包庇罪。他本質是好的，在學校，他的成績一直全校第一，從沒惹過事。他喜歡和丁浩、夏月普在一起，不過他跟這兩人有著本質區別。丁浩是小流氓，夏月普更是性格偏激乖張，這兩人和他相處兩個月，多少會潛移默化地帶來影響。所以不能把責任都歸到他這一個小孩身上，有家庭的原因，也有社會的原因。馬局還說了，根據法律，包庇罪的適用對象是年滿十六歲的，朱朝陽還未滿十四歲，不適用包庇罪。即便他殺人了，都不用承擔刑事責任，更別說包庇罪了。對未滿十四歲觸犯刑法的，通常做法，輕罪由家庭負責監督教育，特大案件才移送少管所。對此，大家一致認為不能把他送少管所，少管所裡都是些小流氓，他書讀這麼好，送進去就毀了。所以我們現在要做好和周春紅以及學校的溝通工作，商量以後如何教育，如何治療他遭遇的心理創傷，如果可行的話，最好讓他九月一日正常去報到，同時還要替他保密，不讓他以後的生活受到影響。」

嚴良欣慰地點點頭：「員警的職責不光是抓人，更重要的是救人。看到你們這麼細心，我想這個孩子以後會好起來的。」

又坐了一會兒後，他站起身告辭：「葉警官，多謝你破例告訴了我張東升的事，我也該回去了。你們接下來這陣子應該都很忙吧？」

葉軍苦笑道：「沒辦法，一下子冒出這麼多案子，我們所裡還是第一次。徐靜一家的兩次案子，之前都作為事故登記的，現在要補立刑事案，還要重新做卷宗。朱永平和王瑤的屍體當時在公墓被很多人當場發現，鎮上轟動，我們還要做後續的案情通報工作。朱朝陽那頭，還要和家長、學校商量今後的教育方案。」

「呵呵，確實很辛苦。」他客套了一句，正準備離開，突然停下了腳步，眉頭微微一皺。他在原地靜止了幾秒，轉過頭問，「你說朱永平和王瑤的屍體在公墓被很多人當場發現？」

「是啊。」

「怎麼發現的？」

「那天有隊送葬的人，一些人在公墓上頭走時，看到一個土穴裡冒出半個腳掌，隨後報了案。」

嚴良眼角縮了縮：「半個腳掌露在土外？」

「對啊，朱永平的半個腳掌在土外，那土穴是原本就成片挖好的，以後立墓放骨灰罈，只有大半米長寬，比較小，人很難完全埋進去，所以半個腳掌露外面了。」

「不可能，」嚴良連連搖頭，「張東升一定希望屍體愈晚被人發現愈好，那樣員警就越發破不了案，他不可能會讓屍體的腳掌露在土外，那樣很容易被人發現屍體。」

葉軍撇撇嘴：「可是當時的情況就是這樣。」

「能不能把你們調查時拍的照片給我看看？」

葉軍隨後拿了朱永平、王瑤案的卷宗，給了嚴良。

嚴良翻了一下，臉色逐漸陰沉下來，吐出幾個字：「這案子有問題！」

「嗯？什麼問題？」葉軍一臉不解。

「朱永平和王瑤整張臉都被刀劃花了？」

「對，肯定張東升劃的。」

「身上衣物等東西也都被拿走了？」

「是的，這些東西在張東升家找到了。」

嚴良望著他：「你有沒有想過，張東升為什麼拿了被害人的衣物，又把人臉徹底劃花？」

「當然是為了造無頭案，讓我們警方連受害人是誰都查不出，更別想破案了。」

嚴良點頭：「對，沒錯，他就是想著即使以後屍體被人發現，由於無法辨識，確認受害人身分都難，破案難度大幅增加。可是——」他話鋒一轉，接著道，「他在埋屍體的時候，怎麼會連腳掌都沒埋進去，就一走了之，讓你們這麼快就發現了屍體，就確認了被害人身分？他如果連屍體都沒埋好，那麼前面這些劃花人臉，帶走被害人衣物的事不就白幹了？張東升這麼嚴謹的人，所有案子都做得天衣無縫，他不可能沒把腳掌埋進土裡就走了。」

葉軍不置可否道：「大概他當時處理屍體比較匆忙。」

「既然他去殺人，就一定想過如何處理屍體，不會因匆忙而敷衍了事，著急離去。而且他有時間把人臉劃花，把衣物帶走，卻連最後把腳掌埋進土裡這麼點時間都沒有？不要說他不小心沒留意，這麼明顯的東西任何人都不會疏忽。」

葉軍猜測著：「嗯……也或許是下雨沖出來的，那幾天下過幾次雷陣雨。」

「雨有多大？」今年整個夏天浙江都是副熱帶高壓，幾乎沒下過雨。

「嗯……大倒不是很大。」

「除非特大暴雨，否則不會沖出半個腳掌。」

葉軍不解地問：「嚴老師，那麼你是什麼意思？」

嚴良緊緊皺起眉，立在原地思考了很久，隨後他眼神複雜地看向了葉軍，緩緩道：「也許，腳掌是被人挖出來的。」

葉軍更加不解：「這是什麼意思？你想說明什麼？誰挖的，為什麼要這麼做？」

嚴良對葉軍的疑惑置若罔聞，他來回踱了幾圈步，最後，輕輕地說了一句：「似乎兩個月來的這些案子，我們所知道的所有來龍去脈，全部來自於朱朝陽的口供和他的那本日記。」

「對，嗯……您是懷疑朱朝陽說謊？」

嚴良不置可否道：「我不想妄加猜測。」

「他一個初中生，在這麼多員警面前不會撒謊的。」

「他之前撒謊了。」

嚴良思索了一會兒，道：「你們有沒有對他的口供和日記裡的內容進行過調查確認？」

「當然，我們要做備案卷宗，第一時間就對裡面的各項關鍵點都做了調查，這兩天結果差不多都出來了。」葉軍自信滿滿地拿出一疊文件，看著裡面的紀錄，說明道：「先來說說夏月普和丁浩，我們查出他們身分，都是今年四月從北京××孤兒院逃出來的。我們跟孤兒院取得了聯繫，他們院長知道了兩人的事後，向我們證實，丁浩是裡面的打架王，多次偷教導員的錢包逃出去打遊戲，多次毆打其他孩子，甚至還有比他年紀大的，兩次把人牙齒打落，三次致人輕傷，不服管教，和教導員都敢動手。我們在他屍體左臂上看到刻著『人王』的刺青，他要做社團大哥、人中之王。他老家的派出所說他小時候就是因為盜竊被抓，又半夜去砸人家玻璃被帶到派出所，後來送去孤兒院的。這樣的暴力分子，如果調教不過來，出來後肯定危害社會。相比丁浩，看似夏月普好多了，但其實她比丁浩更壞，丁浩幹壞事都是她出的主意。她性格一向很古怪，平時不說話，但骨子裡有著不同於年齡的陰暗。她剛來孤兒院的時候就說她爸爸是被員警冤枉槍斃的，這導致了她性格偏激的一面。她結識了丁浩後，兩人以兄妹相稱，凡是罵了她的，丁浩都會動手打人。女生和她發生爭執後，丁浩不打女生，但過幾天得罪夏月普的人就會發現，自己的茶杯裡被人放了大便，但她又不承認。後來，整個孤兒院裡，這兩個人成了孤立的小團體，不和其他人往來，其他孩子也不敢招惹他們。兩人都經常被關禁閉，大概他們因此萌生了逃跑的念頭，逃跑前還偷了院長的錢包。」

嚴良遲疑道：「那麼……夏月普的爸爸，真的是被冤枉槍斃的？」

葉軍聳聳肩：「這是其他地方的陳年舊案，沒人知道了。反正在我個人看來，丁浩的暴力還是可控的，夏月普這樣的孩子成年後才最危險。我們跟她老家派出所取得了聯繫，當地員警也都證實她七歲時把一同學推下水庫淹死，但她那時不肯承認，員警找不出證據，而且她年紀小，此事不了了之。朱朝陽日記裡提過，夏月普承認人是她推下去的。小小年紀就這樣，內心裡藏了多少事啊。」

嚴良不認同地搖頭：「也不能怪他們，家庭、社會，都有責任。」

葉軍不屑道：「同樣家庭的小孩，他們孤兒院裡還有很多，可那麼多人都好好地生活著，慢慢成長著，可見不能把犯罪都歸咎於環境，更重要的是自己放棄了走正路的心。」

嚴良知道葉軍這樣天天抓罪犯的實戰員警和他一個知識分子對待犯罪的寬容度是不同的，也不願反駁。只是輕微搖搖頭，道：「其他呢？」

葉軍道：「從事情發生順序講起吧，七月二日那天，朱永平和很多人打牌，那些人都證實，當天朱朝陽來廠裡遇到王瑤母女，朱永平讓他喊叔叔，這對孩子心中的仇恨埋下了伏筆，導致了少年宮去找朱晶晶報仇，結果意外引發悲劇。三日下午，在看到影片中張東升殺人後，朱朝陽選擇了報警，警訊中心通話錄音顯示，當時朱朝陽剛說了半句話，電話就掛斷了，協警回撥過去，變成夏月普接聽了，她說撥錯了。四日朱晶晶遇害的男廁所窗戶上採集到的指紋，找到夏月普和丁浩的，朱晶晶嘴裡的陰毛和皮膚提取的DNA也和丁浩完全匹配，證明了丁浩殺人。後面王瑤幾次找朱朝陽的事，都是我接警處理的。所有事情和他日記裡記載的完全一致。」

「那麼……」嚴良遲疑道，「日記裡所記載的每件事的時間有核對過嗎？」

「完全一致，甚至還抽調了新華書店監視器，證明每天下午夏月普約了朱朝陽見面。」

葉軍又接著道：「至於最後一天的事，我們在張東升家搜查了很久，終於找到了毒藥，他竟包在一個塑膠膜裡，塑膠膜放在潔廁粉瓶子的最底下，好在他家東西不多，否則要找到還真不容易。毒藥來源很難查了，可能買的，黑市劇毒物交易沒法查，也可能是自己合成的，他利用老師的身分去學校實驗室拿點化學品還是容易的。」

嚴良思索片刻，突然問：「有沒有查過殺死張東升的那把匕首是不是他自家的？」

葉軍不解地看著嚴良，還是回答了：「當然是他自己的了，那把匕首造型很特殊，我們查到，匕首是徐靜大伯去德國旅遊空運回來，送給徐靜張東升新家鎮宅用的。」

「哦……」嚴良若有所思地點點頭。

葉軍奇怪地問：「嚴老師，您到底在懷疑什麼？」

嚴良猶豫了一陣，緩緩道：「我深信朱永平的屍體半個腳掌露出土外，絕不是張東升疏忽大意，他不可能把一切都做得天衣無縫，卻犯這種低級失誤。」

「嗯……那您的意思是……」

嚴良抿抿嘴：「我有個卑鄙的猜測，我在想，會不會那半個腳掌，是朱朝陽挖出來的。」

「他……哦，我記起來了，他日記裡寫過，朱永平夫婦死後的那個星期天，他去過公墓，可能他想看看他爸的屍體，挖出來看了眼，又蓋回去了，結果露出半個腳掌。否則也不會這麼快被人發現屍體。」

「可他日記裡只說了他去過公墓，沒有說他動過屍體。」

「他又不是拍紀錄片，沒必要把每天的一言一行都寫下來吧。有時候日記篇幅長，有時候日記只有寥寥幾句。」

嚴良道：「他現在已經在家了嗎？」

「對，昨天晚上讓他先回家休息了。」

「你能否打個電話問問？」

「想問他什麼？」

「就是這一個問題，他有沒有把屍體挖出來。」

「這個問題很重要嗎？」葉軍一頭霧水。

嚴良狠狠點頭：「非常重要！」

# 84

葉軍按下免持聽筒，撥通了朱朝陽家的電話，是周春紅接的，說還有事需要向她兒子核實。朱朝陽接了電話後，葉軍說了問題。

電話那頭沉默了一會兒，回答道：「我……我就翻開土，看到腳，就……就怕了。」

嚴良直接湊到了電話機前，道：「你為什麼要翻土？」

「我……我想看一眼。」

「那你為什麼那天想到去公墓呢？」

「我……我想最後看一眼……看一眼我爸。」

「除此外，你是不是有其他的目的？」

嚴良的語氣顯得咄咄逼人，葉軍向他投來不友善的目光，顯然意思是，有這樣逼問一個心理受創傷的小孩的嗎？

電話那頭再次沉默了一會兒，回答道：「沒有啊，我就是想去看最後一眼。」隨後那頭傳來了哭聲。接著周春紅接過了電話，向員警解釋兒子情緒不好，如果還有問題需要問，最好當面來，這樣容易接受些。

掛上電話後，葉軍無奈地笑了笑，一臉責怪的樣子望著嚴良。

嚴良略顯尷尬地搖搖頭，道：「他的回答天衣無縫了，我找不出任何理由懷疑他。」

葉軍責怪道：「您到底懷疑他什麼？」

嚴良自嘲般一笑：「我有個很卑鄙的想法，一個成年人的很卑鄙的想法。事情發展到現在，出了這麼多條命案，但最後，你想想，誰是最大的受益者？」

葉軍不明白：「誰？」

嚴良道：「朱朝陽。朱永平死後，朱朝陽肯定能分到為數不少的遺產。」

「可朱永平又不是朱朝陽殺的，他也不想他爸死啊。」

嚴良道：「不管他心裡是怎麼想的，在財產上，他是最後的最大受益人，這一點沒錯。」

「可這跟屍體腳掌有沒有露出來這問題有什麼關係？」

嚴良道：「如果腳掌沒露在土外，說不定朱永平的屍體到現在也沒被找到，對嗎？」

葉軍想了想，點頭道：「公墓這地方平時很少人去，上面的空穴或許等以後要立新墓了才會被人發現裡面有屍體。」

「那樣一來，朱永平夫妻只能是失蹤狀態，不是死亡狀態。沒登記死亡，怎麼分財產？人失蹤一段時間後，工廠還要辦下去，到時就是王瑤一家人接管工廠了，朱朝陽怎麼分財產？」嚴良眼睛裡發出銳利的光芒，正色道，「所以，只有讓朱永平腳掌露出來，只有讓人早點發現他的屍體，才能登記死亡！朱朝陽才能去分財產！」

葉軍聽到嚴良的分析，頓時瞪大了眼睛：「你是懷疑，朱朝陽在得知了他爸被殺後，星期天跑去公墓，挖出腳掌，是為了讓人早點發現屍體，他才能去分財產？」

嚴良點點頭。

葉軍隨即連連搖頭：「這不可能吧，一個初中孩子，沒想這麼長遠吧？」

嚴良雙手一攤：「我也只是胡亂地猜測，畢竟一個人的內心怎麼想的，沒法知道。」

「可就算他真有這方面的想法，也算不上什麼，人都喜歡錢。他爸又不是他殺的，知道死了後，無法改變事實，只能轉而爭取未來的利益最大化。」

嚴良搖搖頭：「不，如果他真那麼想，那麼整個案件的定調就錯了！」

葉軍不解地問：「怎麼錯了？」

「你們認為他是包庇罪，但如果他把腳掌挖出來，並非只是為了單純看最後一眼，而是想讓屍體快點被人發現，好登記死亡分財產，那麼他涉及的就不是包庇罪，而是故意殺人罪！」

葉軍笑起來：「嚴老師，這回您可搞錯了，您顛倒了時間順序。朱永平夫婦被殺後，朱朝陽才跑去公墓的，即便他真這麼想，那也是在朱永平死後，才去想著分財產。而不是他想著分財產，朱永平夫婦才被殺。」

嚴良道：「日記是寫給他自己看的，有什麼想法不會保留，都會原原本本寫上去。如果他挖出腳掌的目的是為了登記死亡分財產，可是他在日記裡卻沒有寫出這個想法，也就是說，他在日記裡隱藏了自己的真實想法，那麼也就是說，這本日記，本就不是給他自己看的，而是——特意寫給員警看的！」

葉軍瞬間再次瞪大了眼睛，嚴良這句話讓他全身寒毛都豎了起來。

嚴良繼續道：「這本日記裡有兩個疑點。第一是實在太詳細了，我一個從沒接觸過這個故事的人，在看了日記後，對裡面的人物關係、幾次事情發展都了然於胸，幾乎所有與案件有關的細節都寫進去了。第二，平時的事情都記錄這麼詳細，但朱永平屍體被發現後的那幾天日記，幾乎都是寥寥數語，裡面只談到了一句分財產，一筆帶過。而顯然，那幾天分財產會成為家庭的頭等大事。一筆帶過，似乎簡單了些吧。我想以現在的局面分財產，主控權肯定在朱家這邊，他們肯定能分到比王家多的錢。具體怎麼分、分到多少財產為什麼不寫下來呢？我再卑鄙地猜測下，那是因為他擔心如實寫下來，就會被公安機關看到分財產有不合規的操作。」

嚴良吸了口氣，繼續道：「除此外，我還有兩個沒有邏輯的懷疑。第一是，整整九條人命，連繫的中心點是朱朝陽，但卻都和他沒有直接關係，這似乎有些不可思議。第二是，張東升這麼縝密的一個人，在最後即將成功的關頭，卻被他下毒的人莫名捅死了。不過，這在你們旁觀者看來很正常，只是我了解張東升，我很難想像。」

葉軍低著頭，沉思了一會兒，道：「您的意思是說朱朝陽的日記是故意寫好放著，等著給員警看的？」

「我只是猜測，一個很卑鄙的猜測。因為事到如今，所有相關人都死了，他怎麼說，日記怎麼寫，就成了唯一的答案。」

葉軍拿起列印出來的日記，翻了翻，隨後搖搖頭，道：「不可能，日記不可能是他編造的。你瞧這裡，他寫著普普想出櫃子上夾毛線的方法，來試探張東升有沒有趁他們不在家，進來搜過東西。凡是編造的故事，不可能有這麼細的細節。類似的地方日記裡還有很多。只有經歷過的，才能寫下這些小細節，編造的故事根本做不到這樣細膩。」

對於葉軍的這個質疑，嚴良表示他無法反駁，因為確實，編造出來的故事無法深入細節上的豐滿。

葉軍很堅決地道：「您說的這些疑點，其實都只是猜測，構不成證據。日記不可能是假的！除非朱朝陽有未卜先知的能力，提前知道會是這個結局。知道張東升會下毒殺他們三個；知道張東升會把毒下進可樂裡，所以他不喝可樂；知道張東升最後會被丁浩捅死；知道丁浩和夏月普最後都會被毒死；只剩他一個活著。否則任何一人活著，都能拆穿日記與事實不符。他又不是神仙，怎麼可能提前知道結局？就拿張東升來說，他要把三個孩子滅口，他把毒下進可樂裡，他總不會提前通知朱朝陽吧？」

嚴良輕輕點頭：「你說得很對，我也想不出任何可能的解釋，至少張東升在可樂裡下毒是不可能讓這三個孩子提前知道的。所以我也僅是猜測。我堅信張東升處理屍體，不會犯把腳掌露在土外這種低級錯誤，所以讓你打電話問朱朝陽。如果他否認了，我會對他產生懷疑。可他承認是他挖的，邏輯上，我已經找不出理由懷疑他了。」

葉軍頓感鬆了口氣，剛剛聽到嚴良懷疑整個日記是假的，專門為員警而寫時，他也嚇了一跳，一個孩子如果有這樣的心計，那該多可怕？

嚴良又道：「那本日記的原件在派出所還是還給朱朝陽了？」

「還放在所裡，這是物證，我們也徵求過朱朝陽本人的意見，他同意交給我們。」

「那麼能否給我看一眼？」

葉軍不解地問：「您要實物幹什麼，影本一模一樣。」

嚴良尷尬地笑笑：「我只想看一下而已。」

葉軍道：「好吧，反正也不是重要物證，您要看就看吧。」

他打了個電話，很快有協警送來朱朝陽的日記本。

嚴良接過來一看，本子挺舊的，原本不太厚的一個本子，因為裡面寫滿字，顯得很蓬鬆。他翻開裡面幾頁，上面有錯別字，也有塗劃的地方，和影本一模一樣，看著只是個很普通的日記本。

他背過身，故意大聲說話掩蓋他一個小動作所發出的聲音：「寫了這麼多，算起來應該有兩萬多字吧，哦，堅持寫了大半年，這份毅力一般初中生不具備。」

葉軍接口道：「是啊，他全校第一，自制力肯定比一般學生強多了。」

「好吧，謝謝，我看過了，沒問題。」他把本子遞回給那名協警。

協警剛拿過日記本出去，抖了一下，突然道：「哎呀，這日記怎麼破了半張？」

他翻開第二頁，第二頁上少了個不大不小的角。

嚴良道：「我以為本來就破了的。」

葉軍立刻衝協警喊著：「給我找出來哪個混蛋撕的！這好歹也是物證，保管這麼粗心，如果以後兇器、指紋弄丟了，麻煩大了去了！」

協警小心翼翼地離去，嚴良覺得有點對不起他。

隨後，嚴良又道：「能否提最後一個請求，我想和朱朝陽當面談一談。」

葉軍狐疑地看向他：「您想和他談什麼？」

「你放心，我不會再咄咄逼人了，你可以在旁邊，我只是單純地找他聊一聊，了解他的心理。」

# 85

朱朝陽到了派出所，周春紅也跟來了，不過因為不是審問，說只是聊一些其他問題，用不著監護人陪在旁邊，所以讓她先去旁邊辦公室坐著。

朱朝陽走進葉軍辦公室，看到他，立刻有禮貌地喊了句：「葉叔叔。」

葉軍朝他微笑，給他倒水，顯然很喜歡這個孩子。

隨後朱朝陽目光看向了坐在一旁的另一張面孔，遲疑了一會兒，道：「您是……您是那個人的老師，也是教數學的？」

嚴良向他點頭笑了笑：「我們已經見過一次面了，你好，小朋友。」

葉軍很好奇嚴良居然見過朱朝陽，嚴良解釋那天在張東升家見過一次，卻想不到後面會冒出這麼多事。

朱朝陽道：「您數學太厲害了，看一眼就知道題目錯了。」

嚴良道：「你也不賴，我是老師，天天和數學打交道，看出題目錯了不奇怪，你一個初中生，卻能看出高中題的錯誤，並在那個時刻偽裝張東升的學生，應對自如，這本事——」

他還想說下去，葉軍重重咳嗽了一聲，意思是告誡他別說這麼露骨的話，嚴良只好笑笑閉了嘴。

朱朝陽聽到他說到一半的話，神色微微變了下，隨即連忙岔開話題：「您是大學的數學老師？」

「對。」

「您是哪所大學的？」

「浙江大學。」嚴良回答道。

「浙大！」朱朝陽瞬間瞪大了眼睛，「我最想考的就是浙大，我最想讀的是浙大數學系！」

嚴良不置可否地淡淡道：「看你以後的高考了。」他停頓一下，又道：「對了，我有個問題一直想問你，我自己怎麼也想不明白。夏月普是怎麼說服張東升，讓他幫忙殺人的？」

葉軍又咳嗽一聲，不過這次嚴良沒管他，而是很直接地盯著朱朝陽的眼睛。

朱朝陽眼瞼低垂下去，低聲嘆息：「我……我告訴過員警叔叔了，我也不知道。」

「夏月普沒告訴過你嗎？」

「月普……月普她只是後來才告訴我，我爸……我爸出事了，是她和耗子先威脅然後說服那個人一起幹的，怎麼說服的我不知道。」

「張東升肯定是不希望繼續殺人的，即便他們威脅他，他肯定也會想方設法找藉口拒絕。他最好的辦法，是直接告訴你夏月普和丁浩的計畫，讓你阻止他們。他沒來找過你嗎？」

「他不知道我家在哪。」

嚴良笑了笑：「這回答不錯。」

葉軍喉嚨都快咳斷了。

可嚴良還是繼續問：「他們是怎麼讓你爸和王瑤中毒的？」

「我和員警說過了，我不知道，月普不願意告訴我具體細節。」

葉軍忍不住打斷：「嚴老師，事情都調查清楚了，不用問這些了吧？」

朱朝陽看向了葉軍，聲音低沉地道：「葉叔叔，我也不想說了，我想做個正常人。」

葉軍更是催促：「嚴老師，差不多了吧？」

嚴良不管他，道：「我還有一個問題——」

他還沒說話，朱朝陽打斷他，祈求地看著葉軍，帶著低沉的哭腔：「葉叔叔，明天……明天報名了，我能去學校嗎？」

「你放心，正常去上課，我們已經決定了。」

朱朝陽低頭支支吾吾著：「那……那我能不能拜託您一件事？」

「你說。」

「我的事……我的事您能不能不要讓葉馳敏知道，千萬不能讓她知道，」他露出驚恐的表情，「如果她知道……如果她知道，我就徹底完蛋了。」

「嗯……」葉軍不禁奇怪地問，「怎麼了？」

朱朝陽隨即把葉馳敏上個學期期末考試前一天，先冤枉他摔壞相機鏡頭，又自己潑水卻去老師那兒告狀，最後才知道是為了要影響他心情，讓他考試考不好的事說了一遍。還說葉馳敏如果知道了，肯定會讓他難堪的，他在學校就沒法待下去了。

嚴良很仔細地看過他的日記，知道日記裡寫過這件事，不過他壓根沒想到日記裡寫著的葉馳敏，竟然是葉軍的女兒！

他抬起眼，一臉吃驚地看著朱朝陽。

葉軍顯然沒有仔細看過日記前面那些在學校的瑣事，並不知道這事。

他聽著朱朝陽的講述，早已咬緊了牙關，等到講完，他頓時怒目圓睜，狠狠地一拍桌子站起身，嚇了另兩人一跳。

他嚴肅地望著朱朝陽，用不容置疑的語氣說：「叔叔替小葉向你道歉！你放心，這事我替你做主。我保證葉馳敏再也不敢欺負你！你的事學校也不會有人知道，老師也不知道，你安心去上課。保護未成年人是我們員警必須做的，假如哪天傳出什麼風言風語，你大膽告訴叔叔，叔叔一定會把造謠源頭抓出來！」

他說完這句，滿臉怒火就往外衝。

嚴良叫住他：「你做什麼去？」

「抽菸去，下班再回去收拾死丫頭！」他大步向外衝去，幸虧他沒戴警帽，否則大概已經怒髮衝冠了。

嚴良回頭看向朱朝陽，目光很複雜，嘆息著苦笑一聲：「你這麼厲害，你媽媽知道嗎？」

朱朝陽一臉茫然：「什麼？」

嚴良哈了口氣，站起身，道：「小朋友，我也走了，好好學習，天天向上。」

# 86

九月一日，初三開學了。

今天只是報到，還沒正式上課。

朱朝陽早早來到了學校，暑假過後，同學間都是一片久別重逢的歡聲笑語，還有對新學期到來的哀嘆。大家都在談著暑假的新鮮事，沒人在意他。只有同桌方麗娜問了他怎麼樣了，不過顯然方麗娜只知道他爸死了，並不清楚後面的事。

葉馳敏今天來得很晚，進教室後，瞪了朱朝陽一眼，卻什麼話也沒說，獨自走到位子上，看起書來。

方麗娜偷偷對他說了句：「葉馳敏瞪你幹麼？」

朱朝陽一臉茫然道：「我不知道啊。」

「剛開學就要和你過不去，以後你得防著點。」

朱朝陽點點頭：「我讀我的書，不管她。」

方麗娜笑道：「這樣想就對了。」

很快，到開學典禮時間點了，班主任老陸招呼學生們都去操場。

朱朝陽獨自走出教室，身後卻偷偷響起了一個聲音：「你幹的好事。」

他回過頭，看到了九月天裡臉上透著寒氣的葉馳敏，她兩眼紅腫，顯然哭過。朱朝陽白她一眼：「什麼事？」

「哼，不承認就算了，」葉馳敏別過頭，「以後我不惹你了，我們井水不犯河水！」

「這話說的，我從來沒有冒犯過你。」

「哼。」

葉馳敏加快腳步，匆匆穿過朱朝陽離去。

來到操場上，在旁邊其他學生的喧鬧中，他依舊是獨自一個人，他想起了月普，想起了耗子，想起和月普一個多月來每天下午一起看書的溫暖，他不禁嘆了口氣。

再也沒有這兩個朋友了。

以後也不會有這樣的朋友了。

明年，月普的爸爸再也收不到相片了……

他咽喉有些酸，抬起頭，明媚的陽光讓他心情好受了些。

新的學期，新的一天，新的太陽，新的自己。

在這所初中的鐵柵欄圍牆外，站著一個戴眼鏡的中年男人，他雙眉蹙成了兩道峰，眼神複雜地望著操場上的這些孩子，望著人群外游離著的一個孤獨身影——朱朝陽。

他還是孤獨的，就像一直以來那樣。

嚴良拿起手機，又看了眼，上面有條訊息：「嚴老師，您的紙片經過字跡鑑定，可以確定是在一個月內寫的，具體哪天因技術有限，無法給出結論。」

「這個結果夠了。」嚴良淡淡地自語一句。

他撕的是日記的第二篇，也就是去年十二月的，但結果是這篇日記是在一個月內寫的，也就是剛過去的這個月。

至此，那個卑鄙的猜測卻成了事實。

朱朝陽在短時間內寫出了整整大半年的日記，顯然，這日記不是給他自己看的，而是留給員警看的。

寫日記的那本筆記本顯得很舊，大概是朱朝陽拿了幾年前的筆記本寫的，他成績這麼好，每年都會有獎勵本子吧。用舊本子寫日記，更能顯得日記像是寫了很久的樣子。

只不過這孩子不知道，字跡能夠鑑定出大致的書寫時間，雖然做不到精確，但足夠了。

那麼日記中的內容是假的嗎？

也不是。

警方對日記內容進行了大量調查核實，但核實到的結果竟沒有一條與日記有出入。

夏月普和丁浩不管是他們老家派出所還是孤兒院，回饋回來的資訊都和日記裡記著的事完全一致。那幾起案件，也都有堅實的物證支撐，與朱朝陽無關。

朱晶晶案，有夏月普和丁浩的指紋，DNA和丁浩一致，卻沒有朱朝陽的任何資訊。朱永平夫婦被殺案，朱朝陽在上課，同樣與之無關。徐靜一家的兩起命案，顯然是張東升幹的，和孩子們沒關係。最後張東升三人死了，指紋、兇器、毒藥等各項物證顯示，和朱朝陽的口供也完全一致。

那麼他為什麼要寫假日記，他在日記裡到底隱藏了什麼？

嚴良不知道。

最讓他驚訝的，如果日記是假的，那麼也證實了朱朝陽早就料到了最後結局。可他怎麼會預料到張東升會下毒殺他們三個，怎麼會預料到毒下在可樂裡，怎麼會預料到夏月普和丁浩都會中毒，怎麼會預料到張東升也會被丁浩捅死？

嚴良根本想不出任何解釋。

這個答案，恐怕只有朱朝陽自己能解釋了。

他只知道，現在字跡鑑定結果放在面前，那就是朱朝陽在撒謊，日記是假的！

毫無疑問，他隱藏了一些極其重要的祕密，也許有些祕密，是永遠不能與別人分享的。

但僅憑日記是近一個月寫的這點，是否就能定朱朝陽的罪呢？

沒有任何證據能證明他直接涉及了這幾起命案，甚至他即便真的直接涉及了命案，未滿十四歲，也不能把他怎麼樣。

只不過，戳穿一個孩子最陰沉的謊言後，也意味著戳破了孩子所有的偽裝防線。

當身邊所有人以後都用一種提防、恐懼的眼光打量他時，這孩子的心理會受到怎樣的創傷？他以後會怎樣看待這個世界？

此時，國歌響起，孩子們聚集在操場上排好隊，一個個精神抖擻。

陽光很明媚，朱朝陽面朝太陽，孩子們正在茁壯成長。

嚴良手指放在了手機上方，螢幕上是葉軍的名字，左邊是通話鍵，右邊是取消。

看著陽光下的孩子，他突然想起朱朝陽日記的最後一句話：「好想做一個全新的人啊。」

這話，大概是真的吧……

他很矛盾，也許這孩子已經是個全新的人了，他這麼做會不會毀了一個人的一生？

他手指停留在「通話」和「取消」之上，只差了一釐米。

這一釐米，向右，也許是一個孩子從此過上全新的生活，好好學習，天天向上；向左，也許他的所有虛偽被揭穿，赤裸裸地展現在周圍人面前，心理受重創，改變他接下來的整個人生。

這一釐米，通向兩個截然不同的未來。

這一釐米，是世上最長的一釐米。

國家圖書館預行編目資料

壞小孩 / 紫金陳著. -- 初版. -- 臺北市 : 寶瓶文化, 2020.08
面 ; 公分. -- (Island ; 304)
ISBN 978-986-406-200-3(平裝)

857.7 109011613

Island 304

# 壞小孩

作者／紫金陳

發行人／張寶琴
社長兼總編輯／朱亞君
副總編輯／張純玲
資深編輯／丁慧瑋
編輯／林婕伃
美術主編／林慧雯
校對／林婕伃・陳佩伶・劉素芬
營銷部主任／林歆婕　業務專員／林裕翔　企劃專員／李祉萱
財務主任／歐素琪
出版者／寶瓶文化事業股份有限公司
地址／台北市110信義區基隆路一段180號8樓
電話／(02)27494988　傳真／(02)27495072
郵政劃撥／19446403　寶瓶文化事業股份有限公司
印刷廠／世和印製企業有限公司
總經銷／大和書報圖書股份有限公司　電話／(02)89902588
地址／新北市五股工業區五工五路2號　傳真／(02)22997900
E-mail／aquarius@udngroup.com

著作完成日期／二〇一四年
初版一刷日期／二〇二〇年八月十四日
ISBN／978-986-406-200-3
定價／四〇〇元

AQUARIUS 寶瓶 文化事業

# 愛書人卡

感謝您熱心的為我們填寫，
對您的意見，我們會認真的加以參考，
希望寶瓶文化推出的每一本書，都能得到您的肯定與永遠的支持。

系列：Island 304　書名：壞小孩

1. 姓名：＿＿＿＿＿＿＿＿　性別：□男　□女

2. 生日：＿＿年＿＿月＿＿日

3. 教育程度：□大學以上　□大學　□專科　□高中、高職　□高中職以下

4. 職業：＿＿＿＿＿＿＿＿

5. 聯絡地址：＿＿＿＿＿＿＿＿＿＿＿＿＿＿＿＿

   聯絡電話：＿＿＿＿＿＿＿＿　手機：＿＿＿＿＿＿＿＿

6. E-mail信箱：＿＿＿＿＿＿＿＿＿＿＿＿

   □同意　□不同意　免費獲得寶瓶文化叢書訊息

7. 購買日期：＿＿年＿＿月＿＿日

8. 您得知本書的管道：□報紙／雜誌　□電視／電台　□親友介紹　□逛書店　□網路　□傳單／海報　□廣告　□其他

9. 您在哪裡買到本書：□書店，店名＿＿＿＿＿＿　□劃撥　□現場活動　□贈書　□網路購書，網站名稱：＿＿＿＿＿＿　□其他＿＿＿＿＿＿

10. 對本書的建議：（請填代號　1. 滿意　2. 尚可　3. 再改進，請提供意見）

    內容：＿＿＿＿＿＿＿＿

    封面：＿＿＿＿＿＿＿＿

    編排：＿＿＿＿＿＿＿＿

    其他：＿＿＿＿＿＿＿＿

    綜合意見：＿＿＿＿＿＿＿＿＿＿＿＿＿＿＿＿

11. 希望我們未來出版哪一類的書籍：＿＿＿＿＿＿＿＿＿＿＿＿

讓文字與書寫的聲音大鳴大放

寶瓶文化事業股份有限公司

（請沿此虛線剪下）

| 廣　告　回　函 |
| --- |
| 北區郵政管理局登記 |
| 證北台字15345號 |
| 免貼郵票 |

寶瓶文化事業股份有限公司　收

110台北市信義區基隆路一段180號8樓

8F,180 KEELUNG RD.,SEC.1,

TAIPEI.(110)TAIWAN R.O.C.

（請沿虛線對折後寄回，或傳真至02-27495072。謝謝）